Ex Libris
Alexander Smith

主　编：陈　恒

光启文库

光启随笔

光启文库

光启随笔	光启讲坛
光启学术	光启读本
光启通识	光启译丛
光启口述	光启青年

主　编：陈　恒

学术支持：上海师范大学光启国际学者中心

策划统筹：鲍静静

责任编辑：周小薇

学而衡之

孙 江著

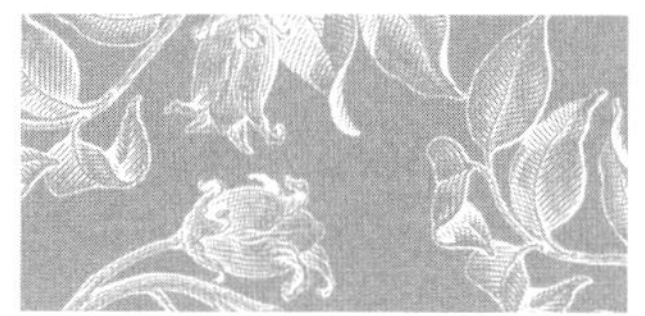

商務印書館
创于1897 The Commercial Press

图书在版编目（CIP）数据

学而衡之 / 孙江著. — 北京：商务印书馆，2023
（光启文库）
ISBN 978－7－100－22522－9

Ⅰ. ①学… Ⅱ. ①孙… Ⅲ. ①随笔—作品集—中国—当代 Ⅳ. ①I267.1

中国国家版本馆 CIP 数据核字（2023）第095226号

学 而 衡 之

孙 江 著

商 务 印 书 馆 出 版
（北京王府井大街36号 邮政编码 100710）
商 务 印 书 馆 发 行
山东临沂新华印刷物流
集团有限责任公司印刷
ISBN 978－7－100－22522－9

2023年7月第1版　　开本 889×1194 1/32
2023年7月第1次印刷　　印张 11

定价：78.00元

出版前言

梁启超在《清代学术概论》中认为，“自明徐光启、李之藻等广译算学、天文、水利诸书，为欧籍入中国之始，前清学术，颇蒙其影响”。梁任公把以徐光启（1562—1633）为代表追求“西学”的学术思潮，看作中国近代思想的开端。自徐光启以降数代学人，立足中华文化，承续学术传统，致力中西交流，展开文明互鉴，在江南地区开创出海纳百川的新局面，也遥遥开启了上海作为近现代东西交流、学术出版的中心地位。有鉴于此，我们秉承徐光启的精神遗产，发扬其经世致用、开放交流的学术理念，创设“光启文库”。

文库分光启随笔、光启学术、光启通识、光启讲坛、光启读本、光启译丛、光启口述、光启青年等系列。文库致力于构筑优秀学术人才集聚的高地、思想自由交流碰撞的平台，展示当代学术研究的成果，大力引介国外学术精品。如此，我们既可在自身文化中汲取养分，又能以高水准的海外成果丰富中华文化的内涵。

文库推重“经世致用”，即注重文化的学术性和实用性，既促进学术价值的彰显，又推动现实关怀的呈现。文库以学术为第一要义，所选著作务求思想深刻、视角新颖、学养深厚；同时也注重实用，收录学术性与普及性皆佳、研究性与教学性兼顾、传承性与创新性俱备的优秀著作。以此，关注并回应重要时代议题与思想命题，推动中华文化的创造性转化与创新性发展，在与国外学术的交流对话中，努力打造和呈现具有中国特色的价值观念、思想文化及话语体系，为夯实文化软实力的根基贡献绵薄之力。

文库推动“东西交流”，即注重文化的引入与输出，促进双向的碰撞与沟通，既借鉴西方文化，也传播中国声音，并希冀在交流中催生更绚烂的精神成果。文库着力收录西方古今智慧经典和学术前沿成果，推动其在国内的译介与出版；同时也致力收录汉语世界优秀专著，促进其影响力的提升，发挥更大的文化效用；此外，还将整理汇编海内外学者具有学术性、思想性的随笔、讲演、访谈等，建构思想操练和精神对话的空间。

我们深知，无论是推动文化的经世致用，还是促进思想的东西交流，本文库所能贡献的仅为涓埃之力。但若能成为一脉细流，汇入中华文化发展与复兴的时代潮流，便正是秉承光启精神，不负历史使命之职。

文库创建伊始，事务千头万绪，未来也任重道远。本文库涵盖文学、历史、哲学、艺术、宗教、民俗等诸多人文学科，需要不同学科背景的学者通力合作。本文库综合著、译、编于一体，也需要多方助力协调。总之，文库的顺利推进绝非仅靠一己之力所能达成，实需相关机构、学者的鼎力襄助。谨此就教于大方之家，并致诚挚谢意。

清代学者阮元曾高度评价徐光启的贡献，“自利玛窦东来，得其天文数学之传者，光启为最深。……近今言甄明西学者，必称光启”。追慕先贤，知往鉴今，希望通过“光启文库”的工作，搭建东西文化会通的坚实平台，矗起当代中国学术高原的瞩目高峰，以学术的方式阐释中国、理解世界，让阅读与思索弥漫于我们的精神家园。

上海师范大学光启国际学者中心

2020年3月

揭谛揭谛（代序）*

一个星期前，图书馆馆长计秋枫教授打来电话，希望我作为教师代表跟同学们聊聊读书心得。聊读书心得，我很乐意，但作为教师代表，是没有任何正当性的，最多算一个三十年前的学长代表。

图书馆推动面向学生的“悦读经典计划”，宗旨正大，我很赞成。“大学”这个词出自儒家经典《大学》，但今天使用的大学严格地说是一个外来语。17世纪，有个名叫艾儒略（Giulio Aleni）的来华耶稣会士，在介绍欧洲的universitas时，没有按照拉丁语的一般意思将其译为“师生互助社团”或“书院”等，而是选择了这个词的另一个意思——“整体”“世界”，译作“大学”。“大学之道，在明明德”，这个翻译非常高明。在中世纪的欧洲，大学一般只有数学、哲学、神学和修辞学等四个专业，如果算上法学，不过五个专业，是一个城市、一个王国，学子们读书求知的地方。现在的综合性大学，少则几十个专业，多则上百个，分科越来越细，水准越来越高，但书离同学们却越来越远。同学们牺牲童年和少年的美好时光，一路打拼，如愿考上大学，却不愿意读书。问题很大，很严重。但事出

---

* 本文是2014年10月28日在南京大学第九届读书节上的发言，原载《南京大学报》2014年11月25日。

有因，是科学技术的进步所造成的知识不断外化的结果。这个过程并非始于今日。在无文字时代，人类靠记忆保存和传递文化。文字发明后，受书写工具的限制，记忆术（art of memory）仍是保存和传递文化的重要手段。古代任何一位大学问家，同时一定也是记忆大师，有过目不忘的能力。到近代，谷登堡印刷术发明后，知识得以普及，记忆术不再重要。但是，对于精英汇聚的大学里的学生来说，阅读和记忆仍是必需的学习手段。到大数据时代，人们只要打开电脑，输入一个关键词，就可以把所需要的信息都调出来，这么便利，谁还愿意博闻强识呢？由此产生了读书何用的疑问，是可以理解的。

但是，作为工具的知识，你尽可以将其存放于外在的电脑和数据库里，无须专门阅读。作为“生”的知识，你却不可以漠视，需要将其化为自己内在的东西。柏拉图（Plato）说，人的灵魂有三个面向——理性、情感和物欲。人之为人，是因为会思考。在满是尘埃的世界，在信息泛滥、分不清孰是孰非的世界，读书，能保持我们的理性，让我们远离颠倒梦想；读书，能陶冶我们的情感，让我们生活充实；读书，能控制我们的物欲，让我们适可而止。

读书要讲方法。古罗马哲学家西塞罗（Marcus Tullius Cicero）有句名言：Distrahit animum multitudo librorum，意思是“多读乱心”。西塞罗不是不让人们多读，而是告诫人们不能滥读。对此，孔子开出了一个处方——“学而时习之”。这里的“习”，日文翻译为“習う”（narau），很容易和复习、练习混淆；英文译为practice（实践），很准确。读书并且实践，才能和“生”结合起来，否则会加剧我们内在世界和外在世界的分裂。

今天中午我浏览了60本“悦读经典计划”书目。这60本书你如果发愿一本本地读，有一个结果我可以向各位保证：四年内绝对毕业不了。因此，怎么读很重要。大家不妨将这些书分为教养类和专业类来阅读，或者根据自己的时间和需要，分别从教养和专业两个角度来阅读。教养类的可以泛读，专业类的必须精读。

60本书，打开了提升我们“生”的智慧的60扇窗口。同学们，课后假日，关上手机，屏蔽外界干扰，让心静下来，走入书的世界吧。当年玄奘大师是靠着260余字的《心经》踏上了艰难的西天取经之路的。《心经》最后有一段偈语，很给力，我想借来与各位同学共勉，请大家跟我高声吟诵：

Gaté Gaté Paragaté Parasamgaté Bodhi Svaha.

什么意思？不知道。

那跟我念汉语吧：

“揭谛揭谛，波罗揭谛，波罗僧揭谛，菩提萨婆诃。”

什么意思？不知道。

“走吧，走吧，到智慧的彼岸去。”（大意）

目录

I 东西之间

II 论究学术

Ⅲ 记之忆之

Ⅳ 学之以衡

Ⅴ 一面之词

I　东西之间

作为修辞的丝路文化

丝绸之路业已成为点缀在当下的亮点。很多人喜欢游览丝路上的名胜古迹，去敦煌，游天池，拍个照，留个影，呼啸而来，呼啸而去，像一阵风。不畏路遥来访的外国人大抵也是如此。在英文里，这叫tour，译为观光。同样是游览，还有一种是细细地咀嚼，穿越时空，倾听古人的声音，人在景中，景在心里，必要的话，须风餐露宿，劳其筋骨，英文叫travel，译作旅行。无疑，研究丝路文化的学者，恰如历史——逝去时空中的旅行者，不仅记录所见所闻，还要运用专门的技艺，阅读背后的故事，给出一定的解释。

对于丝绸之路，我算是一个旅行者。还在襁褓中，我母亲怀着建设边疆的理想，将我带到了新疆伊犁，火车，卡车，大雪，寒风，行路难，走走停停，据说用了整整一个月。在新疆，一住就是16年。在我个人的履历上，籍贯栏填写的是淮阴，而我心中的籍贯永远在伊犁。

“新疆是个好地方”，是那个时代人们耳熟能详的话语，大概在抗日战争时期就有了。1943年，历史学家黎东方到新疆访古，从天池到喀什，赞叹新疆之美，认为应将新疆改名为古疆，或者径直叫天山省。新疆之好，内含严酷的自然景观：“北风卷地白草折，胡天八月即飞雪。”“冬天来了，春天还会远吗？”小时候，听到雪莱（Percy Bysshe Shelley）《西风颂》，很纳闷：远呀，要半年多呢！“忽如一夜春风来，千树万树梨花开。”生活虽苦，心态必须乐观。

“历史”在希罗多德（Herodotus）那里，是调查研究及其结果的意思。作为历史学者，凭着兴趣，我曾涉猎过文明起源、中欧亚历史，虽然具有上述旅行者的身份，但在各位专家面前，顶多是一个观光者，请允许我以一个历史观光客的眼光，夹杂些个人的体验，谈谈我对丝路文化中的时间、空间、人间的认知。

“间”是两段时间的接点，不同事物的中介，人与人的组结，在我的文化研究中是非常重要的概念。

一

大家知道，“丝绸之路”是德国地理学家李希霍芬（Ferdinand von Richthofen）的发明，德语称die Seidenstraβe。李希霍芬在《中国——亲身旅行和据此所作研究的成果》第1卷中认为，从公元前2世纪至2世纪，从长安向西到塔里木盆地的绿洲城市，再越过帕米尔高原往西存在漫长的交通线，中国的丝绸通过交通线被运到了波斯、罗马等地。

李希霍芬所说的丝绸之路隐没于遥远的过去。所谓丝路文化，首先是指时间轴上发生的事件。时间是困扰人类的怪物。在古希腊神话里，有个名为柯罗诺斯（Chronos）的原始神，是超越一切的第一因，代表时间。据说，柯罗诺斯的父亲乌拉诺斯（Ouranos）担心被篡位，将刚出生的孩子一个个杀死，深埋于地下，其中一个儿子柯罗诺斯心有不甘，决定弑父。乌拉诺斯死前，诅咒柯罗诺斯道：瞧着，将来你也会被自己的孩子杀死的。为了避免同样的命运，柯罗诺斯将自己刚出生的孩子一个个吞噬。柯罗诺斯神话隐喻时间在不断摧毁自身及其派生物。丝路文化不也如此吗？构成丝路文化的各种事件将自身摧毁的同时又衍生出其他东西，最后留下的是时间之痕：戈壁流沙、残垣断壁、残章断简、干尸骷髅……

过去在加速度消失，据说现代人的时间感觉比汉代人快了20多倍。在这样一种速度中，捕捉时间之痕是一桩极难的事情。我在进行概念史研究，概念史研究的一个重要原则是，不要用现在人的想法揣摩过去，用自我来想象他者。南京有句土话：你家住在水西门，我认得你是哪门子亲。（京剧《四进士》有："你不在河南上蔡县，你不在南京水西门。我二人从来不相认，宋士杰与你是哪门子亲？"）区隔是重要的。要把捉流逝的过去，只能从事件的遗迹——外在于当下的时间之痕中去寻找。

还有一种时间之痕，是融入当下的时间之痕。伟大的鸠摩罗什是在长安圆寂的，传说肉身火化后，舌如生前。鸠摩罗什生前曾发誓，自己翻译的佛经如有一字虚言，甘下拔舌地狱。汉文“净土”是鸠摩罗什翻译的概念，藏传佛教里没有，是否就是现在理解的pure land，有学者提出了疑问，认为庄严净土是形而上学的，不是实在的。“翻译即背叛”（tradurre è tradire）。在方法论上，即使主观上有“如是我闻”的虔诚和谨慎，客观上不同语言、文化的互译必然衍生歧义。对这种歧义——叠加和减损的意义进行知识考古，就是要发现时间之痕的所在。

丝路文化是一种修辞，丝绸之路不仅是连接不同文明的点和线，还是文明生产和再生产之地。19世纪，随着考古学、地理学、比较语言学的发展，欧洲人热衷于追寻人类文明起源于何处，李希霍芬主张起源于中亚，但占主流的意见是起源于两河流域。在西学东渐的大潮下，法裔英国人拉克伯里（Terrien de Lacouperie）关于中国文明起源于巴比伦的假说经由日本传入中国，一度在中国知识人中掀起了波澜。撇开文明起源的是是非非不论，这则插曲提醒我们注意远古中国人在丝绸之路西端的活动，这是我要讲的第二个丝路文化的空间之维的问题。

二

李希霍芬的丝绸之路范围狭窄，现在人们普遍认为存在三条丝绸之路。我们谈丝绸之路，侧重于南方的绿洲丝路（Oasis Route），即从西汉至唐，从长安出发，经敦煌到楼兰，在此分为天山北麓和南麓，南北两路在塔里木盆地会合，翻越塔里木盆地西部的帕米尔高原，经波斯和叙利亚往西抵地中海东岸，南下至印度。

还有两条丝绸之路。一条是北方的草原丝路（Steppe Route）。希罗多德在《历史》中提到斯泰基人如何从黑海到乌拉尔山南麓，再经哈萨克斯坦平原到阿尔泰山脉附近。这是草原北路。草原南路在准噶尔盆地和天山北麓一带。斯泰基人之后，有匈奴、鲜卑、柔然、突厥等。另一条是海上丝路（Marine Route）。罗马帝国的东来者越过红海抵达阿拉伯半岛，利用季风横渡印度洋到印度。印度的安得拉王朝势力东渐到今天的越南和柬埔寨一带。166年，大秦王安敦使节辗转来到越南中部日南郡，最后和中国取得联系。

陆路丝绸之路位在中欧亚（Central Eurasia）大陆，历史上的中欧亚像“黑洞”，将来自丝绸之路的东西文明尽皆吸纳进去。匈牙利裔学者丹尼斯·塞诺（Denis Sinor）最早提出“中欧亚”概念。他认为虽然不能确定中欧亚文明的起源，但可以借用文明（civilization）的概念，在“文明”和“野蛮”的二元关系中解释其历史（他申明：在没有更好的概念下，不得不选择带有欧洲中心论的这一表述）。与“文明人”相对的“野蛮人”（barbarian）的活动主要为抢劫、掠夺定居文明。在“野蛮人”的空间内，生活着两种不同形态的文化：狩猎文化和游牧文化。狩猎文化是个人主义的文化，因而很弱；游牧文化是一种成功的、逐水草而居的群体文化，部落之间的力学关系在一定时期内总会整合出一个帝国或强有力的领袖，这个领袖或帝国出现得快，消失往往更快。丝绸之路就这样被包围在中欧亚的历史之中，从拉铁摩尔（Owen Lattimore）的“内亚模式”理论看，丝路文化乃是农耕和游牧二元对立和交融的产物。

时间之痕存在于空间之维中。伴随人的移动，自然空间和心性空间也在伸展，举两个例子。一个是西王母。西王母是人名还是国名，或者兼而有之，有各种说法。西王母到底在哪儿？19世纪欧洲人认为就是公元前10世纪的萨巴（Saba）女王，还有说位在波斯，不谈。翻阅中国古书《山海经》《淮南子》《汉书》等，西王母位于甘肃一带，《史记》则远溯两河流域，《后汉书》认为在阿州大漠边陲，《魏略》认为可能更西。可见，丝绸之路上的西王母不断西迁。另一个例子是西洋。唐宋时代，随着海路交易的扩大，东洋和西洋概念逐渐形成。关于东西洋的位置和区分线，言人人殊，综合诸说，日本学者宫崎市定认为，南宋是以泉州—东帝汶之间的子午线划分东洋与西洋的，明代则以广州—东帝汶子午线划分东西洋。随着郑和“下西洋”，西洋的位置不断西移，最后远及“大西洋”，这和西王母的“西迁”有相似之处。

郑和大航海缺乏“世界史”意义，随后而来的欧洲人的大航海开启了全球化时代的序幕。16世纪末，不远万里来到中国的耶稣会士利玛窦（Matteo Ricci）自称“大西洋和尚”，大西洋、和尚，这两个中国人创造的词汇传达的已经不再是过去的声音，背后隐喻的是“人间之力”爆炸性的散发。这是我要讲的第三个问题。

三

目下，全球史成为历史学研究的新趋向。顾名思义，全球史关注的是全球范围人的移动和物的移动，在自然条件和社会条件的限制下，是什么力量驱动勾连东西的丝路文化在兴盛与衰败交替中生生不息的呢？物质的力量和信仰的力量。物质的力量是Gold，信仰的力量权作God，二者可简称GG。

马可·波罗（Marco Polo）及其《东方闻见录》疑点重重，向为史家诟病。但是，他的事迹透露了东西丝路文化脉脉不绝的秘密。在日本，“日本”有两个英译，一个叫Nihon或Nippon，另一个是Japan。前者来自汉字，后者是欧洲人的发明。马可·波罗一路东来，要寻找Zipangu，即日本，这可不是唐代留学僧的“日边瞻日本”——地理上的故乡，而是金光闪闪的黄金之国。一说Japan是Zipangu转讹。东来如此，西去亦然。早于马可·波罗一千多年的西汉张骞揭榜闯西域，建立伟大的功业，物质的驱动力可谓大矣。

16世纪大航海后，人的移动逐渐成为有组织的大规模的国家行为。1788年，法国国王路易十六（Louis XVI）组织了一个远航船队，招募有志冒险的青年。一位厌烦陆军学校日子的16岁科西嘉青年应声响应，初选顺利通过，但最后被淘汰。6月，这支远航船队行至太平洋圣克鲁斯群岛遭遇海难，船员尽皆身亡，那个不幸落选的青年就是后来震撼欧洲的大名鼎鼎的拿破仑（Napoléon Bonaparte）。

人之区别于动物者，在于物欲之外还有精神上的需求，即第二个G。汉代的“白马驮经”——佛教传入，唐代的“景风东来”——阿罗本的入唐，近世耶稣会士叩开天朝大门，都不是物质动机所能解释的。同样，玄奘大师西行印度，如果没有求法的信念，很难想象能够坚持下去。

人的东来西去，族群间的冲突与融合，给中华文明注入了强大的生命力，使之成为古代文明唯一存留于今的奇迹。中国的伊斯兰——回人，是在中国大地由多族群融合而形成的族群，是丝路文化的活的缩影。回人有一则富有文化意涵的故事，话说汉人的女儿嫁到回人家，过了些日子，女儿回娘家省亲，母亲关切地问女儿在夫家过得咋样。女儿答曰：“回人的饭好吃，就是话难懂。”母亲于是放心地说：“吃回人的饭，不要听回人的话。”人类学家用这则故事诠释多族群融合之问题。文化研究的理论和丝路文化的经验告诉我们，要学会倾听他者的声音。当然，不包括我，一个丝路文化观光客在这里的絮絮叨叨。

（本文是在南京大学“2017丝路文化研究前沿与展望研讨会”上的发言）

何处是昆仑？

“此山之名人尽识，昆仑二字古云然。”这是晚清士人赵时桐的诗句。作为文字的昆仑是明晰的，但是，作为历史和文化概念的昆仑则未必尽然。1935年10月，毛泽东率领红军长征，在路经岷山时，登高望远，写下了充溢着革命浪漫主义情怀的诗句：“横空出世，莽昆仑，阅尽人间春色。”这里的“昆仑”是向西绵延的白皑皑的雪山，位在青藏高原。翻阅历史文献，如果追问何处是昆仑？可谓言人人殊，未知所定。从文化记忆理论的角度看，构成昆仑的知识成为人们心中的“形象”（imago），人们借助“形象”附会实在的或想象的“场所”（loci），从而使昆仑成为不断被再生产的“记忆之场”（Lieux de Mémoire）。在20分钟的发言里，请允许我不避粗糙，去繁就简，将关于昆仑话语归为三个谱系——神之源、河之源和族之源，与各位分享一下个人读书的感想。

作为“神之源”的昆仑，散见于战国时期的《庄子》《列子》等著述中，《山海经》集其大成。《山海经》来历不详，根据《史记》《汉书》大致可以推断出自西汉人之手。在《山海经》中，《西山经》《海内西经》和《大荒经》分别有大段文字描述“昆仑”，从中抽取最大公约数，昆仑有两个意象：通天（神、上帝）之山、亦人亦兽西王母栖息之地。我称之为“神之源”，是关于昆仑的“元叙事”（meta-narrative）。元/meta源自希腊语μετά，意为“超越”，指具有普遍性但在经验上无法证实的叙事范式。昆仑这两个意象，在汉画像砖“升仙图”、晋人发现和整理的疑似西汉晚期的《穆天子传》中演绎出具有戏剧性的故事，成为后世叙事，特别是道教叙事的源泉。

从“元叙事”派生出来的叙事，我称之为“再构的叙事”（reconstructive narrative），是对前者“意象”与叙事主体所经验的“场所”重新勾连的产物。如果说由“元叙事”构成的昆仑意象尚难求实，象征意义大于实在意义，具有超时间性，那么昆仑的第二个意象则是物质性的、时间性的，随着人的足迹所至而不断变化，被赋予了不同的含义。

在《史记·大宛列传》中，昆仑泛指西域于阗（和田）一带，因为张骞通西域后，汉人的足迹曾到达此地。司马迁说，昆仑高达2500余里，“日月所相避隐为光明也”，黄河源于此。司马迁参照了《尚书》《山海经》相关描述，但又有所保留：“至《禹本纪》《山海经》所有怪物，余不敢言也。”

在唐代，出使吐蕃的刘元鼎根据自己的见闻著有《使吐蕃经见纪略》，认定黄河之源在巴颜喀拉山，系传说中的昆仑。元世祖忽必烈派都实寻找黄河之源，溯及青藏高原的星宿海，都实认为此处即黄河之源，事载《河源志》。清代康熙帝亦派人探寻黄河之源，得出同样结论，写入《大清一统志》。不过，无论是康熙朝的史家万斯同，还是“十全老人”乾隆帝，均对上述昆仑所在地不以为然，而执着于由西汉张骞和汉武帝所认定的于阗说，乾隆朝重修《大清一统志》中写道：“以枯尔坤山即黄河所出之昆仑山，则近似而未得其真。”有学者认为，这反映了乾隆帝意欲将大清版图与黄河之源——昆仑意象勾连在一起。笔者认为，其时黄河之源与疆域支配固然有一定的关系，但黄河认同和国族想象的结合要迟至20世纪之初才出现。

将昆仑和疆域—国家直接联系起来的是清末的反清革命派。在考虑如何将中国历史叙事与以西方为中心的全球化知识接轨时，革命者不约而同地关注到昆仑意象，这和名为拉克伯里的法裔英国人有关。1894年，拉克伯里出版《中国上古文明的西方起源》（*Western Origin of the Early Chinese Civilisation from 2300 B.C. to 200 A.D.*）一书，撰述了一个中国人种起源于巴比伦的故事。1900年，两位日本业余历史学者白河次郎和国府种德将拉克伯里的假说写入《支那文明史》一书。1903年，这本面向一般读者的读物被介绍到中文世界后，在东京和上海的中国知识人中掀起了巨大波澜，人们在热议中国人种起源问题时，频频言及昆仑。

1903年9月《新民丛报》刊载的观云（蒋智由）《中国人种考》写道：“昆仑（Kuenln）者，即花国（Flower Land），以其地之丰饶，示后世子孙之永不能忘，既至东方，以此自名其国，是即中国。”1903年刘师培在《中国民族志》中认为，“世界人种之开化，皆始于帕米尔高原”。1904年1月，刘师培《攘书·华夏篇》有道：“汉族初兴，肇基西土。而昆仑峨峨，实为巴科民族（汉人）所发迹。”1905年5月，刘师培在《古政原始论》一文中说，汉族兴于两河流域的迦克底亚，“厥后逾越昆仑，经过大夏，自西徂东，以卜宅神州之沃壤”。同一时期，章炳麟在1904年修订《訄书》时增补道：“昆仑者，译言华（俗字花）土也，故建国曰华”，这就是中国古籍中所说的“天皇被迹于柱州之昆仑”。但是，中国文献最多只能证明中国人种来源于昆仑山，而从昆仑山到巴比伦还存在广大的地理空间，对于这一矛盾，陶成章在《中国民族权力消长史》中写道：“以今考之，我族祖先既留陈迹于昆仑之间，则由中亚迁入东亚，固已确凿不误。由中亚迁入东亚，既已确凿不误，则其由西亚以达中亚，由中亚以达东亚者，亦可因是而类推矣。”陶成章将中国人种“西来说”一分为二：由巴比伦到昆仑，再由昆仑到中原。1905年，黄节著《黄史》称：“吾种人自昆仑东下，宅于黄河流域，繁殖四千。”晚清革命知识分子最后将中国人种西方起源说弃之不问，却注意到昆仑在中国文明起源中的位置。这就是我所说的作为“族之源”的昆仑。

通过对昆仑意象三个谱系的爬梳，我们能得出什么结论呢？限于时间，请允许我尝试给出一个简单的解释。从文化记忆理论角度看，作为“神之源”的昆仑，是关于昆仑的“元叙事”，它承载了与现实没有生命联系的东西，一方面犹如封存于府库的无人认领的“存储记忆”，另一方面给人们提供了整理和利用的功能，从而与特定群体、价值发生联系，成为面向现实乃至未来的“功能记忆”。作为“神之源”的昆仑，当给道教和民间信仰提供可资利用的素材时，即由“存储记忆”转化为“功能记忆”。作为“河之源”和“族之源”的昆仑，是再构的叙事，具有“功能记忆”的特质。作为功能记忆的“河之源”和“族之源”的昆仑，根据自身需要，从作为“神之源”的昆仑“存储记忆”中提取更新知识的资源。围绕“河之源”位置诸说的存在反映了中国人对地理空间的不同认知和想象，而“族之源”的凸显折射出自我形象的再创造。

“而今我谓昆仑：不要这高，不要这多雪。安得倚天抽宝剑，把汝裁为三截？一截遗欧，一截赠美，一截还东国。太平世界，环球同此凉热。”毛泽东以世界主义（cosmopolitanism）的情怀将中国历史化入世界革命之中，从而赋予了昆仑革命意义。读史阅世，切记：昆仑曾是中国历史叙事中被淡忘的神之源、河之源、族之源。

（本文是2018年5月12日在“形象史学与丝路文化国际学术研讨会”上的发言）

吾爱堂·吉诃德

疫情期间，滞留海外。一日闲逛书店，翻到一本西班牙语教材，内容是堂·吉诃德与游客的对话。中国人最熟悉的西班牙人莫过于来自“拉曼却”的尊“堂”、名“吉诃德”——Don Quijote de la Mancha。非常时刻，不妨做些非常事，于是买下教科书，跟广播学了起来。边听边忘，边忘边听。西班牙语没学会，小说《堂·吉诃德》（*Don Quijote*）倒通读了一遍。

堂·吉诃德是西班牙作家塞万提斯（Cervantes）完成于1605年（上部）和1615年（下部）的同名小说的主人公。一般认为，塞万提斯想通过描绘年近天命而痴迷仗义行侠的荒唐骑士嘲笑当时流行的骑士小说热。但是，后人对堂·吉诃德的解读并不止于此。四百年来，如果说“骑士小说是古诗树干最后一次伟大的新芽绽放”[1]的话，《堂·吉诃德》不但是骑士小说最后一簇伟大的新

1　何塞·奥尔特加·伊·加塞特:《堂吉诃德沉思录》，王军、蔡潇洁译，北京：商务印书馆，2021年。

绿，更是贯穿古今“诗学”的伟大的篇章。四百年来，《堂·吉诃德》越过国界，不分民族，不分宗教，不分时代，俘获了众多读者的心。1918年，周作人在《欧洲文学史》一书中评道：“使幼者笑，使壮者思，使老者哭，外滑稽而内严肃也。”是的，《堂·吉诃德》内含多重指向：理想主义者的喜剧，现实主义者的悲剧；进步主义者嘲讽的对象，保守主义者缠绵的所在。堂·吉诃德有人生各个阶段的影子，按照亚里士多德（Aristotle）的说法，体现了“诗学”的普遍性。当今中国高校的西班牙语系不谈堂·吉诃德的没有吧。在西班牙语圈外，西班牙语一直很受欢迎，和这部小说有关，各位应该好好感谢Don Quijote de la Mancha，在系里供个铜像。

《堂·吉诃德》第二部完成于1615年，写明献给伯爵雷莫斯（Conde de Lemos）：

> 现在有个家伙假冒称堂吉诃德第二，到处乱跑，惹人厌恶；因此四方各地都催着我把堂吉诃德送去，好抵消那家伙的影响。最急着等堂吉诃德去的是中国的大皇帝。他一月前特派专人送来一封中文信，要求我——或者竟可说是恳求我把堂吉诃德送到中国去，他要建立一所西班牙语文学院，打算用堂吉诃德的故事做课本；还说要请我去做院长。我问那钦差，中国皇帝陛下有没有托他送我盘费。他说压根儿没想到这层。（杨绛译本）

塞万提斯提到1612年（万历四十年）明神宗托传教士带信给

西班牙国王事。文中真假堂·吉诃德预示着堂·吉诃德在中国的命运，这个我后面讲，这里谈三点：第一，塞万提斯写这段话乃是想让雷莫斯伯爵赞助出版费，所以极尽夸张之能事。在封建时代，普通人想要成名就需要找庇护者，这是成功不可或缺的条件。第二，塞万提斯是在宣传小说。既然世界各地争相阅读《堂·吉诃德》，中国人想学西班牙文，开办西班牙语学校也就是自然之事了。这句话不实，但反映了一定的时代背景。塞万提斯钦佩耶稣会士，曾夸赞在华传教的圣父们。第三，《堂·吉诃德》一会儿说塞万提斯不是作者，一会儿说不是虚构小说，是他人撰写的史书，把虚构和现实混在一起，让读者无法分辨真假。序言和致谢写得很正规，偶尔也开玩笑，这是塞万提斯的文风。

比塞万提斯的预言晚了近三百年，堂·吉诃德漂洋过海来到亚洲。先落脚东瀛，后转赴中华。堂·吉诃德的形象先行，载述其事迹的《堂·吉诃德》后出。日本明治晚期出版了若干节译本，都是“豪杰译”。大正初期（1915年），岛村抱月、片上伸合译《ドン・キホーテ》（植竹書院，1915年）出版。在中国，在清朝覆亡前夜，报章上曾有（西）塞万提斯作、傅东华译《外国之部：吉诃德先生传》（《世界文库》，1911年）之广告，最后没有见书。这类广告大体告诉其他译者和出版社，不要染指，本社即将出版，是否译出是要打问号的。傅东华译《吉诃德先生传》（商务印书馆）迟至1939年出版，上册20章，下册32章，总计52章，不是全译本。

由清朝进入民国，关于吉诃德的信息多了起来。1913年，被褐的《稽先生传》分两次载于《独立周报》。1922年，林纾、陈家麟（英文转译）《魔侠传》由商务印书馆出版，节译上册第一段8章、第二段6章、第三段13章，下册第四段25章，总计52章。其后，贺玉波译《吉诃德先生》（开明书店，1931年）19章，蒋瑞青译《吉诃德先生》（世界书局，1933年）共16章，汪倜然译《吉诃德先生》（新生命书局，1934年）共14章，伍光建选译《疯侠》（商务印书馆，1936年），无下卷，计51章。概而观之，直到1978年，中国才有杨绛全译本《堂吉诃德》（人民文学出版社，1978年），上册52章，下册74章，计126章。如果从被褐的介绍算起，全译本的面世竟然花去了一个多甲子。

《堂·吉诃德》一书的翻译虽然滞后，堂·吉诃德本人却不依文字，尽得风流，广为传播。有多种译法：稽先生、魔侠、疯侠；有多种绰号：呆子、憨大。还生发出：堂吉诃德们、堂吉诃德时代、堂吉诃德精神。指向是一致的：一个不合时宜的人。但是，这种延续至今的固化的堂·吉诃德形象，并没有妨碍人们对他的喜爱。1925年，周作人评林译《魔侠传》说道："用轻妙的笔致写真实的性格，又以快活健全的滑稽贯通其间，所以有永久的生命，成为世界的名著。"（《小说月报》1925年第16卷第1号）时人写道："对于过去的憧憬，对于现实的不满。""无论在任何时代，任何个人，总难免有一种'吉诃德'的情绪——不满于现实，憧憬于过去——或许恐怖于将来难（测）。"可见，堂·吉诃德已经从《堂·吉诃德》破纸而出，被赋予了各种意义。限于时间，这里我只讲两点：战士和烈士。

战士。创造社在《创造》月刊创刊号上将鲁迅比喻为“乱打”的堂吉诃德。鲁迅在《〈奔流〉编校后记》（1928—1929年）嘲笑道：“中国现在也有人嚷些什么‘Don Quijote’了，但因为实在并没有看过这一部书，所以和实际是一点不对的。”鲁迅和周作人是看过日译本的。1928年，曹靖华所译屠格涅夫《哈姆雷特与堂吉诃德》，经鲁迅校对后发表在《奔流》上。但是，鲁迅的看法与屠格涅夫不一样。20世纪30年代，鲁迅化名“不堂”，写《中华民国的新“堂吉诃德”们》，称“书呆子”是不合时宜的行动者。鲁迅去世多年后，何其外在《从吉诃德说起》（1942年）中将堂·吉诃德喻为“憨大”。“其实，照我看来，吉诃德那样的先生，在中国是没有的。”“我觉得，倘若今日，真有几个吉诃德先生的话，他们必需披一件诙谐的外衣。”“我们说的诙谐其实该说是幽默。鲁迅先生，我们斗胆说他是彷徨在新文苑旧战场之间的一个老吉诃德先生（自然他是成功了）。他直带着他的枪入土……”

烈士。瞿秋白（笑峯）在《吉诃德的时代》（1931年）中写道：中国的西万谛斯还在“摇篮”里，笑尽他人后，自己如何呢？“然而，既然这样恨那些贪官污吏，以及新式的贪什么，污什么的，那么，他们要干什么，他们打算怎么干？他们吗？相信武侠的他们是各不相问的，各不相顾的。虽然他们是很多，可是多得像沙尘一样，每一粒都是分离的，这不仅是一盘的散沙，而且是一片戈壁沙漠似的散沙。他们各自等待着英雄，他们各自坐着，垂下了一双手。”

培良在《吉诃德先生》(1934年)中说：“我也正和那位骑瘦马的吉诃德先生一样盲目固执，决不会更换我的方向，现状对于艺术是摧残的，我却更决定献身于艺术。……从事于艺术工作的人决不能和现状妥协，吉诃德先生宁可相信旅店是城堡，风磨是巨人，羊群是敌军，饿困山中而不肯改变自己的信念。我们，难道不应该这样吗？因为想借助他力，稍稍妥协一下，所以才弄得狼狈不振，回想起来不觉自笑。”吴景崧在《吉诃德精神》(1946年)中写道：“吉诃德先生虽然被人指为‘憨大’，但吉诃德先生却是有他的理想与他的蛮劲的。受了市侩旧学传染的青年人，没有资格笑他。”

战士和烈士，一字之差。战士，不怕牺牲，勇战风车。烈士，必须牺牲，成为旗帜。二者聚于堂·吉诃德一身。为什么人们对堂·吉诃德怀有别致的感情呢？原因在于：他对真理的追求。答案藏在小说的第51章。

1978年，杨绛译《堂吉诃德》出版。二十年后，接连出版了两个译本。在杨译下册第51章“桑丘·潘沙在总督任内的种种妙事”中，堂·吉诃德给桑丘去信道：“我现在得要干一件事，可能得罪这里两位贵人。我虽然很为难，却又顾不得，因为我无论如何，第一得尽自己的职责，不能讨他们的好，正如常言所说的‘吾爱吾师，而吾尤爱真理’。我对你引用这句拉丁文，料想你做了总督，该学会古文了。再见吧，但愿上帝保佑你别成了人家可怜的东西。”对“吾爱吾师，而吾尤爱真理”，杨绛注：“相传是亚理斯多德的话，‘吾师’即柏拉图，亚理斯多德实无此语。”这句话屠孟超译《堂吉诃德》(译林出版社，2004年)作：“吾爱吾师，而吾尤爱真理。”注：“原文为拉丁文，相传是亚里士多德的话。”张广森译《堂吉诃德》(上海译文出版社，2006年)作：“Amicus Plato, sed magis amica veritas。”注：“吾爱柏拉图，而吾尤爱真理。”显然，屠孟超沿用了杨绛译法，张广森按原文译出。为什么杨绛会如此翻译呢？杨绛所注不准确。亚里士多德在《尼各马可伦理学》第1卷第6章有类似的话：“因为虽然两者都很可爱，但虔诚要求我们尊重真理甚于朋友。”Amicus Plato, sed magis amica veritas（吾爱柏拉图，而吾尤爱真理），应该是从这里派生出来的。在中世纪，传言柏拉图曾说过类似话，故有拉丁文：Amicus Socrates, sed magis amica veritas——吾爱苏格拉底，吾更爱真理。

“吾爱吾师，而吾尤爱真理”，见于梁启超在《新民丛报》刊登的《生计学（即平准学）学说沿革小史》。严复《群己权界论》作：“吾爱吾师柏拉图，胜于余物，然吾爱真理，胜于吾师。”二者相校，严译更准。原因可能是梁启超译自日文。前引日文足本片假名翻译之后旁注小字：“プレートーは我が朋友なり、然れども真理は更に我が朋友なり”——柏拉图是吾友，然真理更是吾友。如果检索《申报》和《人民日报》可知，“吾爱吾师，而吾尤爱真理”，在20世纪上半叶曾广泛使用，20世纪80年代正值破除个人崇拜时代，这句话得以张扬。杨绛选择这种译法莫非有时代的投影?

堂·吉诃德口中的真理并非空洞的教条，包含了柏拉图所说的“四德”，四德中的“荣誉”尤为骑士所推崇。堂·吉诃德写道:“如要赢得子民爱戴，别的不说，有两件事必须做到。一是以礼待人，这话我已经跟你讲过。一是照顾大家丰衣足食，因为穷人最忧虑的是饥寒。”面对这个人，难道我们不会由衷地说:

Me gusta Don Quijote de la Mancha（吾爱拉曼却的堂·吉诃德）

（本文是2021年10月28日在南京大学“首届伊比利亚汉学与比较文学青年学者论坛”上的演讲，文字增补版发表于《中华读书报》2022年11月2日）

没有每天，只有今天*

1889年1月3日，在意大利都灵的一个广场上，尼采目睹马车夫正在鞭笞牲口，哭喊着冲上前去抱着马的脖子道："我的兄弟啊！"一生为病痛折磨、冷眼看世界的哲人就此绝尘而去（癫狂）。

讨厌历史，时不时嘲笑同时代德国人痴迷历史的尼采，留下了一部以"历史"为题材的著作——《不合时宜的沉思》（*Unzeitgemäße Betrachtungen*）。该书第一篇阐述"生"高于"学"的思想，批评施特劳斯（D. F. Strauss）。1874年1月书出版，次月施特劳斯去世，善良的尼采闻后表示"心中有愧"：希望自己没有非难他生命的最后时光，但愿他对此书一无所知。第二篇讨论历史与生（Das Leben）的关系，题为"Vom Nutzen und Nachteil der

---

* 作于2022年10月20日。

Historie für das Leben”——《历史对生的利与弊》，质疑历史，以当下为敌。海德格尔（Martin Heidegger）在《存在与时间》中对此作曾有言及，在讨论课上花半年时间细加研读。

Vom Nutzen und Nachteil der Historie für das Leben有两个中译本，一个译自英译本，名为《历史的用途与滥用》（*The Use and Abuse of History*）；一本译自德文原著，题为《历史学对于生活的利与弊》。英译本笔法明快，直奔主题。但是，哲人笔下的人和事，即使信手拈来，也必有来历。比如书名，是不对称的：Nutzen（利益）对Schaden（损害），Nachteil（短处、不利）对Vorteil（利益），之所以不对称，据说源于泰奥格尼斯（Θέογνις ο Μεγαρεύς）：“谁也不能因自己的灾难和利益（ἄτης καὶ κέρδεος）而被问责，因为二者皆为神所赐。”（《诗集》133—134）

再如，尼采眼见“兄弟”被虐待而痛哭流涕，可从开篇的一个意象——牲口揣测一二。两个中译本的译文差异不小，兹将译文及底本胪列如下：

> 想想在那边吃草的那些牲口：它们不知道昨天或是今天的意义；它们吃草，再反刍，或走或停，从早到晚，日复一日，忙于它们那点小小的爱憎，和此刻的恩惠，既不感到忧郁，也不感到厌烦。人们在看到它们时，无不遗憾，因为即使是在他最得意的时候，他也对兽类的幸福感到嫉妒。他只是希望能像兽类一样毫无厌烦和痛苦地生活。但这全都是徒劳，因为他不会和兽类交换位置。他也许会问那动物：“为什

么你只是看着我，而不同我谈谈你的幸福呢?”那动物想回答说:“因为我总是忘了我要说什么。”可它就连这句回答也忘了，因此就沉默不语，只留下人独自迷惑不已。——尼采:《历史的用途与滥用》，陈涛、周辉荣译，上海：上海人民出版社，2000年

Consider the herds that are feeding yonder: they know not the meaning of yesterday or today; they graze and ruminate, move or rest, from morning to night, from day to day, taken up with their little loves and hates and the mercy of the moment, feeling neither melancholy nor satiety. Man cannot see them without regret, for even in the pride of his humanity he looks enviously on the beast's happiness. He wishes simply to live without satiety or pain, like the beast; yet it is all in vain, for he will not change places with it. He may ask the beast — "Why do you look at me and not speak to me of your happiness?" The beast wants to answer — "Because I always forget what I wished to say"; but he forgets this answer, too, and is silent; and the man is left to wonder.——Friedrich Nietzsche, *The Use and Abuse of History*, translated by Adrian Collins, New York: The Liberal Arts Press, 1957

请看一看在你身旁吃着草走过的牧群：它们不知道什么是昨天，什么是今天，它们来回跳着，吃着，歇息着，消化着，又跳着，就这样从早到晚，日复一日，毫不客气地

愉快和不快，亦即对眼前的桩子（原译如此。——引者）的愉快和不快，因而既不忧郁也不厌烦。看到这一点，对于人来说是冷酷无情的，因为人在动物面前为自己的人性而自鸣得意，却满怀醋意地看着动物的幸福——他只想这样，像动物一般既不厌烦也不生活在痛苦中，但他这样想却是徒劳的，因为他不想像动物那样。人也许某一天问动物：为什么你不向我谈一谈你的幸福，而只是看着我？动物也愿意回答，并且说：这是因为我总是马上忘掉我要说的话——但此时它也已经忘掉这个回答而保持缄默，以至于人对此大为惊奇。——尼采:《不合时宜的沉思》，李秋零译，上海：华东师范大学出版社，2007年，第二篇《历史学对于生活的利与弊》

Betrachte die Herde, die an dir vorüberweidet: sie weiß nicht, was Gestern, was Heute ist, springt umher, frißt, ruht, verdaut, springt wieder, und so vom Morgen bis zur Nacht und von Tage zu Tage, kurz angebunden mit ihrer Lust und Unlust, nämlich an den Pflock des Augenblicks, und deshalb weder schwermütig noch überdrüssig. Dies zu sehen geht dem Menschen hart ein, weil er seines Menschentums sich vor dem Tiere brüstet und doch nach seinem Glücke eifersüchtig hinblickt — denn das will er allein, gleich dem Tiere weder überdrüssig noch unter Schmerzen leben, und will es doch vergebens, weil er es nicht will wie das Tier. Der Mensch fragt wohl einmal das Tier: warum redest du mir nicht von deinem Glücke und siehst mich nur an? Das Tier will auch antworten und sagen: das kommt daher, daß ich immer gleich vergesse, was ich sagen wollte — da vergaß es aber auch schon diese Antwort und schwieg: so daß der Mensch sich darob verwunderte. ——Dr. Friedrich Nietzsche, *Unzeitgemäße Betrachtungen*, Leipzig: Verlag von E. W. Fritzsch, 1874

撇开字面的差异不论，尼采通过凝视（人）和被凝视（牲口）之间的关系，展示了两相对立的画面：东张西望不安的人，自由自在独乐的牲口。这个意象是有底本的，来自19世纪初意大利厌世诗人贾科莫·莱奥帕尔迪（Giacomo Leopardi）的《亚细亚流浪牧人的夜歌》。尼采在初稿曾引用了诗中语句，在定稿时虽然删去了，但保留了牧人对牧群的画面，且看《亚细亚流浪牧人的夜歌》：

哦，休息着的羊群啊，
依我看，你们是幸福的，
因为你们不懂得自己的苦难！
我多么羡慕你们！
这并不是仅仅因为
你们几乎无忧无虑——
你们会一下子忘却
所有的辛劳，所有的伤害，
所有的惊惶和恐惧，

而是因为你们不知烦闷为何物。

……

而我呢，当我坐在草地的树阴下时，

我心里就罩上一层厌倦的阴影，

我仿佛觉得有靴刺在扎我，

我坐着时，一点儿也找不到

安宁和庇护之所。

尽管如此，我什么也不希冀；

到现在为止，我也没有理由哭泣。

什么使你们高兴，或高兴到

何种程度，我可说不上来；

不过，你们毕竟是幸运的。

以后，我仍旧郁郁寡欢，

我的羊群啊，对此，我也并无怨言。

如果你们能说话，

那么我倒要问你们，

为什么每一头畜生懒洋洋地

舒舒适适地躺着时，

都心满意足，而我

躺下休息时，却是满脸愁闷？

——吕同六选编:《无限——莱奥帕尔迪抒情诗选》，西安：西安出版社，1998年诗人莱奥帕尔迪提出疑问，哲人尼采给出解答：人的烦恼源于记忆。人眷恋过去，无论走得多远和多快，过去的锁链如影随形。相反，牲口的生活是“非历史的”，因为没有“历史”的掣肘，尽可优哉游哉。尼采认为过量的历史不仅使生活残损退化，而且历史本身也会随之退化。

几乎所有哲人在思考时间时都秉持“现在中心主义”，基于“现在”进行直观（intuitio）或知觉（perceptio），过去存在于唤起（回忆）中，未来呈现在期待里。而牲口不同，既不会唤起，也不懂期待，恰如《亚细亚流浪牧人的夜歌》所道：

当你们坐在树阴下的草地上；
你们既安静，又满足，
在这样的境况下，你们没有烦恼地
度过了一年的大部分光阴。

“你的日子，没有每天，只有今天。”（《忏悔录》11—13）这，不正是造物主的时刻吗？

现在，尼采为眼前的情景所震撼：一匹马撕心裂肺地惨叫——心中装满难以消化的“过去”（石头）的人正在用暴力剥夺他者的“今天”，于是尼采不顾一切地冲上前，紧紧地抱着离散已久的兄弟。

爸爸，学历史有什么用*

“爸爸，给我讲讲，学历史有什么用?”这是《经济与社会史年鉴》(*Annales d'histoire économique et sociale*)杂志创始人马克·布洛赫(Marc Bloch)未完成的遗著《为历史辩护或历史学家的工作》(*Apologie pour l'histoire ou Métier d'historien*)导言开篇第一句话。

这本书有两个法文版。一个是经布洛赫的友人、《年鉴》杂志另一位创始人吕西安·费弗尔(Lucien Febvre)整理的版本。多年后，一位意大利的历史学者比对手稿后，发现做事大大咧咧的费弗尔对难以识别的文字做了许多改动，布洛赫的长子于是重新整理遗稿，有了新版本。我读此书是在1987年，是一个来南京留学的美国博士生借给我的，是英文版。书不厚，很快读完，也

* 作于2021年10月20日。

很快淡忘。再好的书，如果和自己的“生”没有关系，终究是“身”外之物。但是，上引那段话颇有临场感，也是我进大学后一直怀有的疑问，印象极为深刻。在日本，因邂逅著名法国史学者二宫宏之先生及其著作，我得以翻阅日文版。现在因为讲授“社会史的理论与方法”课，找来中文版阅读，屈指一算与此书相识已有30余年。

中译本有两个。一个是张和声、程郁翻译的《历史学家的技艺》(一度译为《为历史学辩护》)，另一个是黄艳红译《历史学家的技艺》。前者先出，后者后出。对导言首句，前者译作：“‘告诉我，爸爸，历史有什么用’，几年前，我十分宠爱的小儿子居然向他身为历史学家的父亲提出这样的问题。”后者译为：“‘爸爸，告诉我，历史究竟有什么用。’几年前，一个小男孩靠在我身边，向他的历史学家父亲，提出了这样一个问题。”张、程将男孩译为布洛赫的儿子，黄译没有指明。恰好我手头有法文本，相关页有道：

> « Papa, explique-moi donc à quoi sert l'histoire. » Ainsi un jeune garçon qui me touche de près interrogeait, il y a peu d'années, un père historien.

文中的一个男孩/un jeune garçon是泛称，在问他历史学家的父亲。何以张、程译本有不同的翻译呢？会不会由于英文本之故？恰好我手头也有英译本，相关页写着：

Tell me daddy, what is the use of history?

Thus, a few years ago, a young lad in whom I had a very special interest questioned his historian father.

“a young lad”是泛称，没有注明是否是布洛赫的儿子。张、程的翻译如果没有“十分宠爱”这一十分中国化的表述，未尝不可，从上下文看，小男孩就是布洛赫的儿子。伟大的历史学家皆有异乎寻常的经历。中国的“历史之父”司马迁的故事人尽皆知，不消多说。西方的“历史之父”古希腊的希罗多德的家乡在今土耳其西南部，他因为参加反对僭主的斗争，失败后逃到对岸的萨摩斯（Samos）岛，虽然离家乡不到2公里，也是流亡。堪称“新史学之父”的布洛赫，而立之年参加第一次世界大战，军衔上尉；天命之年遭逢第二次世界大战，投笔从戎。1940年在“奇怪的溃败”后，布洛赫跟随溃军从法国西北部敦刻尔克撤至英国，后又辗转回到法国。因为犹太人的身份，布洛赫及家人生活困顿，正是从此时开始，布洛赫凭借记忆和读书笔记撰写此书。

勒高夫（Jacques Le Goff）在给法文新版写的长篇导读中认为，小男孩的问话是很沉重的开篇。这句话下的注释提示，在朗格洛瓦（Charles-Victor Langlois）和瑟诺博斯（Charles Seignobos）合著的《历史研究导论》（*Introduction aux études historiques*）中载有同样的疑问。瑟诺博斯是法国实证主义史学的代表，布洛赫的老师。朗格洛瓦执笔的序言列举了几个无须回答的“无益的问题”，学历史有什么用就在其中。对实证主义史学来说，这不成其问题；对马克·布洛赫来说，值得深究。《年鉴》创刊号《致读者》委婉地批评实证主义史学漠视历史的余白和沉默的声音，在此书导言中，布洛赫则挑明自己与实证主义史学的根本对立。他认为，在“历史”成为学问和知识之前，人们可以从有趣的故事中得到独特的美感，这是历史学的魅力所在。作为学问的历史学，不能漠视历史中的“诗性”，而诉诸感性的历史学与“科学”研究并不矛盾，“科学”研究不仅仅要获得知识，还要追究事象之间可理解的关系。

按理，在如此有力的开篇后，接下来应该围绕学历史有没有用展开论述。一如序言中所说，在极端严酷的条件下，布洛赫已无力完成此项工作，只能展示一个职业历史学家的“工作”（Métier）。虽然如此，我以为从导言中还是可以找到通向答案的痕迹的。话分两头。布洛赫认为历史学是一门“不确定”的学问，如何使之在“科学”层面近乎完善关乎历史学家这个匠人“工作”的完成度。另一方面，布洛赫关注历史的美感部分，这存在于过去或现在的人事关系之中，也是“我”与历史和他者发生关联的契机。这两个取向体现在布洛赫拟定的《为历史辩护或历史学家的工作》书名上。

英译本和中译本略去主标题，不无根据，但因此而轻视了布洛赫的写作意图。Apologie源于希腊语，恰如柏拉图笔下的《苏格拉底的申辩》，布洛赫不是为过错进行辩解，而是基于强烈的信念和自信进行申辩或辩护。本书仅有五章，按手稿所列写作计划，布洛赫将在第七章（“预见的问题”）和结语（“社会和教育中的历史作用”）回答历史到底有什么用的问题。1943年布洛赫中断写作，参加抵抗运动，用生命续写了未竟的篇章：抗争是最具诗性的历史书写。1944年3月8日布洛赫被捕，在饱受酷刑的折磨后，于6月16日被枪杀，享年五十有八。

读史昏昧*

常言道：读史使人明智。否。读史常使人昏昧，不是all-or-nothing（非此即彼），而是either one is correct（亦此亦彼）。古人道：善易者不卜。如果君子以吉凶来定行止，那就没有是非可言了。

哲学（Philosophy），在古希腊语里叫Φιλοσοφία/Philosophia，由爱（Φιλο/Philo）和智慧（σοφία/sophia）构成，意为“爱知”。把这个词译为“哲学”的是日本明治时代的启蒙学者西周。西周同时又是汉学家，为如何翻译这个概念着实费了一番脑筋，之前有“穷理学”“理学”等，但因为很容易与朱子学纠缠不清，西周选择了“希哲学”，后来“希”从中脱落，变成了今天的“哲学”。在汉字哲学概念中，比起其他来自日本的由“体”“性”构

---

* 根据2018年6月16日旧稿删改。

成的词汇——主体、客体、积极性、消极性等，“哲学”真是一个伟大的翻译。

在英语圈颇有影响的柄谷行人，随着他的著作被翻译为中文，在国内的名气也在看涨，他曾说过一句令同行很不爽的话：日本的哲学不在大学，在评论界。确实，大学里的哲学都在忙着诠释人家的，相反评论家里确实有不少学养深厚、思想敏锐的人，他们的言行不仅成为时代的标杆，也成为研究时代的对象。

哲学家爱知，爱知者明生死，所谓“朝闻道，夕死可矣”。厌世和愤世，都没有了生死；“民不畏死，奈何以死惧之”，乃是以死求生。法国“年鉴学派”第三代掌门人勒高夫对时间曾有精彩的比喻，记得大意是，农民的时间面向过去，商人的时间指向现在，革命者的时间朝向未来，有三种人——哲学家、神学家、骑士——不一样，他们行走在过去、现在和未来之间。

苏格拉底是哲学家，历史上第一号爱知者，不著一字，尽得风流，多亏有学生柏拉图等留下记录。在公元前399年雅典那场民众审判中，苏格拉底以毒害青年、不敬神，被判处有期徒刑。苏格拉底本可以求情，以便减刑或缓刑。你看他临终前，老婆哭哭啼啼跑来又被轰走的样子，一个女人带着好几个孩子，好生可怜。这个整天不着家的“油腻男”，算不上一个好丈夫。苏格拉底不服判决，反而说民众无知，这还了得，民众最怕被说成无知，结果大家都知道的。

那个时代，提到苏格拉底，不能不提到“智者”高尔基亚斯（Gorgias）。年轻的柏拉图太爱自己的老师了，在他的文字里，把智者描写成贪图富贵，赚喝彩的“网红”“公知”，高尔基亚斯与苏格拉底隔空论辩、屡战屡败。其实，至少高尔基亚斯不是一般的“智者”。用今天的话，作为“北漂”一族，高尔基亚斯赤条条来到雅典，靠着满腹经纶和三寸不烂之舌，成为最受青年们追捧的人。高尔基亚斯终身未婚，没有理由贪财，活到106或107岁，实在不想活了，最后选择了自了。我二十年前读高尔基亚斯，他说：“我们告知邻人的不是存在，而是言语，即与原来的本体不同的东西。”很是诧异，这不正是“后现代”“语言学的转向”（linguistic turn）的话语吗？

神学家爱知爱到一定境界，就是哲学家了，第一号人物无疑是圣奥古斯丁（Aurelius Augustinus）。奥古斯丁最有名的著作是《忏悔录》（*Confessiones*）。Confessiones源自confessiō——承认、告白、自白，指基督教信仰的告白、信条，汉译“忏悔”不可谓错，但过矣。这本书最精彩的是第10卷和第11卷，分别探讨了神在何处与何谓神，在课上，我讲记忆，就是讲奥古斯丁的精神旅行，看他如何通过回忆，穿过记忆的府库，沐浴上帝的恩宠。奥古斯丁关于时间的思考影响至今。罗素（Bertrand Russell）说，他比康德（Immanuel Kant）的主观时间论更为完善，更为明确。胡塞尔（Edmund Husserl）说，他是对时间不辞辛苦、穷追不舍的第一个人。

圣人多不幸。奥古斯丁晚年遭遇蛮族入侵、罗马帝国崩溃。429年，汪达尔人跨过直布罗陀海峡，在北非登陆，一路掠杀，包围了奥古斯丁生活的希坡（Hippo）。倒于热病的奥古斯丁，在弥留之际，支走弟子，独处一室，在祈祷中静静地走向上帝之城。

仗义每从屠狗辈，负心多是读书人。在因特网时代，我们正亲身经历“链接性的转向”（connective turn），轻易穿越时空，与古人照面。反观历史，仗义未必屠狗辈，负心未必读书人，侠客义士古难寻。今年是“戊戌变法”120周年，话说康有为在变法失败后，曾和日本浪人宫崎滔天等交游，见面劈头要求对方从日本雇佣不怕死的武士暗杀西太后。宫崎滔天很纳闷，你康有为弟子三千，居然没有一个荆轲！日本也没有。周作人到日本后很快就发现了这点，认为从前有，现在没有了。日本的武士要么为主子战死，要么为主子殉死，这里有个武士的经济学在起作用。如果主子死了，你不自杀，新主子会给你好脸色看吗？新主子新时代，需要新的臣仆，只有死，子孙才能顺利接续，做臣仆。

武士侠客难寻，那位挑战风车的骑士——塞万提斯笔下的堂·吉诃德，就成了骑士的理想型。骑士为荣誉而生，荣誉是骑士的名片。堂·吉诃德，俨如被包围在空中的旗帜，成为自觉平庸者仰视和感叹的对象。

撇开哲学家、神学家、骑士的标签，苏格拉底、奥古斯丁、堂·吉诃德分别展示了不同的爱知的可能性。死，不过是人生的一个分号。面对生命的威胁，泰然处之，这是哲学家的境界、神学家的境界、骑士的境界。对于一时难以辨明曲直的事象，我要求自己和你们，要退一步进行现象学的观察：资本（capital）在说什么，信息（intelligence）在捣鼓什么，权力（authority）是否起到作用。cia这三个罗马字符是进行思考和判断的三要素，只有这样，爱知才有可能。否则，If you are trapped in the dream of the Other, you are fucked。抱歉，引用了这句粗口。朋友送给我一本精美的台历，6月封面是法国哲学家吉尔·德勒兹（Gilles Deleuze），是他说的。

人生莫作妇人身*

二十年前在日本时，常去东京神保町淘书，那情形，用尼采的话，仿佛是在发霉的旧书堆里贪婪地呼吸，流连忘返，一晃，一天就没了。披沙拣金，有时获宝。有次居然淘出一本名为《呜呼卖淫国》的书。书名奇怪，忍不住顺手翻阅，阅后方知奇而不怪，值得细读慢思。

该书篇幅不长，总共164页，初版于明治三十四年（1901年），作者正冈犹一。首页照片插图上有大名鼎鼎的政治家伊藤博文，作者将这个老淫棍和东京新桥一带有名的娼妇梅本梅香、男娼市村家橘并列为明治三大景。往下翻去，凡十四章，作者从何以自贬日本为“卖淫国”展开论词，详说明治日本从国家政治到市民社会，从知识精英到青年学子所弥漫的淫靡和颓废的风

* 根据2017年旧稿删改而成。

气，指出明治的所谓“进步”掩饰着道德沦丧，是建立在牺牲女性的前提下的。作者自称是个忠君爱国的天皇主义者，是以爱之愈深痛之愈烈的心情斥责日本在近代主义的“美名”下的堕落。

我以前读过类似的文字，即使如此，仍然为作者的言辞所震动。明治时代，妇女的境况十分悲惨，明治三十二年（1899年）仅参加过健康检查的娼妓就有2233122人。当时还出现了一个单词，叫からゆきん（唐行きん，音kara yukin），唐即中国，这里泛指外国，からゆきん指去中国和南洋卖身的女子。然而，在有关明治的历史叙述中，这一事象似乎很少为人关注。

记得1993年5月初黄金周，我曾在一个美国学者的东京家里和沟口雄三先生有过一次长谈，他说来日本的中国留学生言必称学习明治近代化成功之路，这使他和一些日本学者非常吃惊，因为战后日本思想界一直有一个批判明治以来近代化的思想传统。老实讲，听了沟口先生的话，笔者也吃惊不小，因为那时中国学界存在着明治近代化神话，论者喜好将明治日本和清末中国强做比较，试图找出一成一败的原因。

战后，当在战争的废墟上日本开始国家重建的时候，思想界也在摸索着日本精神的重建。这种精神重建是建于对战前的批判上的，循着两条路径展开，一种是推崇明治，否定大正，特别是昭和，以将历史切断的方式寻究近代日本失败之因。从司马辽太郎的历史小说里不难感受到光明的明治时代和灰暗的昭和时代的二元对立。司马辽太郎的历史小说所描绘的至多是中产阶级的历史，不是民众的历史，更不是女性的历史。另一种是沟口先生说的对战前日本的整体反思，它是从日本历史的连续性上反思近代日本的困境，指出日本文化缺乏主体性，明治以来把“近代”嫁接在官僚天皇专制主义上，最终形成了分工明细而又缺乏整体责任承担的政治体制，这可以丸山真男为代表。司马辽太郎对战前的批判在割裂历史的同时，重续了日本人的集体意识，在大众层面上获得了巨大的反响；而丸山的理性批判精神曲高和寡，只能在知识界获得少数支持。理所当然，面对这一思想孤独，更显孤立无援的是历史上挣扎在底层的沉默人群——女性。

在日本历史的底层，沉默女性的代表是“游女”。“游女”即风尘女子，其称呼历史久远，奈良时代的《万叶集》里有“游行女妇”的记载，“女妇”乃伴舞卖身的游女。作为社会现象，游女的广泛出现是在战国时代。战乱中，男丁大量死亡，妇女流离失所，或沦为游女。武士们四处征战，掠人子女无算，征伐之隙，还嫖娼宿妓，因此，“游女”可以视为武士阶层的伴生物。19世纪中叶，做过英国驻日本和清朝公使的阿礼国（R. Alcock）在其《大君之都》一书里，记述了将军丰臣秀吉为了招收和安抚兵士，如何别出心裁地创造聚集游女的“廓”来供手下的将士玩乐。

上面提到的《呜呼卖淫国》的作者本名正冈艺阳，是《时事新报》的记者，他所抨击的明治淫风应该溯及江户时代。德川家的264年天下奠定于“关之原”决战。家康在江户（东京）开启德川时代后，深知马上能夺天下，马上不能治天下，为羁縻列岛大小四百多号大名，想出“参勤交代”等方法来削弱诸藩力量，提倡儒家伦理，以忠诚维系上下关系。与此同时，谙熟“实腹虚心”的家康还继袭了丰臣秀吉的游廓政策，鼓励“廓”里的楼主放胆经营，给予其自治特权，这样在德川政治的心脏地江户就出现了仿效京都岛原游廓地的吉原游廓。

游廓既兴，大名武士进进出出，久之而游惰。对于游廓的作用，研究卖春史的专家中山太郎称：“这是摘取在庆元两役中落败之不满残余分子和企图复仇之武士的睾丸政策。”确实，游廓不仅销蚀了武士们的谋反之心，还真的摘去了不少大名武士的睾丸。家康本人在70岁高龄染上淋病，苦不堪言。次子结成秀康染上梅毒，烂坏鼻头，瞎掉眼睛。因果有报应。更糟糕的是，上层阶级的淫靡风习波及下层，公娼私娼两兴，一时间男子以好色为荣，以没有出入游廓为耻，成千上万的卖春女周围拥聚着上千万人次的买春大军，形成了蔚为壮观的江户淫靡图。

游廓里的楼主用极少的金钱购买贫家女子，教其识字习艺，经过一番调教后，游女们出落得风姿绰约，大异于一般不谙文墨的良家女子。游女们过着暗无天日的卖春生活，除非有人出高价赎身，游女终生不得踏出游廓，死后葬身于附近的净闲寺。游女自称游廓是“苦界”，自己是身裹绸缎的乞丐，有川柳叹道：“身于苦界，死于净闲寺。”有借白乐天诗道：“人生莫作妇人身，百年苦乐由他人。”自然，游女痛恨楼主，称楼主为“忘八”。按：“忘八”即“王八”，本义原指违反儒家伦理“仁、义、礼、智、忠、信、孝、悌”八伦。

批判明治维新的学者称：没有江户的光辉，便没有明治的繁荣。其实，江户时代的阴影一样笼罩着明治时代。具有讽刺意味的是，当以萨（摩）长（州）武士为核心的倒幕大军涌入江户城后，丘八们在政治报复的名义下，对德川家臣的妻女进行了惨无人道的性暴力。失去一家之主庇护的武士妻女，流落街头，最后沦入游女行列，仅江户城内据说就有三万人之众。

不被爱的能力

以《拥抱战败》（*Embracing Defeat*）一书闻名的历史学家约翰·道尔（John W. Dower）在论文集《记忆之道、忘却之道：现代世界中的日本》（*Ways of Forgetting, Ways of Remembering: Japan in the Modern World*）里收录了一篇概观战后日本战争受害记忆与加害记忆关系的文章，文中提到日本战败前夕东京帝国大学教授渡边一夫在日记中悄悄记下的一句话："不被爱的能力（愛さえない能力）。"这是一位普鲁士军官在日记中记下的罗曼·罗兰的话。渡边用德文标记为Unbeliebtheit，意为"不受欢迎"。道尔将其译为an aptitude for being unloved。渡边认为，德国人在意识到自己的"不被爱的能力"后，试图克服邻人的戒惧；而日本虽然处于同样的境况，非但不自知自觉，反而在强化这种能力。渡边是诺贝尔文学奖获得者大江健三郎的老师，战后围绕这一主题先后撰写过两篇文章，铺陈自己的思考，揭示了当视他者为"恶邻"时，自身也成为不可避免的“恶邻”。

渡边所说的“不被爱的能力”是由日本的侵略战争引起的，这一能力并未随着战争的结束而消失，相反，围绕战争责任，确切地说战后道德责任问题，日本与邻人间的“不被爱的能力”长时间发酵。如果说，历史学的目的旨在缩短过去的经验与未来的期待之间的距离，论者将不得不承认过去的负荷积重难返。

1946年，哲学家卡尔·雅斯贝尔斯（Karl Jaspers）历经波折出版了《罪责》（*Die Schuldfrage*）一书。这本带有存在主义色彩的著作，把战争责任分解为四个方面：刑事的、政治的、道德的和形而上学的。《罪责》讨论的虽然是德国人的战争责任，也适用于所有战争责任。就日本的战争责任而言，除形而上学责任外，刑事上和政治上的罪责是由“东京审判”（远东国际军事法庭）和GHQ（驻日盟军总司令部）来追究的。“东京审判”惩罚了一些战犯，GHQ剥夺了一些责任者担任公职的权利。但是，美国主导下的“东京审判”含有政治上的算计，程序上也颇为草率，因而一向为支持者和反对者双方所诟病。更成问题的是，出于“冷战”的需要，审判在1948年11月结束后不久战犯即被陆续释放，应该追究的人和事从此不再被提及。1951年9月《旧金山和约》签订后，日本得以回归国际社会，很多战犯和被开除公职的人员重回政坛，有的甚而执掌政治大权，形成了一个吊诡的政治现象：依靠战后和平宪法所奠定的政治机制长期执政的自民党不断抨击和平宪法，寻求改宪；“万年野党”共产党坚守和平宪法，反对改宪。学者白井聪将这种政治现象比喻为由美国制造的“永远的败战”——永远跳不出战败的魔咒。面对历史倒退现象，评论家鹤见俊辅指出，因为东京审判、开除公职、法律和教育改革等而形成的“战争责任意识”的制度化，在1955年后“自动消失了”。在此背景下，1950年11月出版的雅斯贝尔斯《罪责》日译本《战争责任问题》成为讨论日本战争责任意识——道德责任绕不开的著作。

针对1955年以后战争道德责任意识的淡薄化，战后思想界的旗手丸山真男在1956年3月撰写了《战争责任论的盲点》一文，批判日本政界流行的“一亿人总忏悔”的言说，认为这是统治阶层故意将所有日本人都染成“乌贼黑”的做法，模糊了不同人群所负有的不同的战争责任。同时，丸山也批判反驳“乌贼黑”的言论，后者以黑白二元论将日本国民区分为负有战争责任和没有战争责任两部分。丸山认为，就对外而言，“区别统治阶层和国民是不错的，但即使如此，不能以任何理由否定国民=被统治者的战争责任”；对国内而言，日本的法西斯统治不是建立在政治民主主义基础上的，这与纳粹德国不同，但即使如此，“一般国民”作为市民能否免除“默默服从法西斯的道德责任”仍是值得商榷的。丸山关于战争道德责任的认识呼应了雅斯贝尔斯关于国民只有意识到自己的责任后才能获得政治上的觉醒的言说。

但是，日本关于战争责任的讨论并非总是朝向丸山所指出的反省一般国民的道德责任方向展开的，在1960年“安保斗争”受挫、日本完全处于美国掌控的保守政治格局下，1964年林房雄抛出《大东亚战争肯定论》，全面为被“东京审判”判定为“反和平罪”“反人类罪”的战争翻案，不辨是非地将丸山的战争责任认识归为反日本的、带有左翼倾向的言论。林房雄的战争认识具有“划时代”意义，从此否定战争责任的言论在日本论坛占有一席之地，谁要追究战争责任，必被扣上“反日”“赤色”的帽子，这是历史修正主义者惯用的技法。

为什么关于战争道德责任的讨论难以展开下去？或曰何以会出现道尔所揭示的受害记忆的再生产？这是一个涉及政治、文化和历史等方面的复杂问题，借助同时代竹内好的议论，似乎可以理出一个头绪来。

在战后日本言论界，竹内好是个很值得玩味的存在，笔者曾指出：除去鲁迅著作的译者和研究者身份外，竹内好没有任何学术地位；即使作为评论家，也算不上出色，因为无论是战时还是战后，他对中国的判断都严重背离实际。尽管如此，竹内好比同时代的任何一位中国研究者和评论家都更受关注，获致来自左和右不同立场的论者的赞词。在战争道德责任认识上，竹内好别异于其他观点，1960年2月他发表《关于战争责任》一文，一方面认为应将战争责任细分化，反对“一亿人总忏悔”——将罪责一般化，批判日本指导阶层“罪责越深重，罪责意识越淡薄”。另一方面进而说：“罪责是客观存在的，如果责任未被‘责任意识’主体化，就无法证明罪的存在。”按照这一逻辑，在他所说的天皇制“奴隶结构”下，无论是统治者还是“奴隶”——国民，只要其责任意识没有“主体化”，那么“就无法证明罪的存在”。竹内好的议论为战后的“忘却之道”做了最好的注解。

1995年，“二战”结束五十周年，时任日本首相的村山富市发表谈话，代表日本政府第一次正式向亚洲受害国道歉。村山谈话旨在抚慰受害者、消解自身“不被爱的能力”，却激起了历史修正主义者的反动，在“新历史教科书”“自由主义史观”等名目下的翻案运动逐渐汇聚成影响至今的巨大的社会政治势力。确实，五十年前未加清理的战争道德责任问题突然摆在五十年后的国民面前，绝大多数战后出生的日本人感到茫然：我没有参加战争，难道我也要为祖辈和父辈发动的战争负责吗？两位学者分别开出了不同的药方，一位是评论家加藤典洋，一位是哲学家高桥哲哉。

显然意识到战后五十年将是一个不寻常的年份，在前一年12月即刊行的文学杂志《群像》（1995年1月号）上，加藤典洋发表了《败战后论》一文。在这篇长文里，加藤提出了“败战后”概念。顾名思义，败战后是指1945年日本战败投降以后。但是，加藤的“败战后”不仅仅是涉及战争始末的时间概念，还是有特定政治意涵的历史时间——战后日本的“扭曲”状态，政治上表现为“护宪派”与“改宪派”、“革新派”与“保守派”的“人格分裂”。前者是“外向的自我”，接受外来的普遍价值；后者为“内向的自我”，执着于传统价值。这种分裂带来了如下结果：“从某一时刻开始，战后日本外向的正史公开承认日本的侵略战争，但那时并没有向战胜者展示战败者的扭曲。这个正史就是日本首先应该向两千万（日本承认的数据。——引者）亚洲死者谢罪，但另一方面，对三百万本国死者，特别是作为士兵逝去的死者的哀悼，与谢罪应该置于怎样的关系并没有明确展示出来。”加藤这段话的意思是说，如果忘却或无视三百万死去的同胞，日本人表里分裂的“扭曲”状态就会不断以政府阁僚“内在的自我爆炸”——“失言”的方式表现出来。反之，日本人只有作为“一个人格”——统一的“国民主体”，才有可能对亚洲战争受害者道歉。

对于加藤的言说，高桥哲哉在《群像》3月号上发表《受辱的记忆》一文，以“慰安妇”问题为切入口，批判加藤典洋“先追悼日本的三百万死者，进而哀悼亚洲两千万的死者、向死者谢罪”是一种放弃历史是非判断、模糊战争责任的策略，视其为“新民族主义”的代表；另撰文指出，加藤将日本国民视为一体无论在逻辑上还是在历史上都是错误的，而加藤所说的日本“败战后”所出现的“人格分裂”不是“后”，而是关于“战败”认识的“人格分裂”。

就道德责任问题而言，加藤的言说触及了被淡忘的日本战争道德责任“非主体化”问题。加藤以“国民主体”的民族主义思考方式试图以搁置对历史的判断为前提摸索与受害者和解，这最终模糊了丸山所批判的国民主体内部道德责任的轻重之别，实际上和“一亿人总忏悔”具有同样的认知逻辑。阿伦特（Hannah Arendt）在《责任与判断》（*Responsibility and Judgment*）中说过，个人不可能不负有国家的和民族的责任，除非个人是国际难民或无国籍者。在尖锐地批判加藤的议论的同时，高桥批判地承袭了阿伦特关于战争责任的认识，思考如何唤起日本国民责任意识，为此他提出了一种新的思考战后道德责任的理路。在高桥看来，“责任”（responsibility）就是一种“应答能力”，这是人与人关系的最基本的责任，如果漠视和拒绝他者的声音，那么与他者的关系就无法成立。“应答”责任是一种不分民族和国界的责任，对于日本的战后责任，日本人有义务跨越民族的藩篱积极地响应受害者的呼声，尽到自己的道德责任。在笔者看来，高桥重构责任主体的努力为战争道德责任的讨论敞开了新的可能性，这个责任在世代更替、战争远去的当下，就是坚守政治正确、记忆历史善恶的责任。但是，令人悬疑的是，这种可能性的载体如果仅仅以个体方式呈现，在多大程度上能达成目标？换言之，如果将“应答责任”投掷给集体，战争道德责任则必然又收敛于国民这一装置里。

高桥与加藤的争论是在日本语境下展开的，学术争论并没有唤起社会的响应，相反，在争论之外，加藤的言说似乎得到了更多人的拥护——至少是沉默地接受。与此同时，战争责任问题在中国不仅成为学术讨论的对象，更成为一个与国际政治纠缠的大问题，刺激着当代中国的民族主义，结果彼此“不被爱的能力”回到民族国家最原初的对立状态。全球化时代要求人们在历史问题上持有更为超脱的态度，但当历史不止于事实辨析，而与权力、伦理等紧密缠绕之时，任何诉求都必须直面“可超越的”与

“不可超越的”问题，概言之，战争道德责任必须在民族国家的范畴中解决，唯有以此为媒介，才能讨论超越民族国家界限的历史和解。

（本文原题《可超越的与不可超越的——关于战争道德责任的思考》，系提交香港城市大学“超越国族的历史学与战争责任国际学术研讨会”［2016年6月18—19日］论文。收入本书时对内容大幅删减）

雪球·雪花·雪耻*

也许是全球气温变暖的作用，正当春季的4月，空气中已弥漫着炎夏的气息了。

4月末的最后一个星期，我有机会去美国西海岸加利福尼亚州中部的斯坦福大学，参加一个题为“Critical Han Studies”的国际研讨会。飞机抵达San Francisco机场的时间，正是起飞的时间：23日上午。凭空多赚了一天，让人有一种不可思议的愉悦。

San Francisco在中文里有两个译名，一为音译，称三藩市，一作意译，曰旧金山。一百多年前来自中国的苦力们在此地登岸，被带去淘金、筑路，据说斯坦福大学就是由通过修铁路而大发其财的斯坦福先生捐建的。

斯坦福大学的校园很美，蓝蓝的天，灿灿的阳光，成片成片

---

* 作于2008年4月底。

的树，绿地上随处可见晒日光浴的人。因为提前两天到达，第二天一早，我决定去胡佛研究所（Hoover Institution），查阅目前备受关注的蒋介石日记。

大会24日开始，历时三天，有41位学者做了报告。在北美，围绕这么专门的题目，能聚集如此众多的来自各国的学者，算是非常不容易的了。令我吃惊的是，会议的组织者墨磊宁（Thomas Mullaney）先生年纪还不到30岁，他和法国、澳大利亚的同行结成一个研究小组，研究“汉”（汉人、汉族、汉民族）这一世界最大族群的历史，以及有关“汉”的历史的表述问题。大概近年我在该领域发表的若干论文引起了会议组织者的兴趣，所以他们也邀请素昧平生的我参加这次主要是人类学者参加的大会。

会议准备得很周到，一个月前，大部分会议论文就传到了代表们的手上。因此，代表们在会前就能事先阅读有关论文，预知会议讨论的主要内容。

“汉”这一名称源远流长。公元前202年，项羽在四面楚歌中落败后，刘邦取得了中原天下，建立了汉朝。从此，“汉”成为中原居民的符号。回顾往昔，我们不应该忘记“汉人”曾经是一个“他称”——周边居民对中原居民的贬称。在部落族群之间的对立争斗中，不断出现“汉儿尽作胡儿语，却向城头骂汉人”（司空图）的一幕。“汉人”指称的对象往往暧昧不清，在元代，被纳入“汉”这个话语装置里的就有女真人、契丹人和朝鲜人等。长期的搏杀也造成了意外的结果：相互融合。对于今天的大多数中国人来说，“汉”仿佛是一个不断滚动的雪球（snowball），不断膨胀和强化。

另一方面，从中国外部来看，随着安德森（B. Anderson）提出的“想象的共同体”（imagined community）这一学说席卷全球，论者们多倾向于从这一角度来观察“汉”，对其进行“解构”（deconstruction）和“转位”（dislocation），以便在碎片般的、混杂化的和多样性的“雪花”（snowflakes）中寻找“汉”被建构的历史。这次会上学者们提交的论文，既有关于“汉”的不同表述的考察，也有关于汉及其相关民族的田野追踪。“汉”的历史被相对化了。

“雪球说”和“雪花说”都是对围绕“汉”的形成的形象表达，前者可以说是“本原说”，后者则可以看成“建构说”。在我看来，“本原说”是一种本质主义的历史观的余绪，“建构说”是非本质主义的历史观的反照。那么，摆在今天的学者面前的历史，是否真如怀特（H. White）所说的那样，是一部“没有底本的抄件”（a copy without original）呢？对此，王明珂先生提出了第三种解释的可能性，以“华夏边缘”来观察各族群之间的互动关系。在有关“英雄祖先”和“弟兄民族”的历史传说中，他发现了“汉”和周边民族之间存在着你中有我、我中有你的若明若暗、亦即亦离的关系。

历史如江河，有主流与支流，有明流和潜流。在此次会议上，我提交的论文讨论了20世纪初黄帝叙述中的“连续性”和“断裂性”问题。作为近代民族符号的黄帝，既上接《史记》以来的叙事传统，更与1928年以后南京国民政府所推进的民族建构密切相关。阅读蒋介石日记，不难窥见一鳞半爪。蒋在西安事变期间的日记里自勉道："临难毋过免，不愧为黄帝之子孙。"（12月18日）回到南京，蒋决定软禁张学良后，在日记中辩解道："如果放弃西北，任其赤化，则不惟国防失之根据，而且中华民族发祥之地且陷于永劫不复矣。"（12月29日）

24日会议结束，次日该准备返程了。但是，此前翻阅的蒋介石日记仍然萦系于脑海，挥之不去。对于一个长期浸淫于故纸堆中的人来说，轻轻放过身边的"历史"是痛苦的。于是，我谢绝了大学时代的同窗、现已琵琶别抱的好友李为民兄为我安排的游览计划，决定再去看一天蒋介石日记。

蒋介石从1917年开始记日记，直到去世前的1972年，50多年间几无中断。一个甲子前，蒋介石败亡台湾，从此一海之隔的大陆可望而不可即；一个甲子后，蒋介石日记被其家属捐赠给胡佛研究所，而今直把他乡作故乡。在胡佛研究所档案馆的阅览室里，那些翻阅着绿纸文书，手持铅笔而疾书不止的人，不要问，即可知是在阅读蒋介石日记。现已公开的蒋日记是1945年以前的日记，在有限的时间里，应该阅读哪些内容呢？我选择了蒋介石在近代中日关系史上的关键时刻——几次"事变"前后的日记。

1931年9月18日夜，"九一八"事变爆发。19日，蒋在日记里写道："昨晚倭寇无故攻击我沈阳兵工厂，并占领我营房。刻接报已占领我沈阳与长春，并有占领牛庄等处。是其欲乘粤逆叛变之时，内部分裂，而侵略东省矣。内乱不止，叛逆毫无悔祸之心，国民亦无爱国之心，社会无组织，政府不健全。如此民族以理论决无存在于今日世界之道，而况天灾匪祸相逼而来之时乎？”次日缀述道：“日本侵略东省，是已成之事，无法补救。如我国内能从此团结一致，未始非转祸为福之机。故对内部当谋团结也。”可见，蒋被说成是对日“不抵抗政策”的始作俑者，并不冤枉。

1937年7月8日凌晨，“卢沟桥事变”发生后，蒋在当天的日记里写道：“倭寇在卢沟桥挑衅，彼将乘我准备未完之时，使我屈服”，“此时倭寇无与我开战之利”。他认为日本不敢开战，故而主张采取强硬的外交姿态，促使以天皇为首的日本帝国政府约束华北日军。月末，在“本月反省录”中，蒋反省道：“倭寇随手而得平津，殊出意料之外”，“对倭外交，始终强硬，其间不思运用。如当时密允宋哲元准倭筑津石路，则至少可有一年时间展缓准备，亦较完密。此则余对于外交政策，一惟舆论是从，而疏于远虑，自乱大谋之过也”。从这一段文字中可以看出，中日战争全面爆发之后，蒋甚悔当初对日采取强硬外交。

1937年12月12日，是西安事变一周年的日子。在咀嚼过一年前那个令他不堪回首的日子之后，东望首都，蒋在日记中写道：“本日南京唐守备处已无人接电话，敌已过江，占领浦口，则南京恐已无守乎？”次日续曰：“本日闻南京尚在战争中，此必我官兵被围不屈，作壮烈之牺牲也。夜得报，唐已到临淮，闻各师长皆已渡江，浦口、浦镇与乌龙山皆未被陷也。”此时，日军正在屠城，蒋依旧每天记日记，但绝无南京字样。首都南京的沦陷对蒋来说堪称奇耻大辱。

阅读过蒋介石日记的人都不会否认蒋是一个民族主义者。

1928年“济南事变”后，蒋对日本侵略中国恨入骨髓，每天在日记里必特书“雪耻”二字。从“九一八”事变后的不抵抗政策，到“卢沟桥事变”后的形势判断失误，蒋的“雪耻”之路漫漫。如何阅读蒋的“雪耻”话语，涉及如何给蒋进行历史定位这一重大问题。此次阅读蒋介石日记，前后共两日，除偶尔如厕外，争分夺秒，手抄凡1.5万余言。

“我经历的最冷的冬天是旧金山的夏天。”（The coldest winter I ever spent was a summer in San Francisco.）美国作家马克·吐温（Mark Twain）如是说。的确，位于海湾的旧金山，一日之间温差极大，热若夏天，冷如冬日。虽然，旧金山“最冷的冬天”是不会下雪的，但当我作别旧金山时，却仿佛置身于大雪纷飞的世界。

饭我中华*

盒饭，犹如游走的饭桌，把一桌饭菜塞进面积如书本大小的空间。

犹记十多年前在日本教书时的事。有次课后，一学生来问我："最近认识一位中国朋友，她什么都好，就是大小事总要烦我。你们中国人都是这样吗?"问题可大可小，学生一脸认真，不可应付了事。我见她手上拿着盒饭，对她说："日本的'便当'在中国叫盒饭，你知道二者有什么区别吗？便当里的食材颜色漂亮，摆放有序。盒饭里饭菜略做区隔，显得凌乱，但有一点是便当没有的：温度。盒饭是热的，便当是冷的。这如同人际关系，你们日本人交往是有距离的，恰当的距离是若即若离；我们中国人的交往也是有距离的，叫非即即离。你如果愿意继续把她当朋

---

* 作于2021年2月25日。

友的话，能帮的就帮，将来你有什么事，她会主动帮你的。”

听完我的回答，学生若有所思地离去了。我对自己的应答很是满意。描述中国人社会有个概念，叫“圈子”，圈子犹如石子投在湖中泛起的涟漪，一圈一圈地扩大，所到之处便是圈子所在。与此相对，描述日本人社会的概念很多，但我觉得最准确的莫过于“场所”。人们因事因缘而聚，事完缘尽，各走各的，“轻轻地我走了，正如我轻轻地来”。不仅外人如此，有些兄弟姐妹成家后也如此，甚至到了少小离别老大见，一辈子只在亲属和彼此的葬礼上碰面。人们常说，在海外的中国人和日本人都喜欢扎堆，其实性质很不一样，日本人因“场所”扎在一起，碰巧这个场所叫外国。中国人的堆里扎的多是亲朋故旧，一圈套一圈，不在堆里的，非亲非故。

日本的食文化包括“便当文化”，便当做得好看且好吃，种类繁多，有便宜的，有贵的，随处可以买到。但是，便当虽好，在日本二十年间我很少吃。有时上午拖堂，下午还有课，来不及吃午饭，我宁愿啃面包就蔬菜饮料外加咖啡。有人说中国人的肠胃是泡在热水里的，这不无道理。顺着给学生的回答，我也似乎得到了不喜欢便当的一个解释，便当的“美学”价值与“实用”价值是分离的，缺少温度来统一。不同的食材同样的温度，这也罢了，很难想象在冬天吃没有加热过的食品。中华微信共和圈，环球同此凉热。最近看到德国哥廷根大学的朋友发的圈，当地气温过山车似的，一会儿十几摄氏度，一会儿零下十几摄氏度。我第一次去哥廷根是在12月下旬，记得抵达那晚上，在车站好像是越南人开的亭子买了一盒炒米线，就着寒风吞咽，一周以来第一次邂逅“中华”，感动得双膝直发软。

话说回来。温度虽然决定了我对便当的看法，但我不喜欢便当的真正原因，直到经历了此次因疫情的隔离生活后，才从每日的盒饭中了悟了真谛。现在从日本飞中国只有关东和关西两地的机场。大阪的关西空港，一如“空港”其名，近乎关闭，空空荡荡。昔日挤满中国游客的礼品店，只剩一家还开着，诱人的“白色恋人”巧克力点心招牌寂寞地挂在墙上。登机后，空姐清一色的白，看不清who's who（谁是谁）；下机后，满眼的白，分不清男与女。西语里“面罩”（mask）有“个性”之意，口罩面罩的流行隐喻着人与人关系的原始本质：人与人如狼与狼（homo homini lupus）。

出海关前要做核酸检查，填写入境单子。出海关后，人以地分，南京本地人被带到一辆大巴上，拉到一处宾馆隔离。大巴停下来后，六人一组下车，大小行李放在指定的位置上后，白衣人扑上前去——消杀（消毒杀菌）。进入大厅办理入住手续后，各自进入隔离空间。南京的隔离是14天宾馆+14天居家。各地大抵如此。有外国友人问我，上海的隔离是7天宾馆+7天居家，南京何以如此严？是呀，上海是中国的大都会，按理应该反过来才是。“南京人比上海人更热爱自由，所以得管严点”，我口是心非地回答。

宾馆条件不错，因为是做隔离用的，很是肃杀。进入房间后，我意外地发现没有桌子，于是请求换有桌子的房间，结果加钱换了套间，有了书桌——行李台。一阵忙乱后，总算安定下来，这时工作人员告诫我快回房间，但见墙上贴着一纸告示：王某在走廊游荡，屡教不改，被刑事拘留。

宾馆的隔离已经流水线化了。房间备好了14天的用品，上午和下午各有全副武装的工作人员来量体温，早中晚三餐送到房门边的小桌上。三餐都是盒饭。早餐除稀饭面食小菜外，配置得很“张文宏”——有蛋有奶，蛋白质充分，能提高免疫力！看在上海隔离过的学生发来的照片，南京似乎比上海还“张文宏”，餐餐有牛奶或酸奶。午餐和晚餐，准确地说，午餐即晚餐，晚餐亦午餐：固定的四菜一汤——“五族共和”；荤素清汤变换自在，不变的是米饭——“多元一体”。看得出，盒饭做得很用心。对于物质欲望停留在16岁之前新疆时代的我来说，解决了书桌问题后，一切都很完美，无可挑剔。凭窗外眺，远处是中兴公司的巨大招牌，以前坐车经过附近时，心里便会默念快到学校了。有朋友问我隔离生活如何？我答曰：举头叹彼中兴，低头饭我中华。

盒饭虽好，吃到第三天，就让人生厌了。原来，我不喜欢便当的理由，同样适用于盒饭，不是冷热之别，美观与实用是否统一，而是因为便当和盒饭的均质化配置。盒饭，一如包办婚姻，是依外在标准并由他人来决定的。盒饭的制作假定每个人对色香味有相同的要求，也就是说存在最大公约数；假定每个人的身体都有趋同的营养需求，可以分解和体现在不同的食材上。但，这些不是受用者自己选择的。比如每日三顿牛奶，除酸奶外，偏偏我不喜欢喝牛奶，没有牛味的牛奶顶多叫白色液体。午晚餐内容万变不离其宗，油大偏咸均辣，一个不缺，顿顿如此。即使从健康考虑，也得准备一杯水，给每道菜洗把澡，方可入口。做肉类荤食的，一定是“五香粉丝”，每次必用，且挥洒过多，食后窗子不透透风，不来杯咖啡，气味终日难去。其实，外在标准——生辰八字、门当户对等未必都不好，从惯习中得出的经验总是有其道理的。问题是，如果外在标准配以非自愿选择，那就是最不佳的组合了。由他人决定的外在标准是以“求同”为取向的，而自我选择必是以“存异”为前提的。盒饭均质化配置的外在标准屏蔽了食用者的自我意志和选择的随意性。平时喜欢的，不一定此刻也喜欢；平时能忍的，未必此时愿意接受。这么想通后，我决定给前台打电话，一日之计在于晨，从今而后，一日三餐请都送早餐。在厌腻了均质化的多元后，我宁愿回到自我选择的单一：稀饭面食小菜外加“张文宏”。这样的早餐是我过去的过去、现在的过去和未来的过去，本真性之所在。

Ⅱ　论究学术

规范、传承与文化霸权

“历史学者和社会学者之间的对话是两个耳背者之间的对话。”这是20世纪50年代法国“年鉴学派”第二代代表布罗代尔（Fernand Braudel）针对当时历史学和社会学各自为是、互不沟通的状况而发的感叹。时隔近半个世纪，可以说，不只法国，整个欧美的历史学和社会学均已发生了根本的改变。就历史学而言，从事社会史研究的学者不断向社会学和其他学科寻找理论支持，将那些学科的概念和方法直接引入历史研究中，使历史学显示出蓬勃发展的生机。以法国“年鉴学派”和英国马克思主义学派为代表的社会史研究牢牢地树立起在世界历史学界的霸权地位。与此同时，社会学者也深感社会学对特定空间下研究对象时间性的把握之欠缺，开始将视野投向历史领域，到70年代，美国社会学界兴起了一门崭新的学问——历史社会学。历史社会学不仅打破了既往的学际分野，它的一些代表性的成果更对整个社会科学和人文科学带来了巨大的震撼力。

相比之下，中国的历史学又有何变化呢？自打80年代中期重提社会史研究以来，迄今已历十五六载。应该承认，在这短短的时间里，中国社会史研究取得的成果引人注目，作为一门学科，社会史研究已经在历史学领域中占有了不容置疑的一席之地。另一方面，同目前中国社会学、人类学研究者对历史的关注相比——虽然他们的一些尝试遭到了历史学者的批评，社会史学者的研究整体上显得理论苍白、问题意识含混，具体而言，表现为欠乏规范，忽略传承，还没有建立起自己的一套话语体系。

规范欠乏是中国学界普遍存在的问题。早些年，一些学术刊物曾触及过这个问题。去年由《历史研究》等几家学术刊物联合发出了一个声明，对学术论文的书写格式、审查标准等做了一些规范性的要求。面对这个声明，我们应该感到高兴呢，还是应该感到悲哀？我们的许多研究者，还有编辑，居然至今对学术规范还未达成共识，这值得学界进行深刻反省。其实，规范化不应该仅限于此，还应涵盖概念的使用、问题的设定等。当一个概念的来龙去脉没有搞清楚时，就不能随便使用，这是学术常识；在设定一个课题时，如果前人有所研究而自己又没有特别的新意，一般要回避，这是史家的道德。我曾听到这么一个故事，有位学者准备撰述古代某断代史的近百年研究史，请一位留学日本的中国学生帮助收集日本方面的研究资料，这位中国学生花了两个星期才将有关材料收齐寄出。不久，那位学者去信说，读了寄来的资料后，我对这百年间中国学界的研究感到汗颜。省思这位学者的话，可以想见，我们的研究里有多少不合规范的东西，如果不加猛省和改进，随着当今电脑操作文字的普及，不知将有多少学术垃圾会不断地被生产和再生产出来。

80年代社会史研究的兴起肩负着克服史学危机的重大使命。社会史是什么，或者不是什么，在对其加以界定时，人们存有各种分歧是不难理解的。在欧美，19世纪末社会史研究的兴起是基于对“政治史”独占霸权的不满，社会史研究的先驱者们从其他学科引入“集体历史”“社会心理学”“人文地理”等概念，开启了社会史研究的先河。历经一百多年的摸索和发展，欧美的社会史研究才有了今天的地位，援用伯克（Peter Burke）的话，“社会史是既有魅力，又有价值的尝试。同其有兄姐般关系的政治史和经济史一样，是个值得认真研究的领域。同其有表兄弟般关系的社会学和社会人类学一样，是理解现在的必要之物”。欧美的社会史研究大体可以区分为两个模式：一个是把社会史作为和政治史、经济史并列的领域，另一个是把社会史视为整体的历史。站在中国看欧美诸国的社会史研究，应该注意到，法、英等国的社会史学之所以各具特色，是因为各有不同的市民社会和学术传统做依托。我们的社会史研究者对于欧美的社会史诸家不可谓不熟悉，但似乎没有意识到或忽视了其所处的不同语境。于是，研究者们极少认真考虑中国社会史研究应该建构在怎样的中国历史和中国学术之背景下，而是把被政治史遗忘的各种问题想当然地作为社会史研究的对象，各取所需地拿来。名为社会史研究，视点还是自上而下的“政治史”；声称要建构和阐释历史，结果仍是冗长枯燥的“说明书”。社会史学成了摆设各种历史沉积的杂货店。热闹是热闹，但如果认为这就是社会史研究，那么可以断言，这种社会史不会有任何理论承担，它不是在消解中国历史学的危机，而是在转移历史学的危机。

学术传承是建立我们自己的话语体系和学术霸权的不可或缺的一步。过去，中国的历史基本上都是按照儒家的观点来撰述的。儒家赋予历史以政治和学术两种功能，其目的借用宋儒的话即是“为往圣继绝学，为万世开太平”。时代和话语变了，但今天的社会史学乃至整个历史学的终极目标可以说仍然体现在学术和现实两个方面。所不同的是，随着西学东渐，中国社会发生了巨大的变化，中国学术已经建立在一个不中不西的尴尬位置上。当我们研究中国的历史时，一方面必须借助从西方语境里产生的社会科学人文学科的概念和方法，另一方面还要同各种东方主义的历史观进行搏斗，研究方法和研究对象之间存在巨大的裂缝。然而，反观我们的社会史研究现状，它似乎忽视了其在中国语境里的位置，不但缺乏对以往中国和国外社会史研究的批判性继承，研究者之间又极少有实践意义的对话。研究论著纷纷面世，几乎都是自言自语，各唱各的。而且，在当今崇尚实用的时代，许多研究像追星的狗仔队（Paparazzi），现实社会里出现了什么新问题，就立刻跑到故纸堆里寻找类似的表象，好像历史只有连续性，不存在断裂性似的。

欧美学者和日本学者都非常重视自己的学术传统，其每一项新进展都可以在自己的学术史中找到根据。对年轻的中国社会史研究来说，德国的经验是值得借鉴的。作为对传统史学的批判，德国很早就出现了社会史研究，但直到战后德国社会史研究才制度化。1975年，在德国，提倡社会史是历史的社会科学，声称要用社会科学方法重构社会整体的专门杂志《历史与社会》面世了。这份杂志和德国传统史学的堡垒《历史学杂志》相对抗，推动了德国社会史研究的迅速发展。在英法社会史的耀眼光芒下，德国的社会史也不失其光彩。

无疑，只有明确中国社会史研究的目标，中国社会史研究才能克服前文所说的欠乏规范和忽视传承的毛病，从而可以和国外中国学进行对话。当中国社会史研究有了自己的话语体系时，中国社会史研究离树立其在历史学和中国学研究领域中的霸权之日也就不远了。

（本文原载《天津社会科学》2001年第1期）

跨文化的概念史

十年前，中国学界对概念史还很陌生；十年后，概念史已然成了学界的香饽饽。提到概念史，首先要明确的是，无论是作为研究领域，还是作为研究方法，它都是一门德国的学术传统。因此，要将概念史方法运用于中国进行跨文化的概念史研究，就需要理解概念史的基本内涵。

科塞雷克（Reinhart Koselleck）给8卷大开本《历史性基础概念：德国政治—社会语言历史辞典》（*Geschichtliche Grundbegriffe: historisches Lexikon zur politisch-sozialen Sprache in Deutschland*）所写的导言[1]是谈概念史绕不开的文本。在这篇导言里，科塞雷克提出了概念史研究的三个“命题”（These）：概念即历史、历史性基

1 Reinhart Koselleck, “Einleitung,” in Otto Brunner, Werner Conze, Reinhart Koselleck (hrsg.), *Geschichtliche Grundbegriffe: Historisches Lexikon zur politisch-sozialen Sprache in Deutschland(1972-1997)*, Bd.1, Stuttgart: Klett-Cotta, 1972.

础概念的“四化”标准以及“鞍型期”。

第一个命题是概念即历史。在导言的题头，科塞雷克引用了戏剧家莱辛（Gotthold Ephraim Lessing）的一段话：

> 恩斯特：我对某事有一个概念，我也能用话语表达出来。
>
> 福尔克：并非总是如此。至少一般而言，他人通过（我所表述的）话语不能完全得到我想传达的概念。

这是两个共济会员之间的对话。恩斯特认为言语可以表达心中的概念，而福尔克则认为人们使用的即使是同一言语，也未必能表达同样的概念。这段对话揭橥了概念史研究的旨趣，新词语未必能表达旧事物，同一词语所指称的事物其内涵可能南辕北辙。类似的例子俯首可拾。“人民”乃汉语古已有之，“民族”在古籍里也能找到出处，但现在使用的“人民”和“民族”毋宁说是外来词；即使如此，当它们分别对译西文people/Volk和nation/Nation时仍然碰到不可通约问题。“中国人民大学”被翻译为Renmin University of China，按通常的理解应将Remin译为people，如是，则这所中国著名的大学看上去像美国不入流的社区大学。“中央民族大学”的英文名称是Minzu University of China，如果没有学过汉语，绝对不明白Minzu是什么意思。Minzu对译西文nation/Nation，而这里的Minzu实为ethnic group。不要说西文与汉字之间难以通约，即使是在汉字文化圈，也存在容易引起歧义的问题。nation/Nation在日语里有三种不同的翻译：国民

（Kokumin）、民族（Minzoku）、那逊（Nashon），彼此之间存在一定的差异。可见，如果不对使用的概念加以梳理，我们的历史叙述有可能各说各话，互不相干，更不要说与他者进行有生产性的对话了。

历史书写诞生于人与神分离之后、自我意识出现之时，伴随人的视角的变化，过去呈现出不同的样貌。18世纪末以来，根据对未来的期待而书写出来的过去总是与特定的知识/权力有关的。凝聚了"历史"的概念研究要具有历史性的内涵，离不开社会史的支撑。换言之，如果没有社会史做依托，就不会有属于特定社会的概念史。在此，派生出了概念史研究的一个重要原则：不能用后来的术语和概念来诠释此前的事物。据此似可推知，19世纪中叶以后形成的自由主义的历史叙述乃是目的论的产物，屏蔽了不符合其要求的过去的陈迹。《历史性基础概念》有三位主编，除科塞雷克外，还有属于他的长辈的布鲁内尔（Otto Brunner）和孔茨（Werner Conze）。布鲁内尔在1939年出版了《领地与统治》[1]一书，该书撇开后设的概念，注意以当时的概念解释该当时代的问题，因而出版至今未因作者的政治立场或学术局限而被遗忘，被奉为理解中世纪欧洲的名著。实际上，在布鲁内尔之前，日本法制史学者三浦周行就有类似的看法，他认为"明治维新"后日本实施了一套来自欧洲的法律制度，古代日本则受中国影响实行

1 Otto Brunner, *Land und Herrschaft. Grundfragen der territorialen Verfassungsgeschichte Südostdeutschlands*, 1Aufl., Brünn/Leipzig/Prag, 1939; 3Aufl., Brünn/München/Wien, 1943; 4Aufl., Wien, 1959.

了律令制度，但这些外来的法律和制度都没有改变日本人生活世界中的习惯法。在1904年发表的《专门学中的概念问题》一文中，三浦指出，要研究日本固有的法制——惯习，必须理解日本人自己的观念和术语。[1]

科塞雷克提出的第二个命题是衡量“历史性基础概念”的“四化”标准。“历史性基础概念”（Geschichtliche Grundbegriffe）一般译作“历史的基本概念”，我之所以译作“历史性基础概念”，乃是为了避免汉语的暧昧而引起的误解，强调概念本身所具有的历史内涵。科塞雷克认为，历史性基础概念既是历史转折的“标志”（Indikator），也是影响历史进程的“要素”（Faktor）。在其博士论文《批评与危机》中，他指出18世纪启蒙时代的“进步”概念蕴含着“危险”，因为特定的历史意识与所经验的社会危机及其批判有关，它最终与关于未来概念的乌托邦发生了联系。[2]科塞雷克所说的“四化”标准有“民主化”（Demokratisierung）、“时间化”（Verzeitlichung）、“可意识形态化”（Ideologisierbarkeit）和“政治化”（Politisierung）。“民主化”指伴随知识的普及，特定阶层垄断的概念漫及各个阶层，相关含义也因此而发生了变化；“时间化”指概念被赋予了所期待的特征，在实践中内涵不断变化；“可意识形态化”指概念的抽象化一方面使

---

1 三浦周行:《専門学に於ける概念の必要》、《國學院雑誌》第10卷第3号、1904年、第13—14頁。

2 Reinhart Koselleck, *Kritik und Krise: Eine Studie zur Pathogenese der bürgerlichen Welt*, Suhrkamp, 1959/1976.

其无法对应事件和社会结构的变化，另一方面又因多义而为不同阶级各取所需；“政治化”指使用者按照自身的意图对概念重加塑造和应用。[1]针对科塞雷克的“四化”，戈伊伦（Christian Geulen）提出了衡量20世纪历史性基础概念的新的“四化”标准：“科学化”（Verwissenschaftlichung）、“通俗化”（Popularisierung）、“空间化”（Verräumlichung）、“液体化”（Verflüssigung）。“科学化”指科学的理论和概念成为日常语言；“通俗化”不同于“民主化”，强调媒体的巨大影响；“空间化”与“时间化”相对，指科技发展造成空间越来越小；“液体化”指多元化和流动化造成概念意义的不确定。[2]根据19世纪以降中国的历史经验，我曾提出研究中国历史性基础概念的“四化”尺度：标准化（standardization）、大众化（popularization）、政治化（politicization）和衍生化（derivatization），这里再略做铺陈。[3]

撇开中国的近代到底是“内发”还是“外发”的争议，改变中国历史走向的“近代”（modern）发生在中国与外界接触之后，这一邂逅引发了文化上的“互译”：无论是中国与西方，还是中国与日本，彼此互为镜像。曾几何时，18世纪东西接触后困扰西方的问题，一个世纪后成为困扰中国的问题。由不同语言表征的事物，其内涵有很大的差异，比如gentry被译为“士绅”“缙绅”

1　前揭Reinhart Koselleck, “Einleitung”。

2　Christian Geulen, Plädoyer für eine Geschichte der Grundbegriffe des 20. Jahrhunderts, in *Zeithistorische Forschungen: Studies in Contemporary History,* 7 (2010), S. 79–97.

3　详见拙文：《概念史研究的中国转向》，《学术月刊》2018年第10期。

（中国），进而还可追加“大百姓”（日本）、“两班”（韩国）等，细究起来，这里的互译不过是大体相似而已，如果考虑不同术语所依托的不同的语境，相似性还会大打折扣。19世纪以来，汉语世界出现了数以百千计的新名词、新术语，它们作为外来语进入汉语，经历了翻译、转位、曲解等“标准化”过程。这是跨文化概念史研究的起点，也是有别于德国概念史研究之处。

“通俗化”是指概念由精英层面转向大众层面、由专业化而日常化。概念如果没有在大众中流通，就不能说是一个具有社会性的概念。起始于19世纪早期，甚至17世纪的翻译概念，其“通俗化”过程几乎都是在20世纪最初十年间完成的。这和来自日本的“汉语”不无关系。而日本“汉语”之所以洪水般涌进汉语世界，则又与晚清涌动的社会政治思潮紧密关联，这就涉及概念的“政治化”问题。与科塞雷克所描述的欧洲情形不同，中国历史性基础概念的“社会化”和“政治化”几乎是同步并行的。政治运动、政治革命不断生造出各种话题，令一些对应概念得以普及，如立宪与革命、资本主义与社会主义，等等。伴随中国革命和现代社会的政治化程度的深化，概念在实践中的“政治化”也在不断强化，并且从概念中派生出了一些新的概念，这就是我所说的至为重要的“衍生化”问题。所谓衍生化，是指从“大概念”或“上位概念”派生出“小概念”或“下位概念”，而后者后来居上并成为主导性概念。“衍生化”触及翻译概念在本土化过程中创造性的实践之问题，可以说，有关概念“衍生化”特质的揭示，是凸显概念史研究“中国”特征的重要一环，这是跨文化概念史研究的终点。

科塞雷克的第三个命题是“鞍型时代”（Sattelzeit），一般译为“鞍型期”。所谓“鞍型期”，指的是大约在1780—1880年之间欧洲所发生的近代性变化。这是一个颇有争议的说法，现在除西班牙语圈学者在使用外，已经少有人提及了。比较而言，我觉得科塞雷克所说的“过渡时代”（Übergangszeit）可以置换为概念史研究的第三个命题。关于过渡时代，科塞雷克的论述散见于其著述中，1978年访问日本期间的演讲对其予以了详细阐释。他认为，所有的“现在”都是“过渡时代”，于此“未来”总是在成为“过去”；19世纪之所以是“过渡时代”，乃是因为过去正在消失，而未来尚不明朗。在这个世纪诞生了三个世代：第一世代经历了法国大革命、拿破仑统治以及复辟。如果以30年为一个世代，第二世代就是经历了“七月革命”和铁路时代的一代，铁路使日常生活的节奏加快了。过了半个世代，到遍及欧洲的1848年革命以及德国工业化和围绕德国统一的战争，欧洲出现了空前的经济和社会危机，19世纪后半叶城市与农村人口比例逆转，工业化的深化带来了前所未有的变化。科塞雷克从迅速化、政治和农村三个方面具体描述了“过渡时代”的特征。要之，迅速化使人们无法从过去的经验来推知未来；政治变化体现在宪法制度上，以往各种圣俗权力在消失，形成了联邦制国家；而在农村，领主与农民的复杂的人身和土地关系发生了变化，农村从身份制社会转变为面向自由市场的经济社会。“过渡时代”提示了一个崭新的未来的地平，但正如1850年斯坦因（Lorenz von Stein）所预言的，德国将在普鲁士的引领下统一，接下来社会问题将成为政治的中心问题。[1]

中国由传统向近代的“过渡”始于19世纪中叶。时人惊呼中国历史遭遇“三千年未有之变”，这种“变”比之17世纪中叶满人铁骑征服中原的“天崩地裂”更加强烈，借用科塞雷克的话，乃是因为过去的经验已经无法解释和对应当下了。1901年梁启超以“过渡时代”来表述之。在《过渡时代论》一文中，梁启超承袭西方的中国停滞论，认为“中国自数千年以来，皆停顿时代也，而今则过渡时代也”。这个过渡时代在人群进化、级级相嬗之中，既有“进化”的可能，也有因“停顿”而“易退”的危险。“国民可生可死、可剥可复、可奴可主、可瘠可肥。”国家则面临政治、学问和理想风俗的“过渡”。[2]作为同时代人，梁启超的“过渡时代”话语是在进化/进步语境下展开的，在未来地平上展现出来的是可以把捉的未来。这个未来就是梁启超在《新史学》(1902年)一文中所慨叹的反面:“知有朝廷而不知有国家，知有个人而不知有群体。”[3]梁启超所呼唤的国家、群体是有日本的背影的。1881年，渡边修次郎在《民情如何》一书中回顾“明治维新”的成就时指出，以往日本知识阶层——武士只知为主子卖

1 关于“过渡时代”，1978年科塞雷克访问日本时曾以此为题做过演讲，参见ラインハルト・コゼレック:《一九世紀:ひとつの移行期》、《思想》2015年第10号。

2 梁启超:《过渡时代论》(1901年)，《饮冰室合集·文集之六》，北京：中华书局，1989年，第27—32页。

3 梁启超:《新史学》(1902年)，《饮冰室合集·文集之九》，北京：中华书局，1989年。

命："即使说到国，其区域甚小，非指日本全国，仅指主君一家而已。此外，即使对作为同胞的日本人，完全视若外人，不屑一顾。士人相见，必先问藩名，然后寒暄，仿佛是与外国人邂逅。幕士不知有皇室、藩士不知有幕府者不在少数，更勿说知有日本国。"[1]

如何解释过渡时代的巨变，存在一个语义学上的问题，回到上文两位共济会员对话：我们在多大程度上能用语言来表达事物，我们所使用的术语与概念若合符契吗？马克思（Karl Marx）在《〈政治经济学批判〉导言》中有一句名言："人体解剖对于猴体解剖是一把钥匙。反过来说，低等动物身上表露的高等动物的征兆，只有在高等动物本身已被认识之后才能理解。"[2]打一个也许不恰当的比喻，如果说德国概念史采用的是一种"从猴到人"的研究方法，那么我们所提倡的跨文化的概念史则试图"从人到猴"进行回溯，即基于"现在中心主义"原则，在确认概念的当下含义后，以逆推的方式探讨其来路。比如民族概念，德国的概念史大辞典将Volk、Nation、Nationalismus、Masse放在一起按时序进行考察。[3]在给这组词条撰写的导言里，科塞雷克首先从语义学上阐释相关概念在结构上的相似点，进而按照"四化"标准

---

1 渡邉修次郎：《民情如何》、1881年、第28—29頁。

2 马克思：《〈政治经济学批判〉导言》，《马克思恩格斯选集》第2卷，北京：人民出版社，2012年，第23页。

3 Otto Brunner, Werner Conze, Reinhart Koselleck (hrsg.), *Geschichtliche Grundbegriffe: Historisches Lexikon zur politisch-sozialen Sprache in Deutschland (1972–1997)*, Bd.7, Stuttgart: Klett-Cotta, 1992, S.141–433.

解释概念的变迁，最后则以“德意志”为例讨论Volk与近代历史的关系。与这种手法相反，跨文化的民族概念研究似可从“中华民族”概念入手。“中华民族”概念原本是来自“民族”的下位的、衍生化概念，但在中国语境中是比一般意义上的民族概念更为关键的历史性基础概念，可以如弹簧般地自由伸缩，内含“华夷”、人种、民族、国民等内容。“从人到猴”的研究手法可以避免漫无边际的词汇索引，把概念研究紧紧地定位于可以把捉的时空中。

历史对于我们的生命和生活有益亦有害，奢谈历史未必是一件好事，各种言说的流行往往令人感到恍惚：是我们把历史“现在化”了？还是现在已经“历史化”了？跨文化概念史研究可以让我们沉静下来，重新端视镜像中的自我/他者。

（本文原载《读书》2020年第1期）

以概念为媒

一

据灵长类专家的研究，人与大猩猩的不同在于大猩猩只生活在单一的群体里，而人则可以和不同群体交流并建立关系。在不同群体的交往中，理解彼此的语言无疑是重要的，建立语言的关联也即所属语境间的关联。回顾思想史（intellectual history）研究，继风行一时的“没有真正的历史”的观念史（history of idea）之后，语言——关键词、话语、概念乃至意识形态等成为论者关注的对象，赋予语言以“历史”渐为思想史研究的主导趋势，缘此，裔出德国的概念史（Begriffsgeschichte/history of concept or conceptual history）所张扬的旨趣格外引人注目。

中国学者涉足概念史研究不过二十余年。2008年，笔者为《新史学》第2卷主编题为《概念·文本·方法》（中华书局）文集，在该书出版之际，笔者亦在《中华读书报》撰文为概念史鼓与呼。在有限的篇幅里，笔者试图梳理概念史与观念史、思想史、词语史的关系。[1]时至今日，详细介绍概念史的文字已经很多了，但把概念史与观念史、（以往的）思想史、词语史混为一谈的研究并不少见，而学者围绕概念史来历的理解歧义更是值得咀嚼的例子。

2018年，方维规在《读书》刊文批评李宏图"臆造"了"剑桥学派的概念史"。[2]原来，在《史学理论研究》2012年第1期刊登的概念史笔谈中，李宏图认为存在以斯金纳（Quentin Skinner）为代表的英国"剑桥学派"的概念史和以科塞雷克为代表的德国的概念史。[3]犹记，《中国社会科学报》曾组织了一组关于概念史的笔谈，笔者也在受邀之列，当笔者看到将概念史分为德国的和英国的字样后很是吃惊，撤下了已经排版的样稿。饶有兴味的是，方维规在其新近出版的《什么是概念史》一书中，不仅纳入"剑桥学派"，还旁及英国的"关键词"、法国的"话语"研究等[4]，这种杂糅德英法不同学术的叙述已然不只在回答何谓概念史，而是关乎如何书写概念史的问题了。李、方二人对概念史的观点有歧义而书写模式相似，均将"剑桥学派"视为自明之物，在笔者看来背后有一个挥之不去的身影——梅尔文·里克特（Melvin Richter）。

1 孙江：《近代知识亟需"考古"——我为什么提倡概念史研究》，《中华读书报》2008年9月3日。

2 方维规：《臆断生造的"剑桥学派概念史"》，《读书》2018年第3期。

3 李宏图：《概念史与历史的选择——概念史笔谈之一》，《史学理论研究》2012年第1期。

4 方维规：《什么是概念史》，北京：生活·读书·新知三联书店，2020年。

二

德国概念史进入英语圈与对科塞雷克著述的译介密不可分。1985年《未来的过去》(*Futures Past: On the Semantics of Historical Time*)的出版使英语圈读者得以了解概念史的方法和内涵，2002年《概念史的实践》(*The Practice of Conceptual History: Timing History, Spacing Concepts*)的出版拓宽了读者的视野。阅读后者收录的论文可知，20世纪80年代以后，科塞雷克留意到德国以外的研究动向并予以呼应。为本书作序的海登·怀特认为，这本涉及范围广泛的论文集证明科塞雷克是“过去半个世纪最重要的历史和历史学理论家之一”[1]。确实，仅就科塞雷克关于历史时间的见解言，可谓实至名归。

里克特是积极向英语圈推介概念史的学者。里克特擅长在历史语境中研究政治思想，与剑桥大学思想史研究的翘楚波考克(John Pocock)、斯金纳相熟，代表作有研究19世纪英国哲学家和政治理论家格林(Thomas Hill Green)的《良心的政治学》(*The Politics of Conscience*)。[2] 里克特与概念史的邂逅是在80年代初访问德国期间，在那儿他阅读了刚刚出版的第1卷《历史性基础概念：德国政治—社会语言历史辞典》。他为这部鸿篇巨制所震撼，感

1 Hayden White, “Forewrod,” Reinhart Koselleck, *The Practice of Conceptual History: Timing History, Spacing Concepts*, Stanford: Stanford University Press, 2002, p. IV.

2 Melvin Richter, *The Politics of Conscience: T. H. Green and His Age*, London: Weidenfeld & Nicolson, 1964.

到剑桥学人的“语言”“话语”研究和概念史有互通之处。稍后，他应邀在科塞雷克任教的比勒菲尔德大学（Bielefeld University）演讲，从此和概念史结下了不解之缘。[1]

1986年，里克特在《政治理论》杂志上刊文介绍概念史。在里克特发表的关于评论概念史的论文中，很重要的一篇是1990年刊登在《历史与理论》杂志上的《重建政治语言的历史——波考克、斯金纳与历史的基础概念》[2]。在这篇论文中，里克特首先概述了波考克和斯金纳的代表作所涉及的语言和语境之间的关系，进而认为他们的研究方法和科塞雷克的概念史相似，试图借此撮合英德两种不同思想史研究者之间的对话。

三

对话的时机很快到来。1991年，荷兰赫伊津哈（Huizinga）研究所召开了由该国概念史学者发起、主题为文化史主要趋势的研讨会。在会上，里克特发表了关于概念史的论文；科塞雷克委婉地回应了对其将“语言”转为“概念”的批评，没有参加关于历史研究中语言的作用的讨论。斯金纳展示了他关于霍布斯的研究，仅在发言中有一句话涉及概念史：修辞学为文化史研究打开

1 Jan Ifversen, “The Birth of International Conceptual History,” *Contributions to the History of Concepts*, Volume 16, Issue 1, 2021, pp. 1−15.

2 Melvin Richter, “Reconstructing the History of Political Languages: Pocock, Skinner, and the Geschichtliche Grundbegrife,” *History and Theory*, Vol. 29, No. 1, 1990, pp. 38−70.

了一扇新大门。[1]从里克特角度看，这是一次各说各话的会议。斯金纳对概念史漠视的背后有着根深蒂固的理由，即他认为没有概念史，只有概念争论的历史，概念史研究是一种“词语崇拜”（fetishism of words）[2]。

1992年12月，位于美国华盛顿的德国历史研究所举办了一次庆贺《历史性基础概念：德国政治—社会语言历史辞典》最后两卷（第7、8卷）出版的学术会议。从会后由所长莱曼（Hartmut Lehmann）和里克特主编的论文集——《历史术语与概念的意义》（*The Meaning of Historical Terms and Concepts*）收录的六篇文章看，会议讨论的主题是科塞雷克的概念史研究及其主编的历史大辞典，以里克特的论文为媒介，受邀与会的波考克与科塞雷克在观点上有一定的互动。[3]

波考克直率地表达了对概念史的三点疑虑：第一，概念史与话语史、语言史、意识形态史的区别。和斯金纳一样，波考克认为语言或话语是一个复杂的结构，有词汇、语法、理论以及用法、假设和暗示等，在时间上共同存在，可由一个群体为政治目的而使用之，涉及世界观或意识形态。虽然语言并不是封闭和自

1 Jan Ifversen, “The Birth of International Conceptual History,” pp. 1−15.

2 Winfried Schrodet, “Was heißt, Geschichte eines *Philosophischen Begriffs?*” in *Archive für Begriffsgeschichte, Sonderheft*, 2000, S. 164−165.

3 J. G. A. Pocock, “Concepts and Discourses: A Difference in Culture? Comment on a Paper by Melvin Richter,” Hartmut Lehmann and Melvin Richter, eds., *The Meaning of Historical Terms and Concepts: New Studies in Begriffsgeschich*, Washington: German Historical Institute, 1996, pp. 47−58.

足的世界，但人们很难在没有争议或没有矛盾的前提下从语言中析出概念。话语史学者对语言的用法、假设、细微差别的变化十分警觉，他们也没有致力于从所研究的语言中分解出“概念”。波考克认为，对语言进行历时性的考察，有可能把语言视为左右实践的资源从而忽视了其表演性。第二，根本无法写出一部概念史。这是斯金纳的说法，波考克对此表示赞同。波考克认为，斯金纳想表达的是，书写的历史是语言现象的历史，是词语及其年代的历史，以及它们承载的概念的自由度；概念不能从语言的历史中剥离出来并拥有属于自己的独立的历史。如果执着于概念，有可能出现一种糟糕的情况，即一方面历史学家被困扰在基础概念不合时宜的主张中，另一方面历史上的行动者并没有使用这些概念。波考克声称自己习惯把话语和辩论的历史置于概念化的历史之前，并在其中发现比概念史要复杂和确定得多的叙述。第三，关于“鞍型期”及衡量基础概念的四个标准（时间化、民主化、可意识形态化、政治化）。波考克对“鞍型期”概念一度很感兴趣，但不懂德语的波考克在阅读了里克特的描述后发现，他和科塞雷克对“鞍型期”的理解大不相同。科塞雷克写的是德国的历史，自己写的是英国的历史，如果自己有理由使用“鞍型期”——也许没有——那是因为它可以被有效地用于英国历史，并被用来表达有关英国而不是德国的历史。在结语部分，波考克表示：概念史和剑桥学人的思想史是两种不同的研究方法，在历史上、文化上和民族上各有其特殊性；不能建议将其中任何一种方法推及欧洲其他历史文化中，否则必是徒劳的；正如里克特所建议的，每种文化都有自己的过去及其理解方式，不同的思想模式可以对抗、比较和结合，但不能同质化。

在会议的最后，科塞雷克回应了各位学者的意见。他首先引用历史大辞典的主编者之一、中世纪法制史大家布鲁内尔的观点：过去时代实际使用的词汇比现代解释者的理论偏好更有意义。对于斯金纳和波考克的质疑，他指出，严格的历史主义认为所有概念都是在无法复制的背景下的言语行为，1981年他就提出了同样的论点：概念会变得过时，因为构成它们的背景会不复存在。概念的原初语境发生了变化，概念所承载的原初的或后续意义也会相应发生变化，但是，概念的历史可以通过研究最初的使用和后人的使用进行重构。[1]

可见，波考克和斯金纳着力于对单一言语行为及其情景进行微观研究，而科塞雷克则主张研究语言的概念化及循环过程。扬·伊夫弗森（Jan Ifversen）认为，对于波考克的批评，科塞雷克本可以用结构语义学——支撑他的语言理论的概念、词语和对象——来回应其宽泛的理解，但他选择把回应的重点放在概念史的主要假设上，即基本概念的作用上。实际上，因为有基础概念的理论，科塞雷克是能够将对语言的使用或概念化的语言（概念成为政治和社会词汇的基本要素）、语言理论（概念是话语的枢纽）和结构性观点（储存在语言中的可重复的结构）结合起

1 Reinhart Koselleck, “A Response to Comments on the Geschichtlich Grundbegriffe,” Hartmut Lehmann and Melvin Richter, eds., *The Meaning of Historical Terms and Concepts*, pp. 59–70.

来，波考克的有限的语境主义与概念史的社会历史相去甚远。这次对话说明，波考克、斯金纳的政治思想史和概念史不在一个频道上，前者专注于重建特定语言使用者的话语背景，后者则从特定时期或社会阶层中提取基础概念。海登·怀特在《概念史的实践》英文版的序言中写道：之所以在英语圈的人看来科塞雷克的工作有令人生畏的“黑格尔式”的感觉，是因为他的研究根植于特定的人文科学（Geisteswissenschaften）传统——从康德和黑格尔（Friedrich Hegel）到马克思、狄尔泰（Wilhelm Dilthey）和尼采，直到韦伯（Max Weber）、海德格尔（Martin Heidegger）和伽达默尔（Hans-Georg Gadamer）。但是，科塞雷克非常了解英国、美国和法国的历史哲学，他把上自古希腊下到现代欧洲的历史作为自己的研究领域。

四

哲学家理查德·罗蒂（Richard Rorty）认为，对话（dialogue）是以一方驳倒另一方为前提展开的。这场无果的“对话”看似是里克特调和之举的失败，其实亦在常理之中。剑桥大学的思想史和德国概念史犹如两条平行的轨道，前者正如斯金纳引用维特根斯坦（Ludwig Wittgenstein）的话——语言即工具，而后者认为语言在注入社会政治的内涵后可以变为概念，历史性基础概念凝聚了历史本身，因此二者即使发生联系，亦如扬·伊夫弗森所说，要么在“语言学的转向”下出现在同一编者的书中，要么面对共同的敌人——传统的思想史和政治哲学。

1992年后对话双方各自拓展属于自己的研究空间。在思想史研究上，一枝独秀的剑桥学人佳作迭出，影响深远。而科塞雷克的学生辈斯坦因梅茨（Willibald Steinmetz）开启了对中产阶级概念的跨国比较研究；一群有志于概念史的欧洲学者建立了一个学术团体——HCG（History of Concept Group），里克特是该团体的“主要推手”（master builder）。今天概念史研究不再限于欧洲，已经扩展到包括南美洲在内的伊比利亚文化圈，以及韩国、日本和中国等非欧美的亚洲地区，这不仅因为概念史确立的基本原则——如历史性基础概念既是历史转折的“标志”（Indikator），也是影响历史进程的“要素”（Faktor）——业已得到广泛认同，更因为概念史研究者感到，跨语言、跨文化的概念翻译是从古至今普遍存在的现象。[1]而在当下，概念史研究兴盛得到了两个新生力量——全球史和数字人文研究的助力，在某种意义上跨语言、跨文化的概念史研究就是全球史，概念史研究的深化离不开庞大的语料库。与波考克的预期相反，具有“全球本土化”（glocalization）性格的概念史正在不同文化中展开。在全球化不断深化的世界，歧义乃至对立也在加剧，进行跨语言、跨文化的概念史研究无疑有助于增进不同语言和文化间的相互理解。

1992年无果的学术对话五年后，里克特将其有关概念史的论

1 Martin J. Burke and Melvin Richter, eds., *Why Concepts Matter: Translating Social and Political Thought*, Leiden: Brill, 2012.

文编辑成册，命名为《政治和社会概念的历史》出版。[1]这本书被翻译为汉语后，对学人了解概念史很有帮助，但也引发了本文开头所说的歧义。

（本文原载《探索与争鸣》2023年第3期）

1 Melvin Richter, *The History of Political and Social Concepts: A Critical Introduction*, New York: Oxford University Press, 1995. 中译本为：梅尔文·里克特：《政治和社会概念史研究》，张智译，上海：华东师范大学出版社，2010年。

概念史与历史教科书

概念史业已成为中国学界的香饽饽，其方法被运用于人文社会科学的诸多领域。扬州大学主办的“学校历史教育”学术研讨会邀请我做主旨演讲，并给我出了一道命题作文：概念史与历史教科书。扬州是我母亲的家乡，我的出生地，高中时代有半年时光在这儿度过，教我语文的杨老师曾教过我母亲，至今我还记得老先生用扬州话吟唱《伐檀》的情景。今天恰逢重阳节，人已去，事皆非，令人感慨。作为研究历史的学者，不消说对历史教育的重要性感同身受。概念史与历史教科书有关系吗？回答是肯定的。所谓历史，是被表象（representation）的过去发生的事情，书写于教科书里的过去发生的事情乃是基于表象的再表象（re-representation），读者通过再表象了解表象，进而接近历史的本真。作为再表象的历史教科书是基于一定宗旨和方法编纂而成的，如果没有概念做支撑，叙事就会平淡无奇，形同大事记。反过来说，如欲了解历史教科书这一知识装置的内部结构，也需要从解析其中的概念入手。

历史教科书里被再表象化的知识可以一分为三：第一是公共知识。历史教科书呼应国家对“历史”的需求，书写于其中的“历史”理应求同存异，体现国民最大公约数的要求。第二是官方知识。官方知识与公共知识是有交叉和重叠的，我之所以分而谈之，乃是要强调二者之间的差异。公共知识超越时代的制约，而官方知识则反其道而行之。第三是普遍知识。普遍知识不只是全球史学所张扬的超越“我族中心”的历史叙述，还指以促进理解与和解为旨归的历史叙述。

历史教科书里有很多概念，可以运用概念史的方法进行研究。概念有大有小，一些概念之所以成为历史性基础概念，乃是因为其所积淀的“历史”不仅反映了以往历史变迁，还预示了其后历史的走向。科塞雷克认为，历史性基础概念大都经历过民主化、时间化、政治化和意识形态化。根据中国的近代经历，我提出衡量中国历史性基础概念的四个标准——标准化、大众化、政治化和衍生化，似亦可用以概观概念史与历史教科书的关系。

初涉晚清民国初中国历史教科书的人一定会心生疑问：何以中国历史教科书的底本很多来自日本？从翻刻那珂通世的《支那通史》到翻译桑原骘藏的《中等东洋史》，再到自编的各种历史教科书，细数起来，确实不在少数。追根究底，是因为日本编者浸淫汉文化，熟谙中国历史，和晚清知识人拥有同样的历史知识体系。日本编者编纂的“现代”历史教科书，恰为晚清知识人求之不可多得的参照物。罗振玉（王国维代笔）在给翻刻本《支那通史》所写的序文里，字里行间溢出赞叹和沮丧：“所谓持今世之识以读古书者欤？以校吾土之作者，吾未见其比也，岂今人之果胜于古人哉？抑时使然欤？呜呼！以吾国之史，吾人不能作，而他人作之，是可耻也。”当然，晚清知识人在接受来自日本的历史教科书时不无理解上的错觉，被其视为体现现代国家特质的新史学还仅止于形式，几乎没有人能分清日本的“支那史”和“东洋史”的区别。前者继袭江户时代流行的曾先之《十八史略》书写传统，以汉文化为中心；后者把“支那史”置于“东洋”的框架中，叙述的是族群之间的关系史。这种情况得到根本改变是在中华民国成立若干年之后。

尽管存在认识上的歧义，但并不妨碍现代国家概念进入历史教科书。1904年，商务印书馆在推介蒋维乔等编《最新国文教科书》广告词中有爱国、宪政、国粹、合群、进化、自立等新名词，这类舶自欧美的翻译名词皆为概念，它们在经过译名的“标准化”作业后，进入各种教科书中。《修身教科书》《国民读本》展示了国民应有的品格，《地文教科书》《地理教科书》演示了身体化的空间，《国文教科书》有百科全书般的“现代化”知识，而《历史教科书》旨在强化国民的自我同一性。根据历史书写的一般原则——书写特定时空中的人和事，历史教科书在诸多方面涉及概念史问题。教科书把以往由自然时间（干支纪年）和帝王时间（年号）支配的“历史”置于公历纪年中并加以等级化，分为古代、中世、近代，古代还可细分为上古、中古、近古等，近代则分为近世和近代，恰如康德在《实用人类学》中所说，从前历史服从纪年（自然时间），而今纪年服从历史。“溥天之下，莫非王土。”这种暧昧的广域空间在教科书里被明确界定为行使主权的领土。居住在等级化时空中的族群，不分畛域，无论是否有过仇怨，统统被归入一个集合单数——国民。为了使国民这一实际的和象征的共同体趋于匀质化，共同的历史认识不可或缺。因之，主导叙事呼之而出，人们在主导叙事建构的共同记忆中想象彼此之间的同一性。

历史教科书一旦出版并为学校教育所采用，就成为推动书写于其中的概念“大众化”的装置。在此过程中，历史教科书的功用在于把外在的、过去的知识转化为内在的、当下的知识，把作为“智”的知识转换为作为“信”的知识，在死者与生者、他者和自我之间搭建一条想象的链接。比照前述历史书写的四个方面，当时间等级化后，“文明”概念被泛用了，晚清知识人慨叹遭遇的“三千年未有之变局”，后人则谓有绵延不绝的五千年的文明。领土空间被自古、神圣、不可分割等修饰，“自古”隐喻本真性，“神圣”强调超越性，而“不可分割”具有拟人性。复数的人群或族群所拥有的国民这一集合单数符号被具象为中华民族。最后，描述历史展开过程的革命、共和等概念也通过历史教科书普及开来了。

历史教科书里的概念的“大众化”和“政治化”是同时并行的。在经历了革命和战争后，历史教科书里还出现了许多“衍生化”概念，如与阶级概念有关的民族资产阶级、地主等，与革命概念有关的中华苏维埃、反革命等，均含有中国革命的特征。近代中国最大的“衍生化”概念当属“中华民族”，这一概念原本是从上位概念“民族”派生而来的，但在中国历史的进程中，它由下位概念变为上位的历史性基础概念。换言之，在中国谈论民族概念必须从中华民族概念谈起。

虽然历史教科书的编纂有规则可以依循，但仍须面对事实与叙述、表象与再表象之间的张力。1905年，出身浙江的文人宋恕在山东学务处担任审阅教科书之职时，发现下属提交的17种待审阅的历史和地理教科书“显犯大不敬”，有三种历史教科书甚至“皆直书我太祖庙讳，肆无忌惮”。宋恕所说的历史教科书是由商务印书馆和文明书局刊行的，无论是编者，还是发行者，既然要推广教科书，主观上并无必欲“犯大不敬”之意，是不自觉地受原教科书叙述（如其中周国愈的教科书译自桑原《中等东洋史》）和时代风潮的影响，在字面上触犯了禁忌。如果说这种编与审之间的紧张是可以规避的话，那么二十年后南京国民政府教育部查禁顾颉刚等编教科书，则凸显出二者根本上是历史研究与历史教育之间的龃龉。顾颉刚和王钟麒编、胡适校《现代初中教科书本国史》（全三册）由商务印书馆于1923年陆续刊出，是一部常年畅销的历史教科书，该教科书关于三皇五帝的看法沿袭了顾颉刚“古史辨”的立场，视其为传疑时代。1929年南京国民政府教育部命令禁止，其理由是：学者的讨论是可以的，但不能在教科书上这样说，否则动摇了民族的自信力，必于国家不利。国民政府教育部把历史教育视为与国家关系更为密切的领域，同关系相对较远的历史研究区别开来。

研究教科书的日本著名学者唐泽富太郎说："教科书塑造了日本人。"回顾清末民国的中国历史教科书，似乎也可以说历史教科书形塑了中国人的历史意识。唯其如此，历史教科书如何表象过去发生的事情绝非小事，须要平衡公共知识、官方知识和普遍知识之间的关系，如果信马由缰，最受伤害的当是历史教科书本身。

（本文是2020年10月25日在"变革与挑战：学校历史教育研究的多元视角"学术研讨会上的发言）

跨学科与去学科

一、跨界之惑

从20世纪末开始不断有人文社会科学危机的声音。2012年，法国《年鉴》杂志第3期卷头语在回顾过去二十年“历史科学与社会科学的危机”（la crise des sciences historiques et sociales）时认为，通过对后现代挑战的切实回应，历史学已经取得了长足的发展，克服了“历史的危机”（crise de l'histoire）。[1]所谓危机，可以从两个方面来理解，一个是学科的自律性出问题了，以往的概念、理论、方法难以自圆其说。与此互为因果的另一层意思是，学科无法应对所要研究的对象。危机话语中的学科如钟摆，在这双重张力关系中不断地自我调适。而如今，人们谈论“新文

1 «Éditorial: Les Annales, aujourd'hui, demain», *Annales. Histoire, Sciences Sociales*, 2012/3 (67e année), p. 557.

科”似乎有了新的期冀，不止于在固守既有的学科体系下开疆拓土，进行跨学科实践，还要打破现有的学科窠臼，寻求一方新的天地。毕竟，现代学科是建于印刷文化基础上的，随着知识生产和传播方式的变化，知识的消费模式也在变化。但，真要实行起来，谈何容易。

我在政治学和历史学两个学科教书，日常不仅要面对两个学科的差异，有时还要应付同一学科内部的差异。有一年，跟我攻读历史学的博士生和政治学的硕士生分别参加各自专业的论文中期考核，结果都得了“暂缓通过”的结果。两个学生分别打电话给我，我安慰说选题很好，可能是没有表达清楚。放下电话，我心里犯起了嘀咕：论文从题目到研究计划都经过我的认可，我还帮着改了一些内容，“暂缓通过”不就是说我的指导不合格吗?兹事体大，不可不究。

政治学硕士论文中期考核没有通过的理由是，看起来“不像政治学论文”。该学生研究的问题是，战后日本为何在政治上走不出战败。细瞧日本政坛，有一个怪现象：执政的自民党嚷着改宪，在野的共产党拼力护宪。青年学者白井聪在《永远败战论》一书中写道:“这个国家的统治权力因为不能公开承认战败（因为这会危害其正统性），根本上没有合理地解决领土（争端）的能力。”[1]确实，2012年7月16日，诺贝尔文学奖得主大江健三郎在一次抗议“3·11”核泄漏事故的集会上喊道:“我们生活在屈辱中。”我在日本近距离观察日本政治多年，把我的经验知识传递给学

1 白井聡:《永続敗戦論——戦後日本の核心》、東京：太田出版、2013年。

生，让其给出一个政治学的解释，这是选题的初衷。在我，还有一个期待，即约翰·道尔《拥抱战败》无疑是一部成功的著作[1]，但对战后日本政治转型的描述过于直线和明亮，缺少复线的和晦暗的内容，我希望学生的论文能补其之短。

历史学博士论文中期考核“暂缓通过”的理由与政治学硕士论文差不多：看起来“不像历史学论文”。这篇论文的选题是因人而设的。该生本科硕士读文学，从中学起就发表小说，我量体裁衣，和她商量确定通过文学文本来解读时代思潮的题目。记得中华书局版《新史学》第1卷刊行后，收录其中的海青的长文《自杀时代》意外地得到神户大学一位女学者滨田麻矢教授的回应，该学者撰文感叹，阅读中国近代史著述找不到与文学对应的历史事项。我指导学生写这个题目是有参照的，即法国著名历史学家和作家伊凡·雅布隆卡（Ivan Jablonka）的研究。这位学者一手著历史、一手写小说，在《无缘得见的年代：我的祖父母与战争创伤》一书中倡导新的历史书写，根据死于奥斯威辛的祖父母留下的照片和身份证，开始了寻找历史之旅，得到的“历史”也许难以完全证实，过程却是透明的。如此，作者让“分居”一个多世纪的历史和文学重续旧缘。[2]这位博士生的论文选题还涉及在

1 John Dower, *Embracing Defeat: Japan in the Wake of World War II*, New York: W. W. Norton & Co., 1999. 约翰·道尔：《拥抱战败——第二次世界大战后的日本》，胡博译，北京：生活·读书·新知三联书店，2008年。

2 Ivan Jablonka, *Histoire des grands-parents que je n'ai pas eus*, Paris: Editions Points, 2013. 伊凡·雅布隆卡：《无缘得见的年代：我的祖父母与战争创伤》，闫素伟译，北京：商务印书馆，2021年。

经历了“语言学的转向”之后历史学往哪里去的问题，以往关注点停留在文本上，实际上超越后现代的足音已经响起——呼唤主体的复归。主体的复归必然带来叙事的复归。

无论是政治学，还是历史学，抑或是其他学科，任何研究首先要从梳理事情及事象之间的因果关系开始，之后方可谈用什么方法进行诠释，而不是倒过来。在强调跨学科的时代，为什么会出现“不像”的说法呢？反躬自省，我们通常目为有理论取向的论文，无论是坚持本土的，还是面向外部的，都有一个沉默的前提或对象：西方。于是，不仅论文绪论部分多有讨论，文中也随处可见“西方”的影子，似乎不这样做，就达不到“像”的目的。窃以为，正确的做法是根据问题意识和实际需要来加以引用。我自曝家丑，举上面例子，没有批评我的同僚的意思，他们都是从专业角度为学生考虑的。换言之，如果按照我的指导方针写论文的话，也许论文在“外审”阶段通不过。然而，由此也留下了一个值得讨论的问题，学科的条条框框原本是护持学科自我同一性的手段，为何限制了思考和探究？

二、学有分科

在“西学东渐”前，中国有自己的学科知识分类。19世纪中叶以降，随着西学和东学（日本化的西学）的移入和学校制度的形成，近代学科体系规模初现。在西方，非自然科学的学科有两个“共名”——人文科学和社会科学。“人文科学”（humanity science）一语出现在文艺复兴时期，社会科学（social science）一语出现在启蒙运动中。在近代学科导入中国后，中国出现了一个很特别的术语——“哲学社会科学”。苏联，有“社会科学”（общественные науки）和“哲学科学”（философская наука）两个术语。20世纪二三十年代，“哲学”与“社会科学”“自然科学”并列，有时置于后二者之上，强调哲学对社会科学、自然科学的指导作用，但没有“哲学社会科学”这一固定的说法。在中国，自“经学”衰落后，哲学被另眼看待。检索30年代的报刊，散见“哲学社会科学”字样。如，“某君留美多年，最近归国，对于哲学社会科学均颇有研究”[1]。“社会科学院裁撤后，原有哲学社会科学两系”，“划归文学院办理”。[2]《中国农村》杂志在纪念创刊周年时称，许多读者来信要求我们能够经常发表关于“哲学，社会科学和国际，经济，政治问题”的论文。[3]这里的“哲学”和“社会科学”是并列的。在中国革命实践中，出现了将“哲学”置于“社会科学”和“自然科学”之上的用法。1942年，毛泽东在《整顿党的作风》里讲过一段话：“什么是知识？自从有阶级的社会存在以来，世界上的知识只有两门，一门叫做生产斗争知识，一门叫做阶级斗争知识。自然科学、社会科学，就是这两门知识的结晶，哲学则是关于自然知识和社会知识的概括和总结。此外还有什么知识呢？没有了。”[4]毛泽东讲的“哲学”既是指导人们认识自

1 《待聘》，《申报》1933年8月8日第18版。

2 《教部令 平津私立大学院改进》，《申报》1935年8月10日第15版。

3 《〈中国农村〉两周岁纪念——过去的清算和未来的计划》，《中国农村》第2卷第12期，1936年12月1日，第86页。

4 毛泽东：《整顿党的作风》，《毛泽东选集》第3卷，北京：人民出版社，1991年。

然和社会的方法，更是指导革命实践的“政治”，不是一般意义的作为学科知识的哲学。

每一个学科有其不可替代的自律性，论者如果拘泥于学科教条，必会将手段和目的倒置，从而影响探究真问题。“语言学的转向”不仅倡导回到文本，还反映了在认识论上摆脱形而上学束缚的诉求。“语言学的转向”又被称为“弱思考”，弱思考不是不思考，而是要求回到问题的本原上进行思考。现在，各学科各说各话的情形已经大为改观，但值得一思的是，回顾这些年的跨学科实践，无论是历史社会学、历史人类学，还是“国产的”历史政治学，甚而近来颇受关注的“非虚构写作”——姑且称为“历史文学”，等等，“风”似乎不是从历史学科吹起来的，而是来自“历史”这一前缀后的其他学科。当历史学失去了其大部分传统领地、仅剩下可以抱残守缺的文献编纂后，反而可以从“去学科”的角度思考自身的近代来路，将学科作为一种可以进行知识考古的“现象”来审视，于此，概念史研究的意义便凸显出来了。

三、分科之前

一个集合体（unity），无论是政治的，还是社会的，抑或是学科的，都是通过概念来界定自他关系的。一个集合体要想在命令或同意、契约或宣传、人为或自然等基础上谋求发展，就需要有概念来支撑。在概念中，群体可以确认自身是否在正常运作中；概念不仅指涉集合体，还创造了集合体。

“去学科”不是要抛弃学科，是要回到构成学科的基本概念上进行研究。概念史不单单研究一个个词语的来历，更要解读凝聚社会政治意蕴的词语的历史，因此，需要关注“语义场”（Semantic field）。通过语义场，我们对此概念与彼概念进行比较，确认其内涵。同一个概念在不同学科里有微妙的差异，比如nation（民族、国民），历史学和民族学不可规避其复数性，而政治学则需讨论其集合单数的可能性。此外，恰如男人与女人、公开与秘密、宽容与不容忍等，反概念（counter-concepts）的研究对深入理解概念是有必要的。

每一个民族或文化都有属于自己的概念史，反过来说，人们可以通过凝聚历史的概念反观一个民族或文化的经验。研究中国概念史，不只要研究西方概念的翻译和传播，更要研究这些概念的衍义和衍生化概念。就衍义而言，翻译活动聚合了主体的创造性活动，积淀了该当时代的经验。回看四百年间的中西知识移转，这是不待多言的事实。与概念的衍义相比，衍生化概念是我要特别强调的，它是历史主体的创造结果，有特色的中国概念。在全球化时代，概念史研究既执着于自身过往的经验，还期待与他者的互动，就此而言，“去学科”的概念史研究应该成为迈向“新文科”的第一步。

（本文原载《探索与争鸣》2021年第10期）

区域国别学发凡

在2021年12月国务院学位委员会公布的《博士、硕士学位授予和人才培养学科专业目录》征求意见稿上，“区域国别学”榜上有名，被列为交叉学科门类下的一级学科。稍后，钱乘旦发表文章指出，区域国别学有三个特征：地域性、全面性、跨学科性和多学科性。[1]区域国别学作为一门学科的出现，预示着中国学者意欲突破现有的学科框架，追求人文社会科学发展的新境。

一、区域与国别

区域国别学由两个关键词构成：区域和国别。第一个关键词与“区域研究”（area studies）有关。区域研究是对某一区域

1 钱乘旦:《以学科建设为纲，推进我国的区域国别研究》,《大学与学科》2021年第4期。

或国家的地文和人文进行综合研究并揭示其特质的学问，由于涉及对他者的理解，因而被视为“一种翻译形式”（a form of translation）。[1]“区域研究”对译英文area studies，这个英文术语在日文里被译作“地域研究”。无论是中文的“区域研究”，还是日文的“地域研究”，如果将其回译为英文的话，应该是regional studies，德文即作Regionalstudien[2]。为什么是area studies，而不是regional studies呢？原来，region指地方、区域、地区、范围等，而area除此之外还有视域、功能之意。换言之，region是整体的一部分，area是与整体无关的自律概念；region有明确的领域与边界，area是特定意图和意识作用的产物。[3]区域研究因为有如上特点，其研究动机必然出乎当下的需求，研究对象也必然聚焦于重要国家或重要问题上。

第二个关键词与“国别研究”有关。“国别研究”旨在对一个个国家进行研究，似乎还没有涵盖所有国家的专门表述。国家既指前现代国家，也指现代主权国家和民族国家；国家无论指涉哪种形式，取其最大公约数，无外乎疆域/领土、人民/国民、

1 David L. Szanton, “The Origin, Nature, and Challenges of Area Studies in the United States,” in David L. Szanton, ed., *The Politics of Knowledge: Area Studies and the Disciplines*, Berkeley: University of California Press, 2002, p. 1.

2 德文以Regionalstudien对译area studies，该概念在德文中的意涵与英文类似，参见如下研究报告：Wissenschaftsrat, *Empfehlungen zu den Regionalstudien (area studies) in den Hochschulen und außeruniversitären Forschungseinrichtungen*, Mainz: 2006, S.7−9。

3 山本信人編:《東南アジア地域研究入門》（3、政治）、東京：慶応義塾大学出版会、2017年、第iv—v頁。

支配/主权等三大要素。在中文语境里，“国别”应该指称的是民族国家，当国别缀上“史”字后，国别研究就成了国别史研究，国别史涉及前现代国家、主权国家以及民族国家。

从以上粗略的勾勒可见，在现行的学术体制里，区域研究和国别研究在内容上有交叉，均以国家作为研究的基本单位。但是，二者在理念上存在一定的差异，如果强作区分的话，较之国别研究，区域研究更直接地服务于国家的对外战略或资助机构的对外需要。此外，区域研究的来历虽然可以溯及久远，但一般所说的区域研究起始于“二战”后的美国。从美国区域研究的问题意识看，Irish studies（爱尔兰研究）和China studies（中国研究）的所指是不同的，前者由于位于西方—欧洲而被归入国别研究，后者因为属于非西方—亚洲而被视为区域研究。因此，区域研究的“区域”不仅仅是自然的地理空间，还是心象的认知空间。现在中国学界提出“区域国别学”，作为交叉学科，区域国别学具有或应该具有怎样的内涵和品格呢？有必要先回顾一下其来路。

二、区域国别学的来路

康德说，地理学是“世界知识的入门”[1]。16世纪以降，伴随大航海开启的全球化进程，经由“入门”知识，欧洲人进而获取了

1　康德：《自然地理学》，李秋零主编：《康德著作全集》第9卷，北京：中国人民大学出版社，2010年，第158页。

康德所说的包括人的知识在内的另一部分世界知识，逐渐建构起一套认知他者的体系，这是一种自明的欧洲凝视非自明的欧洲以外的“异域”知识。异域研究产生出各种学问，如埃及学、亚述学、巴比伦学、波斯学、印度学和汉学等，名称很多，其集合单数叫“东方学”（orientalism）。日本的“东洋学”是以此为背景出现的变异体。毋庸赘言，东方学有萨义德（Edward W. Said）所批判的欧洲中心主义色彩，以欧洲人为文明标准的“科学种族主义”是欧洲中心主义的主要内容，影响所及，甚至形塑了他者的自我认识，原本自他双方都视为“白色”的中国人和日本人，最后变成了自他眼中的“黄色”。[1]另一方面，也必须承认，东方学是经验观察乃至学科研究的产物，在知识累积上有其不可忽略的作用。

19世纪是现代民族—国家形成的世纪，以民族国家为旨归的学术研究促成了“国别研究”的诞生。在现代分科体制下，一个国家的历史属于历史学研究的对象，政治、经济等分别被归入“政治学”“经济学”等学科中，所谓国别研究是在各个学科之内进行的。回顾以往的国别研究，能够较全面呈现一个国家风貌的只有国别史，但国别史除去包罗万象、点到为止的“通史”外，实际上也被带着“史”字后缀的各学科所分割。

“二战”后，对于新兴国家的出现和亚非拉民族解放运动的高涨，以往的异域研究和国别研究无法对应，倡言从多学科的视

---

1 奇迈可:《成为黄种人——亚洲种族思维简史》，方笑天译，杭州：浙江人民出版社，2016年。

角研究他者的美国区域研究呼之即出。在区域研究的框架下，美国学界生产出大量的论著，还发展出比较政治学、发展政治学等，奠定了当今美国在关于他者认识上的文化霸权。在我所熟悉的美国区域研究——东亚研究领域，有些人把美国的中国研究称为“汉学”（Sinology），这个说法是值得商榷的。如果不嫌粗暴地加以区分的话，与汉学偏重文本和过去相比，区域研究即使研究过去，也是基于当下的问题意识和经验的。比较一下欧洲汉学和美国中国研究不难看到，汉学脱胎于人文学科传统，而区域研究则以社会科学为主要方法。前者如海底的世界，波澜不惊；后者似海面上的波浪，一波推一波，不断更换主题，建构新的理论。这背后固然有欧洲和美国权势的一消一长，更有美国基于实际需要对他者认识权重的变化。

20世纪70年代以后，伴随各国对他者认识的需要，区域研究的方法也波及美国以外的国家。被美国视为区域研究对象的日本开始摸索基于自身需要的“地域研究”，1983年东京大学设立“地域文化”专业。与美国的区域研究不尽相同，日本语境里的“地域”有两层含义，一层含义指一国之内的地域，相当于中文里的“地方”，如日本中国学界的“地域社会论”；另一层含义指非西方国家，东南亚研究即为日本学界成果颇丰的一个“地域”。20世纪90年代以降，在全球化和区域化的二义作用下，“区域”的内涵发生了很大的变化，人们开始反思区域研究的局限：将非西方社会视为“被写体”，轻视了其内在的多样性和复杂性。同时，西方亦非“自明体”，其自身也需要反省和再界定。由此一来，

“区域”不仅不是静止的单位，还是认识自者和他者关系的方法，区域研究呈现出“再造”（remaking）的趋向。[1]

三、区域国别学的理念

国内名为区域与国别研究的论著大多着眼于国际事务和国际纷争，这些内容即使可以归入区域国别学，也不是区域国别学的旨趣所在。钱乘旦在上文中指出，区域国别学包含国际关系但不等同于国际关系，我对此深表赞同，这里接着略做铺陈。

在理念上，不应将区域国别学视为区域研究和国别研究之和，而应视为对二者的超越——我个人更愿意称区域国别学为区域研究的升级版。国别研究拘泥于既有的国家框架，是在给定的国家范畴内进行研究的。但是，伴随人的迁徙、物的移动，还有信息和资本等的流转，很多问题是不能在一国框架内研究的，有时需要在两国、三国乃至更大范围内进行跨语言、跨文化、跨国境的研究。区域国别学要想获得别异于国别研究的品格，就应该着眼于“跨界”（trans-border）。“跨界”是后民族国家的特征，区域国别学作为应时而生的学问，应从这一当下民族国家所面临的问题出发展开研究。区域国别学的“跨界”和其来路中的区域研究不无关系，如上文所说，区域研究的框架带有主观意图，因而

1 Jon Goss and Terence Wesley-Smith, “Introduction: Remaking Area Studies,” in *Remaking Area Studies: Teaching and Learning across Asia and the Pacific*, Honolulu: University of Hawai'i Press, 2010.

受到时代的、地缘政治的掣肘，其边界暧昧，内涵不确定，如东亚、东南亚概念即如此。区域国别学承袭了区域研究的这一特性，同时又受到国别研究的牵制。

如果说“跨界”是区域国别学的第一个特性的话，区域国别学的第二个特性就是“再中心化”（re-centralization）。一方面，区域国别学作为一门中国的学问，其研究必不可少地带有“中国中心”的倾向。应该承认，对他者的研究难免带有自我中心的诉求，问题在于是否具有自我反省、自我超越的能力。西方世界对东方主义的批判，美国中国（区域）研究内的自我批判——如“在中国发现历史”，日本中国研究中的“内在视角”和“作为方法的中国”等，均表明区域研究为了接近和理解他者不断在方法论上进行调适。而在区域国别学看来，“再中心化”是建立在自—他关系对等基础上的，因而作为方法的中心是相对的，并非一个宣扬霸权的学术装置。

另一方面，“再中心化”有着客观存在的“中心”做支撑。全球史是一种去中心化的历史认识和叙事，但是，在由不同国家和地区构成的“地球”上，无处没有“中心”，确切地说是“中心性”（centeredness）。现代世界的资本市场有中心，地缘政治博弈有中心。20世纪90年代日本学界反省以往以中国为中心的亚洲叙事，试图建立多中心的、非中国中心的亚洲史，为此将亚洲历史划分为十个时期，结果发现每个时期都有挥之不去的中心性——中国。这个计划的主持人是倡言去中国中心化的村井章介教授，由于这个经验，村井对近年日本部分学者喧嚷的解构“中心性”的“东部欧亚史”持批判态度。[1]

由以上区域国别学的两个特性可知，区域国别学既要关注以往国别研究未曾关注或不甚重视的问题——“现在性”，解释其由以产生的机制，也要着眼于超越国与国关系的问题——“区域性”，捕捉其未来的走向。这种以问题为导向的研究预设了区域国别学的第三个特性——跨学科（cross-discipline）。区域国别学要研究的问题不是从哪个学科派生出来的，而是来自其所研究的区域和国别；对问题的认识决定了选择怎样的研究方法，建构怎样的叙述理论。这样，自然要涉及多学科方法的运用，而社会科学研究的归纳法有助于区域国别学处理丰富多变的主题。

四、区域国别学的实际

那么，应该怎样开展区域国别学研究呢？首先应该明确的是，区域国别学尽管有其“前世”——以往中国学界的外国研究，根本上是一门新创出的学科，与美国的区域研究一样，是中国对外需要所致。如何建设这门学科，需要广泛的讨论和实践。在我看来，征求意见稿中关于区域国别学授予文学、历史学和政治学博士学位的条文，既规定了这门学科今后人才培养的方向，也提示了从事区域国别学研究应有的取向。

区域国别学中的“文学”不是狭义的文学作品、作者和文学

1 村井章介:《大会第二日『東アジア研究の現段階——境界・交流』の三報告を聞いて》、《歴史評論》2011年5月号、第94—99頁。

流派、文学思潮等，而应理解为“文化研究”（cultural studies），尤其关注于“跨界”和“混杂性”（hybridity）等现象。这是有例可循的。在国外，“文化研究”常常被视为“区域研究”。在国内，“文化研究”散处于大学或研究机构的人文学科中，主要在文学专业。文化研究在欧美是一门显学，涉及诸多学科，但在中国始终未能成长起来。如果区域国别学以文化研究为“文学”内涵，不仅可以凸显出别异于文学系或外国文学系的“文学”特征，而且因为给文化研究以合乎名分的位置，也有利于推动该研究在中国的发展。

在区域国别学里，历史学的人才培养和学术研究有其独特之处。“国别”和“区域”是构成该学科历史研究的两翼。基于当下存在的一国史框架无法容纳的诸多问题，为探讨其来龙去脉，区域国别学的历史研究应侧重于现代国家的“跨界”问题；而为探究此问题的由来，则须追溯现代国家之前的历史。构成区域国别学的另一翼的是区域研究，区域国别学要拥抱区域研究的“空间转向”[1]，把区域研究的新观念注入其历史研究中。尽管上述两翼为区域国别学的历史研究提供了取之不尽的资源，但若想让区域国别研究中的历史学成为众所瞩目的领域，全球史和跨国史应该成为其主导方向。在现今“中国史”和“世界史”二分的历史学

1 Matthias Middell and Katja Naumann, “Global History and the Spatial Turn: From the Impact of Area Studies to the Study of Critical Junctures of Globalization,” *Journal of Global History*, (2010) 5, pp. 1–22. Angelo Torre, “Un « tournant spatial » en histoire? Paysages, regards, ressources,” *Annales. Histoire, Sciences Sociales*, 2008/5 (63e année), pp. 1127–1144.

科中，从事全球史、跨国史研究的学者有着身份的焦虑：到底属于中国史还是世界史？将全球史和跨国史纳入区域国别学，既可有效地推动相关研究，也可消解学者们的不安。

在区域国别学中，“政治学”是最为活跃的一个方面，但其位置却极为尴尬，因为国际关系、国际政治、国际组织、政治思想等都是既有系、科当中不容“侵犯”的领域。如欲突出区域国别学中的政治学的特性，进而别异于传统的政治学研究，区域国别学就需要强化对现实的研究，以便因应国家的重大需求，提供类似于“智库”的研究咨询。但在我看来，这只是表层的研究，应该从学科建设的角度提出一整套理论和方法。2020年出版的沃斯克列先斯基（А. Д. Воскресенский）主编的《世界综合区域研究：专业介绍》是一本教科书。这本书重点介绍了区域化的内外因素和世界各区域的转型问题，分为三编十章。第一编“科学论述”有三章，分别为“全球综合——外国区域研究和世界政治中概念领域的形成”“区域空间的结构及其主要参与者、区域化和跨区域合作”“开放与封闭的、旧与新的区域主义，区域安全综合体”。第二编“国际关系学中跨区域政治分析的理论方法基础”，计四章：“时空范畴和宏观区域化的趋势；全球化和区域化，区域主义和区域一体化”“宏观区域化和区域综合体；区域类型、区域次系统和区域秩序”“综合社会经济、社会政治和地理空间划分；具体基础”“世界政治秩序中的结构性分化以及东西方社会政治进程的特殊性”。第三编“形成综合方法以创建世界模型”，共三章：“国际关系和世界政治中的差异性解释和综合方法论”“相互依存和文化是综合方法的基础”“全球综合/外国区域研究在‘科学地图’上的位置；世界政治理论的发展和理论的‘检验’”。[1]这本涵盖面很广的教科书，既追踪了最新的事象，也提出了针对性的研究方法，对于规划区域国别学中的政治学研究无疑具有参考价值。要之，作为区域国别学的政治学应该关注政治在全球化与区域化中的作用，捕捉区域单位自身伴随人与物的移动而产生的张力关系。

看到《博士、硕士学位授予和人才培养学科专业目录》征求意见稿上出现“区域国别学”，有人欢呼，有人疑惑。欢呼者，主要是从事跨学科研究的学人，这些学人在固有的学科体系之外找到了共同的家园。疑惑者，主要来自上述三个相关学科，在一些学人看来，区域国别学是一个身份不明的来客，尚有待观察。对于长期倡导跨学科研究的笔者来说，我们所从事的概念史研究与区域国别学关系密切，但和其他跨学科研究一样，在现有的学科制度里，其身份十分尴尬——雨打浮萍两不依。如今，区域国别学为跨学科研究敞开了一条宽广的大道；而区域国别学要想独树一帜，必须彰显与其他学科不同的跨学科性格，加强自身的学科建设，拿出非我莫能的标志性成果。

（本文原载《学海》2022年第1期）

1 А. Д. Воскресенский, *Мировое комплексное регионоведение: введение в специальность*, Москва: Магистр, 2022.

全球本土化的中国研究

本次会议的主题是“从学科性学术到问题性学术”。“学科”在英文里有规训（discipline）的意思。学科大都是在18—19世纪发展起来的。比如历史学，历史记述和历史学是两回事，历史记述的传统可以追溯到远古，始自人和自然神关系的断裂；而作为学科的历史学则是19世纪的产物，有一套透明的、可检验的实证方法，有以民族国家为单位的叙述对象。学科是在学术发展基础上形成的，是推动学术发展的力量，因此，当学科的规训机能固化从而妨碍了探究纷繁复杂的问题时，人们就会不断对其进行矫正。我们致力于学科建设，定期进行学科评估，目的正在于此。但是，我们的大学有世界上最庞大的院系，最高大的建筑，每年多不可计的论著，研究水准怎样呢？有点像国足，具足了成为一流的所有硬件，但就是差一口气，成绩上不来。2002年在北京香山举行的新史学会议上，我仿照柯文（Paul Cohen）《在中国发现历史》（*Discovering History in China*）的书名，批评我们的研究有“在美国中国学中发现问题”（discovering problems in American Chinese studies）的倾向，强调应该在全球范围内对待美国的中国研究。其实，若论“在中国发现历史”的研究取向，早在1963年原本研究德国史的增渊龙夫就曾撰述长文探讨从“内在视角”研究中国的可能性。2017年，我曾借“内卷”（involution）这个术语，以“学术内卷化”（academic involution）来形容令人尴尬的现状，倡言摆脱“风马牛皆相及”的作文式研究风格，通过“守学科”和“跨学科”的二义性思考，回到学术研究的本源上，探讨真问题。

由于研究专业关系，提到“问题性学术”，我首先想到的是1929年创刊的《经济与社会史年鉴》杂志。前一段时间阅读卡萝尔·芬克（Carole Fink）的《为历史而生：马克·布洛赫传》（*Marc Bloch: A Life in History*），书中有一段文字涉及发刊词，读后感到语焉不详，于是找来原文《致读者》（À nos lecteurs）。《致读者》表达了四层意思，分别如下：（1）感谢法国和外国合作者的帮助；（2）消除关心过去与现在的历史学家擦肩而过的现象；（3）改变古代史学者、中世纪史学者和“现代化”史学者各为一体的状态，打消“文明”与“原始”的二元区隔；（4）破除不同学科之间的“壁垒”。四层意思可分别概括为跨国、跨时、跨代、跨界。早于《经济与社会史年鉴》，将“经济”和“社会”连在一起的刊物还有若干，荷兰、美国、英国和波兰都有，德国甚至还有一本直接影响了马克·布洛赫的同名杂志——《社会经济史季刊》（*Vierteljahrschrift für Sozial-und Wirtschaftsgeschichte*）。但是，于今唯有该杂志声名卓著，影响了历史学的发展方向。追根溯源，我以为是和它在“四跨”基础上形成的学术传统有关，一个是以问题为导向的研究，另一个是跨学科的研究方法。近百年来，无论杂志的名称和风格怎么变，这两点都一以贯之。

如要践行问题导向的研究和跨学科方法的运用，必然要触及语言、术语、概念与其所表征的对象是否契合的问题，这是概念史或类似的研究得以兴起的契机。要理解现代政治和社会，梳理构成政治和社会的基本概念是不可或缺的步骤。概念史研究是建立在这一前提下的：词语因为凝聚了广泛的社会和政治意义而成为概念，概念因其意义丰富而所指不确定，正因为如此，概念展示了可以解释的意义空间，营构了语义场。通过对概念的现代语义的爬梳，人们可以透视历史上的主体如何将过去的“经验”和对未来的“期待”呈现于当下的行动之中的。概念史不同于观念史。以研究观念为本旨的，不可能转身一变而为研究概念史，因为观念具有超越性，可以没有历史作依托。同样，研究历史的也不能仅靠套用新名词，即转身一变而为概念史研究者。此外，我们说的概念史是从德国的学术传统产生出来并传至其他国家和地区的，谈概念史，不能随意牵扯所谓“剑桥学派”的政治思想史，斯金纳就明确批评概念史研究，讥之为词语膜拜；概念史与法国的话语分析也无涉，曾经师从科塞雷克的弗朗索瓦·阿赫托戈（François Hartog）曾在文章中指出概念史在法国学界所受到的冷落。既然如此，中国研究为什么需要导入概念史研究方法呢？因为中国的近代存在概念翻译和再生产现象，我们所使用的绝大多数概念都是19世纪以来新创造的。

概念和指称对象之间的关系，可能若合符节，也可能似是而非。如果是前一点的话，按照“学科性学术”的规范，按部就班地研究即可。但是，伴随时世的推移，概念的内涵也会变异，或滞后于时代，或同步于时代，更不必说裔出“西方”的学科概念在被移植后所发生的转义、错位乃至改写了。就拿“社会”来说吧，19世纪作为学科的“社会学”诞生了，但作为研究对象的“社会”并非明确。《经济与社会史年鉴》杂志的另一位创始人吕西安·费弗尔在1941年的一次演讲中说：不存在社会经济史，存在的是历史本身，只有在一体性中的历史。历史本来就是社会史。“社会”这个暧昧的词语，是为做我们杂志的招牌发挥作用而被创造出来的。社会作为近代概念在中国的经历亦如此，多义而暧昧。1939—1940年马克·布洛赫在出版《封建社会》前，对是否使用“封建社会”概念很是犹疑。这个概念我们还在使用，但已经成为高度抽象化的意识形态概念，远离了本义。

基于上述观察，在我看来，“问题性学术”首先要梳理适合中国本土境况的解释概念，在此概念史方法可以在两个方面做出贡献：作为研究对象的概念史和作为分析方法的概念史。作为研究对象的概念史旨在对概念生产与再生产的历史进行研究。我曾在一篇小文中指出，当一个概念完成标准化、通俗化和政治化而成为历史性基础概念后，就可能在具体的历史情景中衍生出与该概念相关的“下位概念”，一方面我们可以通过“下位概念”观察历史性基础概念的多义性，另一方面这些貌似“下位”的概念有可能取代“上位”的基础概念而成为具有本土意义的基础概念。

然而，即使概念史研究能发展为一个领域，也不是我们研究的终点，而应视作通向进行“全球本土化”中国研究的工具。概念植根于各种政治—社会制度之中，这些制度与由关键概念构成的语言共同体相比要复杂得多，找到概念对应的社会政治制度，概念史研究的意义才能完全彰显出来。无论古今，还是中外，总有一些共时和共通的概念，如与家庭有关的概念。《水浒传》第43回讲黑旋风李逵遭遇绑匪李鬼。意欲打劫的李鬼被李逵反制后，连忙跪地求饶：“爷爷！杀我一个，便是杀我两个！……小人本不敢剪径，家中因有个九十岁的老母，无人养赡，因此小人单题爷爷大名唬吓人，夺些单身的包裹，养赡老母；其实并不曾敢害了一个人。如今爷爷杀了小人，家中老母必是饿杀！”李逵闻言，不仅放了李鬼，还给了他一些盘缠。类似的故事在欧洲中世纪异端裁判档案中也可见到，戴维斯（Natalie Zemon Davis）的《档案中的虚构——16世纪法国赦罪者的故事及其讲述者》（*Fiction in the Archives: Pardon Tales and Their Tellers in Sixteenth-Century France*）中的赦罪者为了规避罪责，供词中会出现“母亲”云云。“母亲”是与家庭结构乃至社会结构相对应的一个关键概念，可以从母亲概念来说明家庭的或社会的制度。

19世纪中叶以降，中国开启了天翻地覆的变化。应该以怎样的概念加以诠释，是困扰学者的难题。基于对“西方中心”这一外在尺度的反省，20世纪80年代美国曾出现“在中国发现历史”——以内在视角审视中国的转向。在这一学术背景下，晚清士人从传统的思想资源中寻找解决困境的方案——如经由冯桂芬等弘扬的顾炎武“封建论”——受到论者的瞩目。如果审视这段学术史的话，不能忘记早在1973年韩国学者闵斗基就在《中国近代史研究》（潮阁，1973年）一书中论及过顾炎武的“封建论”。闵斗基的研究启发了孔飞力（Philip Kuhn），而后者不仅组织译者翻译了前者的著作，还在此基础上撰述了一篇以“地方自治”为题的力作，通过传统的封建—郡县命题重审晚清的地方问题。顾炎武“封建论”意在“寓封建于郡县”，从本地士人中选拔乡官，使其参与地方事务。虽然顾炎武设想的乡官是官选而非民选，但他主张以本地之人任本地之事，符合晚清士人参与地方政治的要求。清末官绅接续顾炎武的“封建论”，很自然地将“地方自治”理解为本地出身的乡官在知县的“官治”范围之外处理地方事务，以此弥补“官治”之不足。“以自治补官治”构成了晚清地方自治的基调。然而，顾炎武的“封建论”经由沟口雄三等阐发后，变成了关于近代中国政治“分权”的言说，与西方政治的“分权”遥相呼应。确切地说，晚清士人倡言的地方自治对应的是local self-government，而非autonomy，更非军阀自谋的“联省自治”。结果，恰如黄东兰在研究内藤湖南中国论述时所指出的，所谓“内在视角”的研究套用的仍是“外在标准”。[1]

科塞雷克有句十分经典的话：历史性基础概念既是历史转折的“标志”，也是影响历史进程的“要素”。在进行中国研究时，这句话不能照单全收，必须置于中国语境中反过来加以理解，即一个外来的概念（包括传统的概念）在完成“标准化”后，只有其本身实现了“大众化”和“政治化”，方能成为推动中国社会

1　黄东兰：《内在视角与外在标准——内藤湖南的同时代中国叙述》，《史学理论研究》2021年第4期。

变革的要素，而当由概念塑造的社会和政治诞生时，概念又成为显示历史转折的标记。因此，概念史与社会史的结合就显得十分必要了。如果把1987年《历史研究》评论员撰写的《把历史的内容还给历史》(《历史研究》1987年第1期）视为中国社会史研究再出发的标志的话，回顾迄今的历程，可谓“高起低走”。所谓“高起”，是指20世纪80年代正当“语言学的转向”波及历史学之时，法、德、英等欧洲国家及日本的社会史研究者适时地提出了应对之法，探讨历史认识论转向之问题，及至今日，出现呼唤主体的复归来超越“后现代”。中国的社会史研究是从自身的问题意识出发的，三十多年过去了，虽然积累了庞大的论著，但对理论的关心淡薄，一直保持着“低走”态势。这些年我参加了一些跨学科的学术研讨会，每每吃惊于其他学科的学者在论及历史学时的“片面”——我私下戏言把历史学定格在“前近代”了。其实，当代中国历史学（如历史人类学、新史学）不仅呼应了国际最前沿的问题意识，而且更在摸索自己的研究。

概言之，就我的研究专业而言，要进行“问题性学术”，需要一套切合中国历史和实际的概念，没有社会史研究及其在此基础上形成的理论的支撑，概念史研究只能止步于词语与事物之间的简单勾连，而不能得以真正地展开。只有以社会史为依托的概念史研究，方能开启“全球本土化”的中国研究，而由此生长出来的学科概念和方法也必然是“学科性学术”再出发的契机。

（本文原载《开放时代》2022年第1期）

文化记忆的谱系

“记忆”，是这几年大家经常谈到的，记得2000年我在上海一所大学讲记忆的时候，言者甚少。今天，我要讲四个问题：第一个是亚里士多德命题，第二个是历史与记忆，第三个是历史即记忆。别小看这两个词之间的连词不同，意涵很不一样。第四个是回到“生”。

一、亚里士多德命题

在古希腊，历史女神叫克里奥（Clio），是宙斯的女儿。克里奥的母亲是谁呢？尼莫赛尼（Mnemosyne），是“记忆女神”。这是一个很重要的隐喻：历史是从记忆母胎中诞生出来的。换言之，记忆产生了历史。但是，古希腊人似乎并没有深究记忆和历史的关系。给这个问题留下未解之谜的人叫亚里士多德。亚里士多德被称为“万学之父”，学问超过老师柏拉图，只有一点不如老师：文学。说到文学，还是柏拉图要强些。

亚里士多德有一本很有名的书——《诗学》。爱好文学的同学、学习历史的同学应该都知道书里有两段文字论述历史和文学的关系，大意是：历史描述过去发生的事情，诗学即文学描述可能发生的事情。这是第一点。第二点，历史描述具体的事情，文学彰显普遍的事情。很多人喜欢引用亚里士多德这段话，但不知其详，甚至用错了，原因出在误解了历史这一概念。

被誉为历史学之父的希罗多德，在他的著作《历史》一书中，共有20处提到“历史”（ιστορία，history），历史的含义是“调查研究及其结果”。这里的历史有点像我们今天社会学、人类学的田野调查，指称的范围是非常有限的。

对历史的这一理解，并非希罗多德一个人独有，在柏拉图的著作里，也有同样的看法。柏拉图著述宏富，他的著作里只有5处提到“历史”。我经常告诉学生，书读到关键处是要查对原文的，因为由原文译成英文再译成汉语后，有时差别很大，无法从汉语还原原文。柏拉图著作里的“历史”，有的译成“自然科学”，有的译成“探讨”，有的译成“记忆”，有的甚至写作“熟知后的模仿”，如果不看原文，绝对不知道原来都是一个词——“历史”（ιστορία）。在亚里士多德的书里，这个词出现过24次，其中有实质意义的只有9处，大致含义不外乎调查研究及其结果。

这样一来，这就有了一个疑问：应该怎么理解《诗学》里的“历史”？从文化记忆理论的角度，“记忆”（memory）无疑是一个参考。亚里士多德在《论记忆与回忆》一文里阐述了一个思想：记忆保存过去，回忆唤起过去。从这句话可以知道，我们平时讲的“记忆”，经常与“回忆”混在一起。在古希腊，这两个词是分开的。“记忆”，是保存过去的容器；“回忆”（ἀνάμνησις）是人的当下行为，在古希腊语里，ἀνά是上升、自下而上，μνησις是察觉和回忆，合起来就是自下而上的精神活动。人们通过精神性活动来唤起消失的东西，捕捉沉淀在记忆府库中的东西。苏格拉底认为人的灵魂不死，可以用“学习”和“探索”等“回忆”方法获取被忘却的东西。

在这个意义上，亚里士多德所讲的“历史”，是不是有记忆意蕴呢？有。“历史”既然是调查研究的结果，无疑涉及记忆所保存的过去。回忆是一种唤起过去的行为，和ιστορία（history）——调查研究是不是也有些关联？无疑是有的。调查研究记录了大量的回忆性资料——口传。所以，“历史”的含义又与“回忆”发生了关系。在我看来，亚里士多德《诗学》留下了一道命题——历史作为动词可能与回忆有关，作为名词可能涉及记忆。这是思考文化记忆理论的起点，研究者需要不断回到这一原点去思考。

二、历史与记忆

历史不同于记忆，最早揭示二者关系的是莫里斯·哈布瓦赫（Maurice Halbwachs）。对记忆研究感兴趣的同学，读的第一本书就是哈布瓦赫的《论集体记忆》。哈布瓦赫写的东西很少，死于纳粹集中营里。死后半个多世纪，突然受人关注。“集体记忆”（collective memory）概念的发明得益于两位大家：一个是心理学家、哲学家柏格森（H. Bergson），柏格森研究个体记忆（individual memory），认为存在两种类型的记忆：一种是由习惯构成的记忆，指向行动；另一种记忆包含了对当下生活的漠不关心。影响哈布瓦赫的另一个人是他的老师社会学家涂尔干（Emile Durkheim）。涂尔干认为社会事实先于个体，比个体更持久。社会事实以外在的形式强制和作用于人，塑造了人的意识。这种强制既指人无法摆脱其熏陶和影响，又指对于某些社会规则拒不遵从将会受到惩罚。人类大多数的意向不是依据个人意愿建构的，而是在外界的引导、熏陶和压迫下形成的。

哈布瓦赫的集体记忆有三层含义：第一，时间在流逝，记忆的框架既置身于其中，也置身于其外。我们思考过去，是通过记忆的框架来进行的。就像唐诗一样，我们可以借助唐诗理解那个时代，但如果真进入当时的情境，可能会发现别样的景象。唐诗提供的框架既是过去的，又是被后人不断塑造的。

第二，个体记忆依存于集体记忆。因为个体生命是要消失的，个体记忆最终会被集体记忆所收敛。用哈布瓦赫的话来说，我们每个个体实际上是依赖于集体记忆的框架来记忆的，个体记忆的作用微乎其微。

第三，集体记忆具有双重性质，既是物质的，如一尊塑像、一座纪念碑，又是象征符号，或具有精神内涵的东西，集体记忆是附着于物质现实之上的为群体所共享的东西。

哈布瓦赫关于集体记忆的看法，是后世讨论记忆时不断引用或反驳的，同时代的历史学家马克·布洛赫在一篇书评中对“集体记忆”提出质疑，他的批评如下：即便记忆是集体的，也无法将记忆主体归于集体之中，而且，一旦将“集体”这一形容词视为如个体一样可以“回忆”的，就有将集体视为一个自明的实体的危险。在记忆热的当下，温习一下这点非常重要，因为我们在谈集体记忆时，常常将个体记忆置之一旁了。马克·布洛赫接着批评道：集体记忆轻视了通过个人之间的交流所传递的记忆。如果不重视个人之间记忆的传递，会造成将自身并没有体验的过去当作真实的体验来加以回忆。

半个世纪后，试图对这个质疑进行回答的人物出现了，他的名字叫皮埃尔·诺拉（Pierre Nora）。皮埃尔·诺拉主编的《记忆之场》（*Lieux de Mémoire*）3卷7巨册，长达5000页，是由135篇文章构成的。《记忆之场》本身就是一座记忆的丰碑。我常感叹，他能做成这件大事，与他出身编辑有关。一个好的编辑，必须有两个特点：眼界高——见识不输于专业学者，身段低——会延揽各种作者。我们正在翻译《记忆之场》全译本。皮埃尔·诺拉今年90岁，身体健康，思维敏捷。去年我让在巴黎留学的学生跟他联系，请他给中文版写一篇序言。老人说还早，等你们全部翻译好再写不迟。结果，我让学生搞了一个采访，留下七八分钟的录像。

《记忆之场》想超越拉维斯（Ernest Lavisse）构筑的法兰西民族史，选择的角度是记忆之场。皮埃尔·诺拉为什么要研究记忆之场？因为到20世纪末，近代以来的知识体系受到了前所未有的挑战。一个挑战来自网络。各位同学都随身带着手机，如果哪天出门忘带了，会一日不安吧？有些人在听我的讲座，会不时地看看手机吧？这种信息传播手段是20世纪末以来逐渐形成的，它颠覆了支撑现代生活的印刷文化。

还有一个挑战是世代更替。背负着沉重的20世纪苦难的世代，一个个在消失。活在物质充裕的现代社会的新生代和旧世代在文化认同、家国意识等方面很不一样。如何抢救历史，诺拉在《记忆之场》导言中以“历史在加速”开头，传递了这种紧迫感。

更重要的挑战来自“语言学的转向”带来的“认识论的转向”。以往被视为如如不动的、客观的叙述，现在人们发现由于是人通过语言或图像等手段所表征出来的，有其局限性。为此，有人提出以“弱思考”来应对和修正。弱思考不是不思考，它的反义词是形而上学思考。

构成今日法国的传统的东西，大都是法国大革命后的产物，皮埃尔·诺拉将其打包放在了一个概念里，称之为“记忆之场”。这个概念由“场所”（lieux）和“记忆”（mémoire）构成，追根溯源，与古希腊、古罗马的记忆术有关，拉丁语叫loci memoriae。记忆之场有三个特征：实在的、象征的、功能的。档案馆是实在的场所，被赋予了一定的象征意义。教科书、遗嘱、老兵协会因为成为某种仪式的对象也进入了记忆之场。一分钟的默哀堪称象征的极端例证。记忆之场还有形塑和传承记忆的职能。在这三个层次上，记忆和历史交互影响。历史存在有具体所指，记忆之场则与之不同，它在现实中没有所指对象，它只是指向自身的符号，纯粹的符号。

皮埃尔·诺拉认为，记忆是记忆，历史是历史，二者不是一回事。他有一个经典的比喻，记忆把回忆置于神圣的殿堂，历史则把回忆驱逐出去，让一切去神圣化。因而记忆是绝对的，历史只承认相对性。由此可见，诺拉继承了哈布瓦赫关于历史与记忆二元对立的观点并将其推向极致，重构了法兰西民族史叙事的框架。借用阿斯曼（Aleida Assmann）的话，对于被哈布瓦赫视为时空上存在的结合体——集体，诺拉将其改写为由超越时空的象征媒介来自我界定的抽象的共同体。

三、历史即记忆

接下来讲第三个问题，对记忆的思考方式与上述不同，有一种观点认为记忆和历史不是对立关系，而是一体两面的关系——记忆即历史，历史即记忆。

扬·阿斯曼（Jan Assmann）和阿莱达·阿斯曼夫妇共同创立了“文化记忆”理论，他们打破了对记忆和历史二分的理解，关注记忆和历史之间的紧密联系。在阿莱达·阿斯曼看来，历史与记忆犹如磁石的两极，历史是抽象的、立足于超越个体的研究过程，执着于主观的记忆是饱含情感的活生生的个体回想，围绕二者的张力关系有待跨学科的综合研究。

阿莱达·阿斯曼把记忆拆解为四个方面、两组关系：一组关系是交往记忆和文化记忆，另一组关系是功能记忆和存储记忆。交往记忆是以个体生命为框架、以日常交往为基础的记忆，是一种尚未成型的非正式记忆。很自然地，随着交往记忆主体的消失，交往记忆也就消失了。当然，其中一部分可能会留在他人的回忆中，但这已经不是当事人的记忆了，而是他者的记忆。文化记忆是一个特定时代、特定社会所特有的可以反复使用的文本体系、意向系统和仪式系统。

阿莱达·阿斯曼说，如果不想让时代证人的经验记忆在未来消失，就必须把个体记忆转化成文化记忆。现在，国内流行口述史（oral history），oral history在西文里的分量和“口述史”在汉语里的分量是不一样的。我刚才谈到“历史”作为调查研究及其结果的原初意涵，history的基本含义是故事。但是，在我们的话语体系里，能成为“历史”的，不是单纯的故事或记录，而含有道德判断的因素。严格地说，与oral history对应的是“口述故事”。“口述故事”要真正变成“史”，需要一个检验的过程，否则，说出来的如果都是历史的话，“历史”就陷入真假难分的相对主义境地了。

还有一组关系，叫功能记忆和存储记忆。功能记忆是与群体相关的、有选择性的价值联系，是面向未来的记忆，是在我们的生活中实实在在起作用的记忆。功能记忆有各式各样的变体，拥有三个重要的面向：合法化、非合法化与差异化。合法化的功能记忆大多与官方或政治记忆有关，常常以一种现时的记忆独占过去。非合法化的记忆是官方记忆的反面，如战败者和反革命的记忆。差异化是为塑造集体认同而来的象征性表达形式。

功能记忆有一个仓库，是所有记忆的记忆，存放在我们称之为档案馆、图书馆的地方，它就是存储记忆。任何功能记忆的背后都有大量的存储记忆作支撑，功能记忆出于不同的动机，巧妙地利用过去。存储记忆则脱离于社会的实用功能，保存于博物馆、档案馆等空间中。

在主张历史与记忆具有紧密关系的学者中，还有一个人物——哲学家保罗·利科（Paul Ricoeur）。Ricoeur这个名字是由Rire和coeur两部分组成的，意思是“笑心”。利科的名著《记忆，历史，遗忘》（*La Mémoire, l'Histoire, l'Oubli*）体大思精，已经有中译本了。这本书揭示了记忆和历史的辩证关系。记忆是这一辩证法的起点和终点，历史是连接记忆两端的媒介。利科将二者的关系一直追溯到刚才说的尼莫赛尼和克里奥的关系上去。

怎样才能把记忆变成历史呢？他说有三个步骤：第一步叫表象。我们回忆一个事物时，是有形象的；形象出来之后，就会留下痕迹，把“不在”唤起并呈现于“现在”。为了让“不在”的现在凸显其真实性，人们会加上时间副词，使之成为一个可以捕捉的记载。接下来是“确认”过程，要排除假的、想象的，甚至幻想的东西。记忆不完全可靠，所以确认是非常重要的一步。

记忆的目的不单是思念逝去的过去，还是对主体自身的确认。首先记忆是我的记忆，可以将其传递给他人。通过口述、文本和影像，他人的记忆也可以传送给我。如此不断扩散开来，记忆的主体就有了各种主语——单数的你我他和复数的你们我们他们。就此而言，哈布瓦赫称个人记忆是集体记忆，是正确的。但是，哈布瓦赫并没有注意到可以将记忆归属于各种各样的“主体”，我们的记忆和其他群体记忆之间的交叉。

所谓口述史，如果没有经过上述作业——表象、唤起、确认，以及主体之间的互动——的话，不过是“口述故事”，还不是“史”。进一步说，这种口述的结果，如要成为历史学家可以使用的史料，就要像拿到法庭或公证处的文书一样，得到确认后才能成为史料。读过佛经的同学都知道，佛经起首有四个字——“如是我闻”，好像亲耳听到、亲眼看到的那样。佛陀灭寂后，弟子们聚集在一起，回忆佛陀给他们讲经的情形，把重要的话记录下来进行确认。为了表示虔诚，起首要有这四个字。我们能保证每个回忆者都有“如是我闻”的觉悟吗？不能。即使有，人还有选择遗忘和选择记忆的倾向。

四、回到“生”

接下来，要讲第四个问题——回到“生”。作为活在当下的人，我们应该怎样理解这个问题呢？反过来思考的话，人的历史的发生，是在人和神的关系发生断裂之后。当人和神之间的关系断裂后，以人为主体的历史便诞生了。因此，历史是围绕人的“生”——生命和生活——展开的。

尼采在《不合时宜的沉思》中认为，人的脑子里装满了和“生”不相关的东西——历史，因此，需要挣脱历史的束缚。在此，基于“生”的记忆扮演了重要角色。在我看来，记忆研究不是从哈布瓦赫开始的，应该从尼采算起，尼采说的“生”，也是利科所说的“记忆与遗忘的背后，是生”。

历史研究是通过回忆、文字和影像等将不在的过去唤到当下，这样主体自然地就参与到历史书写过程中了。也因此，出现了两种正反的现象：一方面是历史对“生”的掣肘，另一方面是“生”对历史的操作。在匀质化的集体记忆笼罩下，个体记忆显得非常重要。今天谈文化记忆，关心的焦点应该是集体记忆缝隙中的个体记忆，这些复数的记忆很多伴随个体生命的消失而被遗忘了。

文化记忆面临来自网络的挑战。新媒体的出现，导致文化保存、传播、消费方式的变化。曾经，伴随印刷术的普及，各种印刷品充斥世界，人们不需要记忆术特地去记忆某些东西。现如今，由印刷术支撑的现代文化正为新媒体所取代。英国社会学家安德鲁·霍斯金斯（Andrew Hoskins）认为这是一个“链接性的转向”的时代。按一下键盘，人们可以穿越，可以把过去唤到当下，当下和过去有了一种面对面的“即时感”。同时，有些东西可能很快会从我们生活的世界里消失。“链接性的转向”之后，文化记忆如何保持下去，是研究者需要思考的问题，是每一个族群文化面临的严峻问题。霍斯金斯教授正在策划一本大型学术期刊——*Memory, Mind & Media*，简称MMM，由牛津大学出版社出版。该刊邀约了世界近百名学者参与编委工作，我欣然接受邀请。对我来说，这也是一个学习机会。

（本文是2021年5月11日在南京大学金陵学院“金陵博雅讲堂”的演讲）

抵抗虚“吾”主义

“非虚构写作”（non-fiction writing）不仅在文学、新闻学等学科颇受关注，还波及一向以实证为标榜的历史学。作为一种文化和学术思潮，我以为“非虚构写作”是与如何应对后现代的挑战有关的，我称之为对抗“虚吾主义”的产物。请注意，是虚“吾”主义，不是虚无主义。大家知道，现代历史学排斥个人和主观，历史写作中即使有个人，也是集合单数；即使有主观，也是主导叙事。以前有句话讲得很形象，所谓历史，就是剪刀加糨糊，将有关过去的记录裁剪和拼接即可。

后现代思潮兴起后，骎骎乎席卷人文社会科学所有领域，带来了价值上的相对主义、认识论上的怀疑主义。因此，从上个世纪末开始，国际历史学界出现了“返祖”现象——回到叙事，呼唤主体复归，从而有了“虚构”（fiction）和“非虚构”（non-fiction）之辨。窃以为，有关“非虚构写作”的讨论应该放在对抗“虚吾主义”的脉络里来把捉。

一、非虚构之“实”

非虚构写作在日本很发达，被视为介乎史学与文学之间的存在。新近出版的武田彻《阅读现代日本——非虚构的名作・争议作》一书认为，单纯地介绍证言和事实的是新闻一类的客观报道。如果整理、重构碎片化的事实，释读其中的因果关系，进而勾勒出一个有意义的事情或事件，就需要“叙述者”，由“叙述者”讲述的非虚构作品有首尾一贯的“叙事结构”。[1]这就是说，新闻“报道”事件，非虚构“重构”事件。与武田的看法不尽相同，我以为非虚构写作涉及三个层面的问题：

第一层指写作形式。非虚构作品之所以不能归入史学范畴，乃是因为它在形式上没有采用现代历史学的书写形式，后者既要接续前人讲，更要言之有据，甚而以烦琐的征引为自持。即使在经验上可以做出判断，如果没有证据，史学写作也只能“眼前有景道不得”。而非虚构写作则不同，它可以根据有限的证据进行合乎逻辑的推断，导出可能的结果，有没有更充分的佐证并不重要；即使有很多证据，也无须一一征引。日本历史最悠久的史学刊物是《史学杂志》，在其草创之初，刊载的论文形式上像非虚构作品。稍后在兰克（Leopold von Ranke）弟子里斯（Ludwig Riess）的指导下，建立了规范的历史书写，延续至今，从此也在

1　武田徹:《現代日本を読む——ノンフィクションの名作・問題作》、東京：中央公論新社、2020年、第iv頁。

历史写作和非虚构写作之间划下了一条不可逾越的线。

第二层是写作内容。非虚构作品之所以不能归入文学范畴，是因为不管是过去发生的，还是当下发生的，都可以在经验上证实，这与小说的虚构根本相异。哲学家保罗·利科在《记忆，历史，遗忘》一书中区分“想象”和“回忆”，指出二者虽然均面对“不在”的过去，想象或虚构的“不在”是不存在的，而记忆或回忆的“不在”则是存在的。对于“不在”的过去，人们可以通过音声、影像和文字来把捉，结果不在多大程度上接近了事实，而在表征的内容是否具有实在性。

第三层是写作过程。人文社会科学研究无须公开写作过程，历史学者可以独占他人没有的资料，人类学、社会学学者的田野调查可以将地点和人物符号化，对于这种不透明性，人们不以为怪，因为学术共同体内有自律的规则。但是，非虚构写作由于有不同于新闻报道和历史研究的特征，要使自身的探究和写作成为非虚构，就需要公开写作的过程或增加写作的透明度。法国历史学家、作家雅布隆卡《无缘得见的年代：我的祖父母与战争创伤》一书通过仅有的照片和身份证去寻找死于战争的祖父母的故事，由于展示了书写过程，在历史学界广受好评，获得大奖。这原本是非虚构的写作技巧。

上述非虚构写作的三层含义是互相关联的。第一层揭示了非虚构写作是一种别异于史学的写作方式，它的拥趸不在大学历史学科，而在普通读者中，是读者的支持使其得以作为一种写作“类别”（Genre）而存续下来。第二层含义揭示了非虚构写作之所以得以存续，乃是因为有凌驾于文学的特长，它追寻线索之间的关联，穿越证据和可能性之间的空白，这既是历史学止步之处，也是文学不可企及之境。第三层含义中的透明性不止于改变了书写的意义，还有超越虚构与非虚构二元对立的示范作用。

二、虚构之“实”

一般认为书写上的虚构与非虚构二分传统始自亚里士多德。《诗学》里有两段辨析“历史”和“诗学”（文学）关系的文字。第一段文字在《诗学》第9章（1451a–b），大意是历史学家与诗人的差别不在于使用的文体，而在于前者记述已经发生的事，后者描述可能发生的事；诗表现带普遍性的事，历史记载具体的事。“普遍性的事”指根据必然原则可能发生的事，“具体的事”指某人做过或遭遇过某事。另一段话在《诗学》第23章（1453a），亚里士多德认为历史所记述的必须是在具体的时间和地点发生的事，不同事件之间可以没有关联，但诗人用历史方法编写“史诗”时却可以勾连彼此之间的因果关系并赋予其哲学意义。需要赘言的是，这里的“历史”不是后世所说的“历史”，它继袭了自希罗多德以来的用法——“历史”即调查研究及其结果。如果已经发生的具体的事是历史探究的对象，可能发生的普遍的事是诗学要建构的叙事，将具体的、已经发生的事中的人名改为无名，“历史”能否获致普遍性的品格呢？亚里士多德没有言及。结果亚里士多德指涉人的身份、性格、知性以及实践的普遍性就是关于“人性的类型学”（typology of human nature）。[1]换言之，只要基于“人性的类型学”进行创作，文学/诗学就必然获致普遍性的品格。与此相对，就事论事的“历史”则只能归为具体的不具哲学意义的写作。

在亚里士多德开启的普遍与具体、进而虚构与非虚构的二元关系之外，雅布隆卡独辟蹊径，将自明的作为名词的虚构视为非自明的动词。在《历史即当代文学》一书第八章，雅布隆卡专门探讨了作为方法的“虚构”。他认为，作为自动词的虚构指向自我，而作为他动词的虚构指向外部，可以区分为三种不同向度的虚构：第一，难以置信的（the incredible）。这种虚构将人们引入神话、寓言、奇异和空想的世界之中。第二，真实不虚的（the verisimilar）。这种虚构源于古代修辞学中的辩论，19世纪的现实主义试图为其划定边界。真实不虚的标准是伴随读者看法变化而不断变化的，因此标准自身是不稳定的。第三，至高的真理（the superior truths）。“至高的真理”通过超越真实的虚构来传达，这种虚构比自然更真实，比真实更现实，给读者的冲击力会令其情不自禁地叫道：正是如此！在此，虚构与其所指示的对象的关系完全颠倒了，虚构成为真实的、现实的世界。雅布隆卡认为，叙事诗、神话、象征等虚构有一种“启示”作用，可以给读者一把解读现实的钥匙。“这些虚构的目的，不是为了规避世界，也

1 Gerald F. Else, *Aristotle's Poetics: The Argument*, Cambridge, Mass.: Harvard University Press, 1967.

不是为了追求文本的愉悦、‘现实的感觉’，而是为了寻找真理。那么，我们是否可以将历史界定为旨在揭示实在的世界的非虚构的虚构配置呢？”[1]雅布隆卡的自问自答揭示了虚构本质上是一种知识再生产的活动，从而凸显出叙述主体和叙述伦理的意义。

然而，回顾现代历史学的轨迹，原本是“我思”产物的历史学，叙述者在书写过程中却有意识地排斥“我思”，将自身隐藏在书写的背后，似乎不如此便无法做到公正了。其实，排斥了“我思”之后的历史学，不仅留下了大片历史空白，而且在限定的书写中，其推理能力和判断力也极大地弱化了。非虚构写作重视叙述者在重构事件中的作用，这恰是历史学可以借鉴的；而虚构作为方法所彰显的修辞和至高真理，也在提示历史学切不可忘记为何书写的初衷。

（本文原载《探索与争鸣》2022年第3期）

1　Ivan Jablonka, *History is a Contemporary Literature: Manifesto for the Social Sciences*, translated by Nathan J. Bracher, Ithaca and London: Cornell University Press, 2018, p.179.

不安的社会史

由我发起、和几位同行轮流主编的《新社会史》已经出版了两辑，第三辑不久亦将问世。第二辑《身体·心性·权力》(浙江人民出版社，2005年)收录了日本学者岸本美绪的论文，岸本从明清易代提到不安时代赋予历史学之不安问题，这使我想起了丹麦存在主义哲学家克尔凯郭尔(Søren Kierkegaard)在《不安的概念》一书里的一句话:"最危险的不安乃是对于没有不安而不感到不安。"克尔凯郭尔认为，亚当偷食禁果的原罪赋予了人类与生俱来的不安，不安规定了人的本质。在某种意义上，历史学之于过去也是如此，过去之"不在"与过去之"实在性"(reality)二者之间的紧张，使历史学始终处在不安状态。如果说这种规定了历史学本质的不安犹如克尔凯郭尔所说的"客观性不安"的话，那么，各种叙述差异则使历史学深陷于他所说的另一种"主观性不安"之中。历史学虽然处在不安状态，但是历史学真正自觉自身的“不安”乃是在其经历了“语言学的转向”的冲击之后。历史学奉为至上的“客观性”受到质疑，事实与事实、文本与文本之间的关系不是单线的因果关系。在此意义上，新社会史研究的兴起可以说是应对“语言学的转向”挑战而带来的不安的产物。

20世纪的历史学存在两个主要叙述范式：结构主义历史学和后结构主义历史学。结构主义历史学与把历史看作不断演化进步的“历时性”过程相对应，关注历史的共时性特征，强调与其他学科的对话，极力淡化绝对的近代历史观念，注重时代与地域文化的固有特征。因此，裔出结构主义史学的新社会史对于由法国“年鉴学派”前辈开启的“新史学”的传统情有独钟。另一方面，在历经“语言学的转向”之后，新社会史直面利奥塔（J. F. Lyotard）在《后现代状况》所宣称的“中心之死”（death of centers），业已与后结构主义历史学结盟。后结构主义历史学怀疑语言能否反映实体，质疑由语言构成的文本的真实性，进而对于构成近代社会的许多要素展开批判。应当指出的是，即便与后结构主义历史学结盟，新社会史和新历史主义形同实异，径庭有别，它反对历史如文学（fiction）的看法，认为历史是客观性的、知识性的存在，是由分析和批判性的话语所构成的过去的“表象”，质疑历史为什么是“history”，而不是“herstory”？既要寻寻觅觅“他的故事”（history）由以生成的话语机制，又试图解构制度化的历史，觅觅寻寻“她的故事”（herstory）。

过去不在，但具有实在性。过去的实在性在人们的共同认可和创作下获得了“客观性”。高尔曼（J. L. Gorman）认为所谓客观性是与“能否合理地为人所接受”相关联的，而合理性是“历史学家普遍认可并且实际起作用的东西，它源于历史学这一共同体的目的”。在新社会史的研究者看来，近代主义的历史叙述将历史学这一共同体的目的单一化了，由此形成的近代主导叙述（master narrative）淹没了复数的、小写的历史，而寻觅和叙述后者是新社会史赋予自身的第一个目标。如果按照新社会史自我规定的这一目标来观照“近代史”，必然会追问被限定在一定时空和话语中的“近代史”的时间性是怎样被建构的？空间是如何被限定的？这些时空概念又是怎样被知识化和社会化而最后成为一般常识的？之所以如此追问，问题不只在于“近代”这一话语装置犹如筛子过滤了“非近代”的要素，更主要的是由此建构的“近代史”隐含了叙述的差异性（difference）。我所说的差异性不仅出自显而易见的意识形态因素，还和朴素的实证主义史学密切相关。后者认为意识是对过去的摹写，只要穷尽史料即可揭示历史真相。然而，正如斯科特（J. Scott）关于性别史的研究所揭示的，在研究历史上的女性问题时，资料的挖掘不一定带来对历史的深入认识，相反，会使女性在“历史上”愈发处于边缘状态。

那么，如何寻觅和叙述复数的、小写的历史呢？回顾社会史研究的缘起，有两个为人熟知的老生常谈，分别代表了社会史研究的不同取向。一个是屈维廉（G. M. Trevelyan）关于社会史声名不佳的定义，一个是至今为人称道的年鉴史学创始人的言说。屈维廉在《英国社会史》里认为，社会史是排除了政治的国民的历史。吕西安·费弗尔在《为历史而战》中曾经说过，他和马克·布洛赫之所以选择所指宽泛、意思暧昧的“社会”一词，是要“让过去的人群浮出地表，在可能的社会框架下，按照时序研究其多种多样的活动和创造”。这是结构的整体史学出现的前兆。其实，如果屈维廉不是把社会史圈定在如此狭窄的范围，从与“主导叙述=政治和经济的叙述”对抗的角度来看的话，他的观点还是颇有其意义的。相反，整体史学的拥护者如果不对历史叙述的差异性保持自觉，所谓整体史，要么是对实证主义史学的幻觉，要么是另一种政治叙述。

在涉及历史叙述的问题上，新社会史的研究者不会作茧自缚，排斥任何叙述的可能性。在讨论该问题时，每一种回答都只能是多种可能性中的一种。在我看来，作为非西方的日本历史学的经验可以引为参考。日本法国社会史学者二宫宏之在《战后历史学与社会史》一文中总结20世纪70年代后兴起的日本社会史研究时指出，通过对近代知识的再审视，日本社会史研究实现了三个方面的转变：从普遍性转向地方性知识，从抽象的概念世界转向日常生活的世界，对欧洲模式的相对化。对照上述三点可以看到，第三点在中国近代史研究中早已不存在异议。“相对化”的提法比较中肯，它不是拒斥欧美模式，而是要关心欧美模式之所以会是欧美模式而不是中国模式的历史的和学术的语境。至于二宫提出日本社会史的第一点和第二点转变，中国近代史研究者同样也进行了或多或少的实践。与日本不同的是，新社会史还关心近代知识建构的问题，如果说对复数的、小写的历史的关注乃是沿着“传统”的社会史的路径展开的追索的话，对近代的质疑乃是要追问“普遍性”和“抽象的概念”是如何被建构的问题。这是新社会史自我规定的另一个目标。

（本文原载《史学月刊》2006年第4期）

社会史身份的再确认

1987年，《历史研究》第1期刊登署名“本刊评论员”的文章——《把历史的内容还给历史》，揭开了社会史在中国“复兴”的序幕。若从彼时算起，中国社会史的“复兴”至今已有三十六年。三十六年来，社会史由历史学的“旁支末流”晋身为“名门正派”；由于“社会”这一字眼特有的魅力，社会学、人类学、政治学等均对社会史情有独钟，每每引为谈资。尽管如此，如果审视三十六年间的历程，不能不承认中国社会史研究仍然存在可以改进之处，尤为重要的是需要增强问题意识。

提到社会史研究的问题意识，也许有论者会说，自打倡言社会史复兴之日起，这一点就已经被反复讨论过了。不错。问题是，讨论的目的不在结论，而在后续的成果及其在多大程度上反过来引起方法论上的反省。社会史研究以揭示社会存在和由人的意识所表征的事物为己任，追寻政治、经济、文化等现象之间的关联。社会史到底是指历史的一部分，还是指历史本身，论者的意见从未达成一致。在“年鉴学派”创始人之一费弗尔看来，社会史的“社会”更像一个比喻，是用来宣示不同于政治叙述的方法。“没有经济和社会史。只有统一的完整的历史。从定义上讲，历史就是整个社会的历史。”[1]确实如此，如果说“文化”在19世纪是批判现代史学的利器的话，20世纪代之而兴的“社会”则是另一利器。

将社会史视作方法，有利有弊，一方面可以名正言顺地进行跨学科实践，另一方面却不得不依附于其他学科。长期以来，提到社会史，人们会联想到社会经济史，社会史的经济学取向推动了研究的科学化，计量方法在社会史中一度占据主导地位绝非偶然。与这种科学取向的社会史相对立，20世纪70年代汇聚为主流的文化人类学取向的社会史，则试图唤醒被结构的社会史所屏蔽的主体。

比较不同语境的社会史研究可知，基于不同的问题意识，即便使用同样的方法，呈现出来的成果也往往大相径庭。从法国的社会史研究中，人们不难感到学者们对“近代”持续不断的质疑。从英国的社会史中，人们可以明了工业化所造成的多方面的“断裂”，基于血缘、地缘和“利缘”（利害关系）而来的“共同体”的溶解与伴随机器喧嚣而来的“社会”的诞生。战前德国的社会史与民族主义纠缠不清，战后再出发的社会史——无论是

---

1 Lucien Febvre, “Propos d’initiation: Vivre l’histoire,” *Mélanges d’histoire sociale*, n° 3 (1943), p. 6.

结构的社会史，还是“日常史”，都试图远离政治。日本的社会史阅历较为复杂，就起源看，日本的社会史早于学界言必提到的“年鉴学派”，在20世纪20年代初即已出现包括唯物史观在内的多种角度的社会史论述。相反，战后日本马克思主义史学从“人民斗争史”出发关注“民众史”，部分学者批判社会史以“个人兴趣”“自我本位”为取向，放弃了把握过去和改造世界的历史学的本旨。[1]中国社会史有自己的“历史”。1987年名曰“复兴”的社会史，旨在“复兴”因“背离了历史唯物主义”而被忘却的社会生活史。当然，把社会史界定为生活史只是一家之言，在《历史研究》其后刊载的论文中还有其他多种表述，有的将社会史视为社会结构的历史，有的视为整体的历史，不一而足。中国社会史在最初的一二十年间，最有成效的研究堪为区域社会史，区域社会史由于既彰显了地方性特色，又融入历史学现行体制内，展示了可持续发展的生命力。2004年笔者与同人创办《新社会史》集刊（浙江人民出版社），继而2007年又与杨念群、黄兴涛等改其名为《新史学》集刊（出版单位初为中华书局，现为社会科学文献出版社），带有回应“语言学的转向”冲击之意，试图将“社会史”和“新文化史”熔于一炉。

撇开不同语境社会史研究之不同，如果截取社会史的最大公约数，作为方法的社会史似可从“我说”来把握。一方面，所谓“我说”，是指社会史在说什么，如果社会史的所说和其由以

1 太田秀通:《世界史認識の思想と方法》、東京：青木書店、1978年、第20—21頁。

产生的前提一般无二，抑或与构成历史学的其他领域没有根本区别，这个“说”也就没有特别意义了。因此，社会史如何“说”的姿态铸就了其品格，这是一种对历史学不断进行反省和批判的品格。社会史毫无疑问推崇实证研究，但与以“说明”为旨归的实证主义史学不同，以“解释”为要务的社会史用以实证的材料是问题导向的产物，借用费弗尔的话，“没有问题，就没有历史”（Pas de problèmes, pas d’histoire）[1]。

另一方面，即使有“我说”的意志和冲动，并非人皆能说，何况还存在着不能表达自我而需他者来代理的情况。由研究者充任的“我说”能反映被说者的意志吗？换言之，这种代理的“我说”是否存在解释的“暴力”？解释的结果体现的是谁的意志？这是迄今未有结论的老问题。时下“口述史”大盛，需要留意的是，口述史的“史”是谁的历史？是口述者的“史”，还是叙述者的“史”？口述史的意义不只是要记录沉默的声音，还要以此作为审视当下的方法，在历史认识论上提供新经验。1976年，面对文化人类学取向的“心态史”的盛行，金兹堡（Carlo Ginzburg）批评心态史低估了理性地和有意识地表达的思想的重要性，因为心态史过分强调世界观中不动的、黑暗的和无意识的因素，将社会全体视为同质，认为人的思考和情感受到心态结构的支配。[2]确实，过分强调“心态”的作用，不如将历史的解释交给命运。

---

1 Lucien Febvre, “Propos d’initiation: Vivre l’histoire,” p.8.

2 Roger Chartier, “New Cultural Histroy,” Joachim Eibach und Günther Lottes (HG.), *Kompass der Geschichtswissenschaft: Ein Handbuch*, Göttingen, 2002, S.196.

“我说”引出了作为领域的社会史——“我是”。由于“我说”的自省和批判性，注定了社会史身份的“边缘性”：声音虚弱但尖锐，画面扭曲却真切。伊格尔斯（Georg G. Iggers）甚至发问：“它（新社会史）是左翼意识形态的特产（product）和‘所有物’（possession）吗?”[1]事实上，成功的社会史著作都是通过对中心的接近与疏离的二义性作业来完成的。边缘性在不同语境下有不同的表述，通常被表述为“日常性”（生活世界的日常）——心态史、日常史、民众史等。但是，“日常性”与“非日常性”是一对概念，在不同语境下彼此的位置可以倒置。换一个角度看，由于“日常性”附着于惯习和文化，要解决其惰性，就需要借助社会史的手术刀。在社会史兴起之初，“日常性”曾因其孤立无援而成为社会史的神圣领域；当“日常性”获致主导地位后，则需将其置于省察的刀俎上。社会史之所以有这种孤傲，乃是因为“我是”蕴涵了无法证明的“我不是”的呻吟。在现代语境下，以人的“生”为视角，揭露和批判资本主义将人的肉体和精神逼入无法自我再生产的境地，这是社会史的无上使命。

回顾三十六年间的中国社会史，在其急速成长的光环下也有着尴尬的境况，即当中国学者高歌猛进时，作为思想运动的社会史业已落幕，人们开始质疑社会史的“社会”的自明性，强调撇开先验的方法和理论回到人与人结合的起点上。社会史在中国历

1 Georg G. Iggers, *New Directions in European Historiography*, Middletown, Connecticut: Wesleyan University Press, 1975, p.173.

史学科中业已制度化，成为青年学子竞相追逐的研究方向。近年来，社会史因以“表象”（representation）为旨趣的“新文化史”的兴起而风头渐失。不过，正如彼得·伯克所预言的，社会史的“反击”（revenge）已经开始[1]，社会史对历史“实在性”的追求是新文化史无法取代的。如何吸纳新文化史的长处，摸索社会史发展的新方向和成长点，这是社会史的从业者需要思考的问题。

那么，社会史应该往何处去呢？与“我说”相呼应，回到历史学的原点不失为一个选择，这也是超越“后现代”的挑战，呼唤主体复归的需求。1966年，年仅26岁的斯金纳在《历史解释的限度》一文中尖锐地批评了历史研究中的所谓实证主义，称之不过是将近似事象按因果律勾勒的结果，根本上是违背科学原则的。[2]一个甲子后重温此文，依然有振聋发聩的作用。在追求历史的“实在性”上，有必要重新检讨被视为自明之物的实证主义方法，当今所谓实证研究，不少停留在对因果律误用的阶段上。在这一点上，社会史有着与生俱来的长处——重视史料生成过程中主体的声音。

与“我是”相呼应，“微观史”（microhistory）是笔者特别推崇的研究方向。社会史在中国的“复兴”业已三十六年，但在创立有特色的话语和理论体系方面，可以称道的成果并不多。微观史不仅能贯彻历史学的初衷——求真，还可为历史学开疆拓

1 Peter Burke, *What is Cultural History?* Cambridge: Polity Press, 2008, p.114.

2 Quentin Skinner, “The limits of Historical Explanation,” *Philosophy: The Journal of the Royal Institute of Philosophy*, vol.41, no.157, July 1966, pp.199–215.

士——求新。少即多（Less is More），微观不是“碎”。历史即事件，如恒河沙数，但在微观史方法的统摄下，即使是“一地碎”，也是可以勾连起来的。微观不是“小”，更非局限于小人物的世界，是从“小处”入手研究“大问题”，是从“小人物”视角看“大世界”——在金兹堡看来，微观史甚至直通“世界史”。社会是由无数个人相互作用的结果，只有让不同视线接近才有可能重构历史。微观史的切入点无一不是针对“例外”状态所进行的，新近出版的由王笛主编的《新史学》第16卷汇聚了一群“例外”[1]，吹响了微观的中国社会史研究的集结号。

（本文原载《华中师范大学学报》2023年第3期）

1 王笛主编:《新史学（第16卷）：历史的尘埃——微观历史专辑》，北京：社会科学文献出版社，2023年。

cult与反cult

20世纪末，西方世界出现的宗教新动向引人注目：一方面，曾经在近代以来的世俗化中处于边缘状态的既有宗教开始“去私人化”（de-privatization of religion），步入公共领域。宗教原理主义涉足本来属于世俗领域的国家政治，对建立在市场基础上的法律秩序及其自律性提出质疑，这不仅打破了启蒙主义者所预设的世俗化的蓝图，也昭示着现代文明的发展正面临着内在危机的困扰。

另一方面，在既有宗教的社会影响力低下的前提下，各种别异于既有宗教的新宗教以及貌似宗教的团体在西方急速地涌现和发展。新宗教既有小规模的团体，也有跨国、跨地域的大规模的团体，它们栖息在现代社会里，以批判现实和对抗主流文化的姿态向现代文明提出了质疑。这种现象被一些学者、媒体和社会大众称为cult（一般译作膜拜）现象。由于新宗教=膜拜团体里存在着越出世俗常识和法律界限的行为，在欧美，上自国家权力下至市民社会，对膜拜团体持有强烈的敌视态度，反膜拜运动（Anti-cult movement）方兴未艾。

cult进入日语是在70年代初，被音译为karuto。1995年奥姆真理教发动的地铁恐怖事件之后，膜拜一词开始比较多地出现在媒体上。然而，日本学界对膜拜一语存有很大的抵触，原因不只该词产生于西方并含有基督教文化本位的内涵，还因为日本是个新宗教、新新宗教为数众多的国家，如果对号入座，按照cult的本义来审视日本宗教现状，那么其中的多半都会是cult的同类，这显然不能为一般日本公众所接受。其实，如果仔细观察一下日本媒体和学界对该词的使用就不难看到，它一般是在三种场合下被使用的：第一，指有犯罪行为的新宗教团体；第二，对立教派之间的互相攻讦；第三，指从日本以外地方传入的新宗教团体，如统一教会。

一、cult不是什么

英语cult一词，和德语kult、法语culte一样，源于拉丁语的cultus，其本义为colore（耕作），相当于culture（文化、教养）。古罗马人把崇拜神明称为cultus。在古代犹太教和基督教的传统里，近东和以色列一带神殿里举行的“祭祀”是cult。当祭祀进行时，在昂奋的精神状态下，有时会出现人和神之间的对话。这里的cult没有贬义。cult指神秘膜拜、偶像崇拜等，被赋予“异端”“异教”色彩是后来的事。在当代西方语言里，cult有时被用来形容人们对明星的崇拜。不过，当其特指新宗教一类的团体时，则含有明确的反社会、反文明的贬义。

那么，当cult被用来指称新宗教时，具体指称的是哪一类的团体呢？或者说哪一类的团体属于膜拜呢？比较该词和基督教的教会（church）、教派（sect）的别异之处无疑是认识膜拜特征的一个视角。治疗过三千例以上脱离膜拜团体信徒心理问题、对膜拜持有批判态度的心理学家辛格（Margaret Singer）的意见具代表性，她提出了识别膜拜宗教团体的三要素：

第一，团体的起源和指导者的作用。膜拜团体的指导者一般只有一人，就是教祖。教祖声称自己负有特殊使命和拥有特殊知识，令信徒崇拜自己。而既有宗教的指导者不会令信徒崇拜自己，只会教信徒崇拜神或抽象的原则。

第二，权力结构即指导者和信徒的关系。在膜拜团体那里，教祖一人在上，握有最高权力，有时为了更好地控制信徒，教祖间或将一部分权力移交给少数部下。膜拜团体具有革新和排他的性格，指导者宣称自己切断了旧传统的羁绊，可以解决任何人生问题，消灭世界诸恶。这种团体盛行双重伦理标准：要求信徒在团体内部诚实、将自己的一切告知指导者。但对于欺骗、操纵信众以外者则予以奖励。膜拜团体有可能脱逸正常社会的规范，构筑独自的道德律。与此不同，既有宗教教育信徒应该对所有的人诚实，按照独一不二的标准生活。

第三，膜拜团体有巧妙的劝诱方法——精神控制（mind control）和洗脑（brainwashing）。这种团体在控制信徒方面的手法和绝对主义一样，在世界观上显示出的狂热和激进，也同绝对主义的意识形态如出一辙，要求信徒把自己的时间、金钱和体力等都奉献给团体所标榜的目标。膜拜团体的上述所有做法都是既有宗教所鄙弃的。

辛格提出的辨认膜拜团体的方法每每为反膜拜运动所提及，但她的区分法也不是没有问题的。就膜拜团体的存在状态看，其团体及其信徒并不总是处在反社会和反主流的位置上。对膜拜团体最受指责的“精神控制”和“洗脑”等问题持有怀疑的学者，通过对个案的调查研究，认为此一说法没有多少可靠的科学依据。有的更认为膜拜团体屡受批评的诸种问题，如（1）团体的指导者被指责为患有精神病，（2）作为非营利团体，有强制信徒捐赠的违法行为，（3）表现为下位文化（sub-culture）的特征，等等，其实，这些也是历史上和现实中既有宗教、教会和教派存在的问题。鉴于膜拜概念存在的问题，英语圈的学者又提出以“破坏性膜拜宗教团体”（destructive cult）概念来修饰和限制cult，由于该概念有比较强烈的价值判断之嫌，有的学者提出了批评。鉴于上述原因，法国和德国学界倾向于使用“教派”一语（英语sect、法语secte、德语Sekten）来取代cult，甚至有的（包括日本学界）径直使用“新宗教”一语，意在既承认这种现象与既有宗教的不同，又可避免强作正信与狂信之别。

用教派来涵盖新宗教，固然有利于中立地观察新宗教，然而接下来却有模糊教派与新宗教之别的可能。教派一语源于拉丁语secta，本义为学派、党派、说教等，有切断之意。现在使用的教派概念是从犹太教、基督教、伊斯兰教里产生出来的，意为从传统的教会和宗教里分离出来的、与外界不来往的封闭性团体。教派理论在韦伯的宗教社会学里居于中心位置。韦伯的《新教伦理与资本主义精神》一书认为，新教教派的伦理促成了近代市民阶级和资本主义精神的形成，奠定了欧美近代个人主义的历史基础。在韦伯的研究基础上对各教派之间的差异做过比较研究的威尔逊（Bryan Wilson）则说："严格意义上的教派是指这样一类团体，即广义上这种团体产生于既有的宗教内，但至少在宗教实践以及更广泛的社会生活里，它是将自我和他者相区别开来的。"依据这个定义，教派和膜拜团体的异同很容易看清，二者虽然都强调向宗教性的、精神性的指导者献身，但有着本质的区别。教派和膜拜团体都对既有宗教的信仰加以批判，展开自己独特的救济运动，但膜拜团体不执着于超越性的绝对存在，更强调个人内在的神秘体验；教派在既有的宗教传统内强调自身的正统性，而膜拜团体追求的是建立在不同文化传统上的宗教性真理。

要之，撇开各种意见分歧，如果取最大公约数的话，似乎可以在这一点上达成共识：膜拜团体是具有强烈的信念和思想，并狂热地将其信念和思想付诸实践的组织化了的团体。膜拜既不是教会，也不是教派，它有可能以宗教的形式出现，也有可能不以宗教的形式出现，它是现代社会里的一种下位文化现象。

二、cult是什么

膜拜的历史可以追溯到古代。现在人们所说的膜拜现象出现在20世纪60年代。其时，继反越战和公民权运动后，美国社会出现了“造反文化”（counter-culture）运动，在这一运动里又出现了别异于基督教传统的新宗教现象。许多年轻人告别美国传统的新教和天主教，加入新宗教。70年代是新宗教大发展时期。对于这场新宗教思潮，著名宗教社会学家贝拉（Robert Bellah）认为是一种“新宗教意识”（new religious consciousness），而另一位前述宗教社会学家威尔逊则称之为新的“教派主义”（Sectarianism）。1978年，在东京召开的一次国际宗教社会学会议上，学者们专门讨论了“新宗教运动”问题。基于新宗教中普遍存在的狂热膜拜现象，欧美社会对新宗教持批判态度的人开始用cult称呼新宗教，cult一词就此流行起来。

肇始于美国的新宗教运动以美国为中心向世界扩散，新宗教运动里有为数众多、形态复杂的团体。对在新宗教运动中出现的团体，日本创价大学教授中野毅将其分门别类为以下三大类型：第一，把耶稣作为对抗既有的基督教文化的象征加以重新解释，试图振兴和改革基督教，这就是所谓的“耶稣运动”（Jesus Movement），代表性团体有“上帝的儿女”（Children of God，后改为“爱的家族”“家族”）、“人民圣殿教”（People's Temple）等。第二，利用印度瑜伽和咒语念诵、冥想打坐等东方宗教的方法，开发人内在的灵性以便达到和宇宙的合一，代表性团体有基于印度宗教传统的“牧牛神迄里什那意识国际协会”（International Society of Krishna Consciousness）、“神之光教团”（Divine light Mission）以及“美国创价协会”（简称SGI-USA）、“统一教会”（Unification

Church）等。第三，以心理学和精神分析的方法开发人的潜能，以便达到人的自我实现。代表性团体有“人性心理学学会”（Association for Humanistic Psychology）和“科学学教会”（The Church of Scientology）等。

在新宗教的三大类型里，第一类型的“上帝的儿女”“人民圣殿教”继袭了“造反文化”的反抗精神，后蜕化为敌视现代社会的团体，“人民圣殿教”内发生的集体自杀事件更是震惊世界。在美国和欧洲，围绕第二类型的“牧牛神讫里什那意识国际协会”“统一教会”和第三类型的“科学学教会”等纠纷和诉讼不断，这些团体经常被批评为膜拜团体。

“牧牛神讫里什那意识国际协会”系印度人帕布帕德（A. C. B. S. Prabhupade）所创，总部在洛杉矶。创始者生于印度富裕家庭，长期从事商业活动。1965年赴美，翌年开始宗教活动。该教奉讫里什那为最高神，要求信徒不茹荤腥、不饮酒茶、不行不义性事和赌博等。信徒的宗教活动是礼拜、冥想和街头宣传。“统一教会”系韩国人文鲜明（1920—2012年）创立，总部在汉城（今首尔）。文鲜明出生于基督教长老派家庭，16岁时宣称耶稣之灵附体。文鲜明战前就读于早稻田大学，战后因到朝鲜北部传教而被逮捕系狱。朝鲜战争爆发后，文被北进的美军释放。“统一教会”宣扬以神为中心的人类一家的教义，其最为世间所知且最受批判的是文鲜明指配信徒中的男女为夫妇而举行的“国际集体结婚”。属于第三类型的“科学学教会”系著名科学幻想小说家贺伯特（L. R. Hubbard）所创，总部在洛杉矶。贺伯特在大学学过自然科学，青年时代还到过中国和日本。他的学说兼有西方自然科学和东方神秘主义两种因素。他声称发现了左右人心的“科学”，这种“科学”就是通过不断地重复给定的疑问，再现对人体有坏影响的心象，然后将其消除，使人恢复原来的本能。他还宣称“科学学”是一种应用性的宗教哲学，旨在建立没有疯狂、犯罪和战争的文明。他的心理疗法受到心理学者和精神分析学者的批判，并成为反膜拜运动中的一个争论点。

按起源对新宗教分类是1996年法国议会所采用的识别膜拜的方法。这种分类有其不足之处，因为即使是同一类的新宗教，其内容和实态也可能大相径庭。法国民间反膜拜协会提出了另一种按照组织特征和危险性来识别膜拜的分类法。根据这种分类法，膜拜指以具有魅力的指导者及其说教为中心形成的团体，内部是一种金字塔式的等级结构。它在发展过程中，有可能演化为有危险性的组织，从而造成剥夺个人自由意志和危害社会的结果。

辛格认为，膜拜团体的目的不外乎有两个：尽量多募集新成员和尽量多搞钱。因此，膜拜团体标榜的教义和实际所为并不一样。一般而言，教祖不一定有多少宗教知识，也不一定具备魅力领袖（charisma）的特征，但必须通晓游说技术和人心操纵术，因为这可通过心理的、社会的说教改变信徒的人生态度、控制其生活方式。受到精神控制或洗脑的信徒，会心甘情愿地将自己的一切交给教祖和教团，放弃或不自觉地失去自我的主体意识。辛格认为，既然商业动机左右膜拜团体，有的膜拜团体则完全舍去宗教的包装，为适应商业社会，在“开发自我”“强身健体”等招牌下，募集人加入相应的组织、俱乐部，诱惑参加者成为会员并多付参加费、购买药品、介绍新会员等。这类赤裸裸地以赚钱为目的团体，只要会员入会一年至两年就很满足了。在这段时间里，它们已经从该会员身上榨到了足够的钱财。在这一点上，和第一种类型里信徒往往不能自由脱会不同，第二类型的成员相对比较容易脱会。

三、谁反对cult

对从“造反文化”中派生出来的新宗教，贝拉曾不无忧虑地指出，“新宗教意识”的出现意味着美国社会上帝信仰和功利主义、个人主义的普遍价值受到动摇，美国精神正面临着重大危机。从70年代初开始，美国和欧洲各地出现了各种反对新宗教的运动，反对声音来自两个方面：宗教的和世俗的。反膜拜运动主要体现在质疑新宗教指导者的个人问题（欺诈行为）、团体内部的做法（精神控制）以及新宗教给信徒亲属带来的痛苦等方面。欧美国家宪法上的政教分离以及信教自由的条文对国家干涉膜拜团体有一定的制约作用，但国家可以通过各种不触及法律的方式推动民间展开反膜拜运动。

把自己的孩子从“上帝的儿女”中拯救出来，是美国反膜拜运动的起点。在美国，一些信徒的亲属发现自己的亲人加入膜拜团体后突然变了，思想和行为不同寻常。于是，愤怒的家长们开始站起来成立反膜拜组织，开展反膜拜运动。1972年，名为Free-

CoG（CoG系“上帝的儿女”英文缩写）的组织在加利福尼亚圣地亚哥成立，1974年改名为“市民自由基金会”（Citizens Freedom Foundation）。1978年“人民圣殿教”的集体自杀事件震动全美，越来越多的公众关心和支持反膜拜运动。80年代中期，从反膜拜运动中整合出“警惕膜拜团体网络”（Cult Awareness Network）、“精神滥用审议会”（Council on Mind Abuse）、“美国家族基金会”（American Family Foundation）等，由于反膜拜组织的宣传，精神控制和洗脑广为人知。1989年1月的一项民意调查显示，有62%的市民对新宗教表示反感。但是，反膜拜运动并非持久不衰，1996年“警惕膜拜团体网络”宣布解散。

看欧洲。“统一教会”“科学学教会”“牧牛神迄里什那意识国际协会”等起源于非西方宗教的新宗教团体给欧洲带来了相当大的冲击。在法国，20世纪初“耶和华的证人”“摩门教”等传入后，曾引起了天主教方面的抵制。70年代，起源于非西方的新宗教在法国发展迅速，据1983年2月法国议员阿兰·维维安（Alain Vivien）对境内的secte=cult的调查，法国共有东方系团体48个，修炼团体和神秘团体45个，另外还有种族歧视和法西斯团体23个，“科学学教会”“牧牛神迄里什那意识国际协会”“统一教会”等亦在其中。维维安提出了四点对付这些团体的方法：第一，成立对付膜拜团体的国家专门机构，调查研究膜拜团体；第二，普及预防膜拜知识，向国民提供相关信息；第三，建立支援信徒亲属的活动机构；第四，保护儿童的权利不受侵害，关闭膜拜团体开设的学校。这个报告受命于政府，开启了法国国家权力反膜拜团体的先声。

十年后，1995年12月，法国国民议会下院调查膜拜团体问题的委员会公布了议员雅克·基亚（Jacque Guyard）的题为《法国的教派》的报告。报告在列举了世界上发生的膜拜团体集体自杀事件和奥姆真理教恐怖事件后，介绍了法国综合情报局制定的识别膜拜的十个标准:（1）造成信徒精神不安;（2）对信徒有违法的金钱要求;（3）诱使信徒与其成长的环境隔绝;（4）对身体健康的侵害;（5）强制儿童信教;（6）发表敌视社会言论;（7）扰乱公共秩序的活动;（8）引起较多的诉讼争端;（9）脱离传统的经济流通体系;（10）有介入权力的野心。在这十条里，如果有一条符合，就可视为膜拜。基亚调查的结果显示，总部在法国的膜拜团体有172个，加上支部，计有800个以上的团体在法国本土活动。

在德国，宗教不是“私事”，是构成国家文化秩序的本质性要素，这个要素就是自神圣罗马帝国以来的天主教传统和宗教改革后的路德派福音主义观念。由于东方系新宗教的传入和发展，产生了在现行德国国家教会法的范围内如何解释宪法的问题。如作为非经济团体登记的膜拜团体从事的杂志贩卖、收费讲座、饭店经营等是否构成了经济营利行为？国家对这些团体的限制是否侵害了信教自由？1996年5月，德国政府成立调查膜拜团体的专门委员会，主要目的是调查这些组织的构成、活动、宗旨以及是否危害社会。同时，政府还宣布不承认一些膜拜团体如“科学学教会”为宗教，巴伐利亚地方政府规定“科学学教会”成员不能成为公务员。

欧洲各国间还通力合作打击膜拜团体。1982年春，欧洲共同体（EC）通过一项议案，议案涉及加入“统一教会”的信徒给其亲属带来不安的问题，决定对一些主要膜拜团体进行调查。之后，欧洲共同体以保护人权，特别是儿童权益为名，通过了一系列限制膜拜团体的决议。1996年2月，鉴于美国大卫教派集体自杀事件、日本奥姆真理教的地铁恐怖事件、瑞士和法国的太阳圣殿教集体自杀事件等，欧共体通过决议，涉及保护宗教和信仰自由、防止膜拜团体犯罪、各国协力搜寻失踪者等。随着欧盟（EU）的建立，在反膜拜问题上各国的合作更加步调一致。在此背景下，欧洲反膜拜运动组织得到了政府的支持，有的活动甚至得到政府的财政援助。被指责为膜拜团体的一方认为，政府的做法违反了国家在思想和宗教上的中立原则，为此提起多次诉讼，但均告败诉。

最后看看东欧和俄罗斯。1989年以前东欧几乎不存在任何膜拜团体，自政治剧变后，膜拜团体纷纷涌入东欧。比如波兰，至1989年5月看不到“耶和华的证人”的活动，但到同年8月“耶和华的证人”却召开了国际大会，有8万人参加大会。在俄罗斯，除了来自欧美的膜拜团体外，日本的奥姆真理教也在莫斯科开设了支部，还出现了自称是俄罗斯正教的本土性新宗教团体。奥姆真理教事件后，俄罗斯政府和议会开始讨论有关膜拜团体的问题，1997年7月叶利钦总统签署了一项针对膜拜团体的新法律，宣布俄罗斯只承认正教、伊斯兰教、佛教和犹太教为宗教，其他宗教团体如想得到宗教法人的资格，必须接受联邦政府严格的审查。

在不承认膜拜为宗教，关注膜拜团体的反社会性、犯罪性问题上，欧洲是没有东西之别的。不仅欧洲没有东西之别，整个基督教圈国家也没有多大差异。但是，面对欧美膜拜团体不但没有减少，活动仍然频繁的现实，以英国为代表，一些学者提出了与膜拜团体对话的建议，试图以此促使膜拜团体与社会达成某种互不相扰的默契。的确，如果一味地孤立和打击，有可能激起这类团体潜藏着的受害意识和“殉教”冲动，从而造成不可预测的后果。

结　语

通过以上的观察，本文大体勾勒了膜拜问题的由来。概而言之，欧美的膜拜是现代性危机的产物，反膜拜运动既有捍卫世俗社会整合性的特征，又隐含着基督教圈对起源于非基督教新宗教的忧虑。欧美市民团体和基督教团体是反膜拜运动的主要力量。世俗社会反膜拜主要基于保护人权、维系家庭完整的目的；宗教界对膜拜的厌恶可以从《圣经》中找到根据。在《马太福音》里，当耶稣在荒野修行断食四十日时遇到了魔鬼，魔鬼要求耶稣证明其是神之子。面对魔鬼的现世利益（变石头为面包）、特异功能（跳崖等天使救助）和偶像崇拜（拜服魔鬼）的诱惑，耶稣都一心不乱地一一加以拒绝。在基督教方面看来，膜拜团体用以招揽信徒的手法和魔鬼如出一辙。

欧美在反对膜拜上的一致性意味深长。尽管在现有的政教分离原则下，国家权力在抑制和弹压新宗教=膜拜上显得不能那么随心所欲，但对于渗入其主流社会，动摇其基本精神价值的团体，总是想方设法地加以限制。追根溯源，西方在建设近代国家的过程中，只是在形式上实现了政教分离。由于近代国家本身不是一个可以自我证明的自明体，基督教作为近代国家形而上学基础的重要性便是不言自明的事实。当新宗教=膜拜动摇了这个抽象的基础，它们理所当然地会对其加以反对，宣布这些新宗教=膜拜不是宗教，因此必须接受世俗国家的管制。

然而，欧美的反膜拜运动没有从根本上遏制膜拜的发展。威尔逊认为，膜拜是欧美社会在世俗化中既有宗教衰微后不可避免的宿命；贝拉则提出了克服现代社会危机的药方——市民宗教。

（本文原载社会问题研究丛书编辑委员会编：《论邪教》，广西人民出版社，2001年）

革命的现象学诠释

我们对中国革命的认识似乎呈现出二律背反现象：一方面，可以说我们的革命知识太少了，已有的革命言说虽多，尚不足以反映革命历史及其时代的和超时代的意义；另一方面，正因为如此，也可以说我们的革命知识不是太少，而是太多了，已有的知识妨碍了我们深入理解革命。要解开这种二律背反的死结，首先要做的似乎不是跨学科研究方法的运用，而是去学科化。所谓去学科化，强调撇开一切预设，借助文本回到历史现场，观察革命的生成过程，继而尝试使用学科方法给予一定的诠释。基于这一考虑，我以为革命史研究不应限于共产主义革命，而应放眼长时段、跨世纪的社会政治变动，将共产主义革命置于其中加以考察，揭示其深远的意义。在此，社会史的视角是必不可少的。

1992年，美国学者华志坚（Jeffrey N. Wasserstrom）在《社会史》杂志发表《中国革命的社会史研究》一文，将16至20世纪中国社会——涉及明代、清代、中华民国和中华人民共和国——发生的变化视为漫长的革命过程，并且使用大写、单数的“中国革命”（Chinese Revolution）这一术语来称呼这一过程。他认为，美国学术界的中国革命研究的社会史取向，受到了“新史学”“新社会史”方法和观点的影响，论者多关注妇女地位、城市中的社会紧张、村庄权力关系中的文化要素等问题。[1]华志坚所说的社会史是一个非常宽泛的概念，按照他的铺陈，社会史所追求的目标必定是结构的历史、整体的历史。在该文发表前后，我恰好开始从社会史的角度研究中国革命，在梳理了社会史研究的谱系，特别是吸收了“语言学的转向”的成果之后，我理解的社会史，或者径称新社会史，与华志坚以及国内通行的理解大相径庭，乃是一种非结构的、非整体的历史叙述，与其说指称“历史”的某一特定领域，毋宁说是一种思考历史的方法，或可命名为历史现象学方法。

对于这种研究方法，哲学家利科在《记忆，历史，遗忘》一书结尾之处写下的一段话可为注脚：“历史的背后/有记忆与忘却/记忆与忘却的背后/是生/但，书写生则是另一种历史/未完成。”[2]历史的背后存在记忆/忘却，后者是构成历史的母胎，而记忆/忘却又是与人的“生”（la vie）紧密关联的，思考历史和记忆就是思考生，这是历史现象学方法的出发点。确实，历史书写是

1 Jeffrey N. Wasserstrom, “Towards a Social History of the Chinese Revolution: A Review,” *Social History*, Vol. 17, No. 1, January 1992.

2 Paul Ricoeur, *La Mémoire, l'Histoire, l'Oubli*, Paris: Éditions du Seuil, 2000, p. 657.

在生与死、现在与不在之间展开的，书写者从自身所处的现在/生去捕捉不在的过去/死，所能借助的是口传和文字，也就是通常所说的史料。书写者之所以知道革命，乃是因为存在着与革命历史有关的话语或文本，它们成为书写者接近革命现场的媒介。

现代意义的中国革命肇始于清末排满运动。1895年11月，兴中会在广州策划反清起事流产后，孙中山流亡日本。多年后，孙中山对陈少白回忆兴中会历史时说，起先并不知道何谓革命，是在神户登岸后看到当地报纸称自己为“革命党”，才知道原来是在干革命。[1]陈少白的记录影响甚大，成为追溯中国革命源头的依据。但是，历史学者手中的史料如同律师递交给法庭的证据，必须经得起检验，否则就不能成为论据。日本学者安井三吉查阅了孙中山抵达神户前后的报纸，结果不要说神户的报纸，就是大阪的报纸，也没有一条关于革命家孙中山的信息，倒是发现了诸如“广东暴徒巨魁”来神户之类的消息。[2]可见，当地报纸并没有将孙中山看作革命者，而是将其视为“犯上作乱者”。所谓革命，先有其事，后有其名。这个小插曲提示我们，不能随便用后来的术语、概念去解释此前的事情或事件，必须用当时人的术语、概念来理解当时的事情或事件。

实际情形却并非如此。“越是重要的概念，越容易被滥用。”[3]

1 陈少白:《兴中会革命史要》，台北：“中央文物供应社”，1956年，第12页。

2 安井三吉:《『支那革命党首領』孫逸仙考：孫文最初の来神に関する若干の問題について》、《近代》57、神戸大学紀要、1981年12月。陈德仁、安井三吉:《孫文と神戸》(增补版)、神户：神戸新聞総合出版センター、1989年、第34—35頁。

3 Peter Calvert, *Revolution and Counter-Revolution*, Buckingham: Open University Press, 1990, p. 1.

论者在溯及中国革命思想时，每每言及《易经》《尚书》，其中“顺天应人”的革命话语确实反映了中国人对政治的看法，但这个革命话语与《易纬》中的“辛酉革命”“甲子革令”，早已成为死语，与实际发生的事情或事件并无关系。翻看《水浒传》可知，即使是吊民伐罪，也自称“造反”，而非“革命”。革命这个词语是在近代语境下被重新激活的，甚至可以说是经由日本而来的外来语——revolution。即使革命这个概念，也是直至18世纪末才被赋予了现代意义的。按政治学家阿伦特的说法，因为现代意义的革命的诞生，“历史进程突然重新开始，一个全新的故事，一个不为人们所知或所闻的故事即将开始”[1]。这个故事在中国的开始比欧洲晚了一个世纪，其本土化有一个过程。由陶成章执笔、最终形成于1908年的《龙华会章程》是排满革命党人动员秘密会党的文本，该文开篇即写道：“怎样叫做革命？革命就是造反。有人问我，革命就是造反，这句话如今是通行的了，但这革命两字，古人有得说过么，我答应到有的。《易经》上面，‘汤武革命，应乎天而顺乎人’，就是这两字的出典。”[2]文章继续写道：“革命之所以被曲解为‘造反’，并被指为‘大逆不道’，乃是皇帝和统治者泼给革命的污言秽语。”[3]名为《江湖汉流宗旨》的文本出自哥老会，里面有段文字说得十分明白：“革命者，舍命拼命不要命

1 Hannah Arendt, *On Revolution*, London: Penguin Books, 1990 [1963], p. 28.

2 《支那革命党及秘密結社》、《日本及日本人》第569号、1911年11月1日、第67頁。亦见汤志钧编：《陶成章集》，北京：中华书局，1986年，第129页。

3 汤志钧编：《陶成章集》，第129页。

也，未甚要公入革命，只因明了大害，装住一肚皮的忿恨怨气。满清皇帝尽用王亲大臣专权，尽买卖官当道，不顾民本。”[1]

如果不是单从革命之名来理解革命，而是在社会政治变动中去理解革命，那么革命的内涵不但暧昧，其外延也颇为广阔。比如，清政府推行“新政”，将科举制度废止，这是中国皇权文官制度形成以来的大事，堪称一场制度革命。而被归入改良派的，也未必不是革命者，或者更准确地说是有革命倾向的人，康有为一干弟子中欧榘甲就是一个。欧榘甲的《新广东》堪称一份以美国政体为模板的革命宣言，其在政治思想史上的意义尚未引起足够的重视。[2]

如果说，横亘于现在与过去、生与死之间的实在距离妨碍了我们的认知，那么，我们对自身境况的不自觉，就让缩短距离的愿望变得遥不可及。在此，我要指出保持与研究对象的距离对于缩短距离的意义。话者或作者生活在特定的社会文化中，会无意识地接受程式化的认知模式，把很多需要辨析的知识当成如如不动的自明的知识。我这么说是有所指的。放眼望去，关于中国革命的历史研究，有影响的著述大多不是出自中国人之手，而是外国人写的。外国人未必比我们看得多、理解得深刻，但恰恰是这一弱点能使其对我们习以为常的事物刨根究底，从而有所发现。这里不妨以美国学者裴宜理（Elizabeth Perry）的革命研究三部曲

1 《江湖汉流宗旨》，1912年刻，第48页。作者、印刷地不详。

2 收入张枬、王忍之编:《辛亥革命前十年间时论选集》第一卷（上册），北京：生活·读书·新知三联书店，1960年。

为例。20世纪80年代中期，我在读研究生时就阅读了她的《华北的造反者和革命者》，该书以100年为时段，从生态政治学的角度分别探究了淮北历史上掠夺的捻军、自卫的红枪会和革命的新四军等三种政治样态。[1]读后很是震动：主题是熟悉的，资料也是熟悉的，但何以中国学者没有如此想问题呢？90年代，我正在撰写博士论文，内容涉及工人运动与帮会的关系，读到她的《上海罢工》，其中关于产业工人与非产业工人政治意识的辨析，及其对二者在工人运动中不同作用的考察，对我的研究很有启发。[2]其时，"冷战"结束不久，革命研究业已失去显学地位。日本学者田原史起回顾道："现在的中国研究者不是在从事现状分析，便是在进行历史研究。对从事现状分析的人来说，革命已经不是'现状'，对历史学家来说，共产党革命与中华民国史等相比，不是那种可以激发研究兴趣的时髦题目。"[3]与日本学界悄无声息的集体出走相比，美国学界以周锡瑞（Joseph Esherick）为代表的学者开始重新检讨革命所带来的"解放"。[4]裴宜理则反其道而行之，关注早期共产主义者在工人、农民及其家属中所进行的普及教育、所发动

1 Elizabeth J. Perry, *Rebels and Revolutionaries in North China, 1845–1945*, Stanford: Stanford University Press, 1980.

2 Elizabeth J. Perry, *Shanghai on Strike: The Politics of Chinese Labor*, Stanford: Stanford University Press, 1993.

3 田原史起:《二十世紀中国の革命と農村》、東京：山川出版社、2008年、第2頁。

4 Joseph Esherick, "Ten Theses on the Chinese Revolution," *Modern China*, Vol. 21, No. 1, 1995.

的高水平的“非暴力罢工”（nonviolent strike）。[1] 2012年，裴宜理出版了《安源》一书，阅读此书不难发现，在一片寂静中，作者却在寻找革命实践中被遗忘的传统。[2] 同年5月，我和李里峰教授在哈佛大学曾与裴宜理教授有过一次长谈，当时我劈头就问："你'革命'凡三十载，不疲倦吗？是什么驱动你不断'革命'的？"裴宜理闻言大笑。我这么提问，背后是有问题意识的，即从她的研究中可以引申出两个关涉历史现象学的方法论问题：一是书写者如何捕捉革命的“星火”，从而切入革命历史；二是在理解革命历史时，书写者如何反躬自省现在的地平线。

1989年，贺康玲（Kathleen Hartford）和史蒂文·戈德斯坦（Steven Goldstein）共同编辑了名为《星火：中国乡村革命》的论文集。在长篇导论中，二人把美国的中国革命研究划分为四个不断递进的时期：第一个阶段（1932—1949年）是充满多元和差异性的观察和研究，当中国共产党不断壮大时，美国关于中共的认识反而脱离了中国革命的现实，由此派生出冷战背景下“谁丢失了中国”（who lost China）的讨论。第二个阶段（1949—1962年）除费正清等少数人关注中国革命的内部因素外，绝大多数研究都强调国际因素的介入，即列宁主义的“组织化武器”（organizational weapon）和日本侵略的“关键影响”（crucial

1 Elizabeth J. Perry, "Reclaiming the Chinese Revolution," *The Journal of Asian Studies*, Vol. 67, No. 4, November 2008.

2 Elizabeth J. Perry, *Anyuan: Mining China's Revolutionary Tradition*, Berkeley: University of California Press, 2012.

impact)。第三个阶段(1960—1970年)出现了关于中共革命成功的原因是唤醒了农民潜在的民族主义，还是进行了社会改革的大论争。第四个阶段为20世纪80年代，编者认为“我们处在中国革命研究的新的转折点，正在出现的新一代学者试图解决旧的争论，弥合对立的概念，在形式上加入各种独立的分析”[1]。他们借用毛泽东《星星之火，可以燎原》(1930年)的表述，形容中共革命如散落在各处的“星火”(single sparks)，在不同时期和不同地区均呈现出不连贯的特征。这样，美国的中国革命研究出现了前述华志坚所说的社会史视角。

随着社会史视角的导入，论者开始从区域社会(又名地方社会、地域社会)等角度审视革命。但是，一如整体的、自上而下的叙述存在问题一样，我们也不能将区域社会固化为一个恒定不变的空间或场域。作为日本提倡“地域社会论”的一员，岸本美绪指出所谓“地域社会论”实则具有“不确定性”。[2]而杜赞奇(Prasenjit Duara)关于“权力的文化网络”(cultural nexus of power)的研究，消解了以区域为单位建构历史叙事的意义。[3]确实，如果不将区域社会之类的概念相对化，所谓革命的社会史研究很可能

1 Kathleen Hartford and Steven Goldstein, "Introduction: Perspectives on the Chinese Communist Revolution," Kathleen Hartford and Steven Goldstein, eds., *Single Sparks: China's Rural Revolutions*, Armonk, New York and London: M. E. Sharpe, 1989.

2 岸本美緒:《序》、《明清交替と江南社会——17世紀中国の秩序問題》、東京：東京大学出版会、1999年。

3 Prasenjit Duara, *Culture, Power and the State: Rural North China, 1900–1942*, Stanford: Stanford University Press, 1988.

变成一个缩小尺寸的主导叙述，从而屏蔽了革命历史的复杂性和内在的紧张感。

回到革命实践层面，我所理解的社会史视野下的革命研究是从革命与民众的触点——“关系”和“事件”上着手的，反过来说，可以借助这些触点透视不同时期和情境下革命的特征。毛泽东在《论反对日本帝国主义的策略》里有一段经典表述：“长征是宣言书，长征是宣传队，长征是播种机。”[1]“宣言书”申明行为的正当性，从“造反”到“革命”的话语转化即是正名的过程。“宣传队”旨在进行动员。动员谁？如何动员？需要从既存的人际关系网中寻找突破口。秘密会党曾经是革命与民众结合的媒介，而这个媒介随着革命斗争的展开最终必定被整合到匀质化的政治运动之中。反言之，如果没有这一过程，“播种机”播下的种子是不会发芽的，即使发了芽，也不可能成长起来。上面提到的《星火：中国乡村革命》是很有见地的一本书，但作者刻意忽略革命运动的匀质化过程，从而未能回答：既然革命是散落的星火，何以能聚成熊熊大火？这就引出了第二个问题——观察革命的“现在的”地平线。

所谓现在的地平线，是指我们观察事物时所处的位置、时间等，随着位置和时间等的变化，看到的光景会有所不同。同样，在观察不在的过去——历史时，受文化、社会、时代等影响，人

1 毛泽东：《论反对日本帝国主义的策略》，《毛泽东选集》第1卷，北京：人民出版社，2007年，第150页。

们所看到的光景也会不同。回到本文开头，我们关于革命的知识之所以会呈现出二律背反现象，追根究底乃是与我们所处的现在的地平线有关。观察历史需要借助表象历史的史料，史料的局限致使我们的认识即使能够驱使想象力，也不免发出“眼前有景道不得”的慨叹。另一方面，观察者所选取的不同角度——就学科而言，是不同的学科方法——有可能导致完全相反的结果，有道是：看山是山，看水是水；看山不是山，看水不是水。不是吗？很多时候，围绕历史认识的分歧恰恰发生在基本常识问题上。“吾人生今之时，有身世之感情，有家国之感情，有社会之感情，有种教之感情。其感情愈深者，其哭泣愈痛。”[1]刘鹗的《老残游记》把歧异归结为个体内在翻动的情感活动。裴宜理关注中国革命研究的世代差异，在《中国政治研究：告别革命？》一文中，她批评新生代的研究如“虫目仰视”（worm's eye view），与研究革命的上两代学者相比，新生代很少关注中共党政系统的运作，有关乡村选举与政治经济的田野调查虽然揭示了不少未知的事实，但很难从中推导出它们与国家制度之间到底存在何种关系。[2]作为上一代学者，裴宜理似乎更加推崇“鹰眼俯瞰”式的革命研究，这种研究关注革命自身的演变逻辑及与其背后情景的关系。无论是“虫目仰视”，还是“鹰眼俯瞰”，都是深化革命认识的方法，旨在对革命进行表象，因为只有凭借文本和口传的表象

1 刘鹗:《老残游记》，陈翔鹤校，戴鸿森注，北京：人民文学出版社，1982年，第2页。

2 Elizabeth J. Perry, "Studying Chinese Politics: Farewell to Revolution?" *The China Journal*, No. 57, January 2007.

与建构，实在的事实才有可能在主观间性上得到认可。在此意义上，历史是一个反省性的概念，每个革命故事的书写者都须牢记孙中山的遗言：革命尚未成功，同志仍须努力。

（本文原载《江苏社会科学》2018年第3期）

Ⅲ　记之忆之

继续写下去*

人的生命，可以一分为二：一半生在自己的世界中，一半活在他人的世界里。

第一次听说邵循正先生是在先生去世十年后。1984年的一天，蔡少卿先生给我们本科生上选修课，说起自己的学术渊源，我们知道蔡老师的老师叫邵循正。当年信息检索手段有限，很长时间，我对邵先生的了解仅止于：毕业于清华大学，工作于西南联大和北京大学；曾留学法国，师从伯希和，学过蒙文、波斯文等。如果我没有记错的话，在元史学界，似乎有邵循正、韩儒林、翁独健"三杰"之说。三人中，邵先生成果最少，是因为他在1949年以后被指派研究中国近代史了。作为近代史学者，邵先生的成名作《中法越南关系始末》是他的硕士论文，那时无法看

* 作于2019年11月1日。

到，也没想看，只在历史系开架图书室一本关于农民战争的论文集里阅读过先生写的《秘密会社、宗教和农民战争》一文，这篇与杨宽先生商榷的文字，条分缕析，不紧不慢，尽显学者风范。前段时间，我曾重读此文，感受依然如此，并且隐隐地感到自己得到了邵先生的遗教。

1985年9月，我师从蔡先生读研究生。入学不久，蔡先生要访美，临行前对其他同学说，孙江是写诗的，很担心写不好论文。这话传入我耳中后，我下决心在老师回国前写出点东西来。其时，我正在参加点校《薛福成日记》，事涉中法战争，于是阅读相关文献，一口气写了两篇论文。一篇短一点的，名为《薛福成在中法战争》，投给了《历史教学》编辑李世瑜先生。两年后，见到李先生，先生咂一口军用水壶里的液体——二锅头，抱歉地说论文给弄丢了。我的底稿也在搬迁中弄丢了。第二篇论文稍长一点，投给《南京大学学报》，发表在1986年年初刊出的研究生专刊上，题为《欧阳利见与中法镇海之战史实考辨》，旨在为被称为“投降派”的欧阳利见辩护。我把文章寄给了被商榷对象浙江社会科学院的姚辉先生，姚先生回信说，自己的观点来自邵循正先生，20世纪50年代邵先生来浙江访问时，曾亲口对他说的。邵先生是否说过此话？没有旁证，但我就此知道了《中法越南关系始末》一书。这是我和邵先生的第一次“邂逅”。

我与邵先生的第二次“邂逅”是在1995年。这年初夏，蔡先生访美归途路经东京，我陪了先生几天。记得在六本木国际文化会馆与酒井忠夫教授谈话后，在回程的地铁上，蔡先生要我打听一下王信忠的情况，说当年蒋廷黻先生派邵先生去法国，跟随伯希和学习；派王信忠东来，师从东京帝国大学的白鸟库吉。要我打听王信忠在东京留学期间做了什么。打听的事情没有结果，但我对日本和法国的东方学却产生了兴趣，阅读了很多文章，我的研究之所以涉及这些内容，源头在此。东方学的中亚和北亚研究，历来是欧洲学界的天下，日本试图建立独自的体系，但包括白鸟库吉在内，并没有自成体系。国内学者的研究在这些领域里创见甚少。前几年，围绕“大元史”“新清史”，沸沸扬扬，平心而论，中国学者基本上没什么话语权。邵先生甚早涉足该领域，没有继续下去，实在可惜。

第三次与邵先生的“邂逅”有点不可思议。1994年的一天，东京大学教授平野健一郎先生邀请我和妻子黄东兰参加一个晚宴，黄是平野的学生，平野是费正清的学生，当晚他要招待哈佛大学留学时代的好友魏思特（Philip West）。魏思特1991年任南京大学—霍普金斯大学中美文化研究中心美方主任，研究燕京大学和基督教在华历史，他发现我正在南京大学讲授“基督教与中国”课程，力邀我在中美文化研究中心授课。其时，我还是助教，可谓“受宠若惊”，由于不可抵抗的原因，我拒绝后推荐了好友高华兄。魏思特知道我去东京大学留学，就这样，我们在东京相遇了。晚宴上，平野教授谈到他和蒲地典子合译、新近出版的日译本《费正清回忆录》一书。费正清的文章和书，我年轻时碰到就读，正是读了他写的《“天津教案”背后的模式》一文，我才开始研究基督教问题。多年后，我找来日译本《费正清回忆录》阅读，几乎在随便翻开书的瞬间就看到了“邵循正”三字。1972年2月中美上海公报签订后，在周恩来的邀请下，费正清对中国进行了为期六个星期的访问。在北京期间，时任外交部副部长的乔冠华宴请了费正清一行，应邀出席宴会的有金岳霖、钱端升和邵循正等。关于邵先生，费正清写道，邵是蒋廷黻的学生，在宴会结束即将告别时，邵走近费正清，悄声说道：“继续写下去！”“这句听似平淡无奇，实则含蓄哀求的话，闻之令人心酸。”我为之震动，很快找来1982年出版的英文本，发现果然如此：

> One of T. F. Tsiang's early students, whom he had put to study Sino-French relations, was Professor Shao Hsun-cheng. As we were saying goodnight after a dinner party, he suddenly said to me sotto voce, "Keep on writing!" The very innocuousness of this remark made it all the more poignant as a veiled plea for help. Shao died a few years later.

"Keep on writing!"

这句话，反映了邵先生那一代学者热盼中美友好的心情。而费正清的评论传神地刻画出那一代学者的凄楚与无奈。不过，邵先生不是几年后去世的，而是在不到一年后的1973年去世的。

邵先生的学术有着很深的时代印迹。早年受命研究中法关系和蒙古史，时当日本侵略中国；新中国成立后，奉命研究中国近代史。近代史是一门新学科，邵先生无论研究洋务运动，还是研究农民运动，无不透显出大学者的真知灼见。如果不是人随境转，邵先生不知能做出多大的学问！我常对弟子说八个字：荣辱不惊，不争一时。荣辱不惊，是讲不要为外在的得失所困扰；不争一时，是在求未来。与邵先生的第三次邂逅，对我影响至大，让我对这位祖师尊敬有加。我和李恭忠、李里峰等同门聊天，每每讲到此事。

先人不见，其恩泽却无处不在。2017年我去华中师范大学访问，得以拜见“90后”章开沅先生。对于大佬，我一向敬而远之。有次在大会上，与大佬同台，我自嘲以前是遥遥地望之，现在是默默地感之。不知哪位章门弟子背着人说好话，章先生对我非常友好，似乎还很了解，那天章先生兴致很高。我因为在写一本关于南京大屠杀的书，涉及时为金陵大学历史系教授的贝德士，贝德士是章先生的老师，所以很想知道一些逸闻，问了很多问题。章先生在谈话中，问起我的老师蔡先生，冒出一句：对你有一种亲近感。原来，20世纪60年代在北大历史系进修时，章先生曾蒙邵先生的照顾。真没有想到，在聆听章先生教诲时，居然与邵先生“邂逅”，这是值得记下的第四次“邂逅”。

有的人独自离去，逐渐淡出别人的世界；有的人活在别人的世界中，生不如死，遭人唾弃；有的人活在别人的世界里，令人心向往之，如邵先生。历史学家的自然生命有终点，历史学家的学术精神无止境；真的历史学家，研究过去，活在未来。

问学蔡师

“秘密社会”是中国社会史里的一朵奇葩。蔡少卿先生长期从事中国秘密社会史研究，是蜚声海内外的研究专家。

蔡先生的研究以中华书局1987年版《中国近代会党史研究》为代表，受到学界高度评价。我从1985年上硕士研究生正式师从蔡先生，至1992年离开南京大学到日本东京大学留学，约有7年时间在蔡先生门下做研究生和助教。在蔡先生众多的研究生之中，我是最早毕业的一个，虽然每每受到先生的关心，但因为心有旁骛，在秘密社会史研究上迟迟没有入门。

1984年9月，也就是我刚刚进入大学四年级的时候，我决定报考研究生。在南京大学历史系众多的著名学者之中，我选择了报考蔡先生的研究生。当我把这个想法告诉了一位已经上研究生的学长时，这位学长对我说，蔡先生是著名的会党史专家，每年从世界各地和全国各地来到蔡先生门下学习的学生和学者为数众多，如果进入蔡先生的门下，必定会有很大的收获。然而，我选择报考蔡先生的研究生并不是要研究会党史、秘密社会史，而是要研究近代启蒙思想史。

20世纪80年代现代化思潮在中国高涨，“文化热”席卷整个学界。我知道，蔡先生曾和历史系其他教师共同编纂了《严复集》，还有一些书信没有收录其中，想进入研究生课程后研究近代启蒙思想史。当时蔡先生所开的选修课是近代会党史，在决定报考研究生后，我选修了这门课。记得蔡先生每次在课上都会复印分发自己的论文和史料，这与我上的其他选修课很不相同，令人感到新鲜。多年后，当我到日本东京大学留学时，才知道外国大学教师给高年级本科生、研究生开选修课时，都是这样做的，这对培养学生尽快进入研究状态有着润物无声的作用。蔡先生上课时每每旁征博引，漂亮的板书总是写满一黑板；下课后，对学生嘘寒问暖，鼓励学生从事研究。久而久之，我对秘密社会史研究产生了一点兴趣。但是，我知道秘密社会史研究不是一门简单的学问，不说别的，单是寻觅可信的史料就不是一件容易的事情，即使埋首故纸堆，耗费时日，很可能一无所获，因此我并没有想过要研究这个课题。临近报名考试的前夕，有一天蔡先生突然告诉我说不招收启蒙思想史方面的研究生了，希望我改考会党史方面的研究生。

人是时代的产物，在现代主义的文化氛围里，除非有很高的思想自觉和定力，很难静心关注民间社会和文化。说实在的，考上硕士研究生后，我对研究会党史、秘密社会史不但信心不足，而且心存偏见，认为研究精英文化更有价值。于是，在1986—1987年蔡先生去美国做访问学者期间，我擅自改动了硕士论文的题目，写基督教与近代中国的关系。一年后，蔡先生回国，我将写好的硕士论文呈在蔡先生的面前，等待批评，没想到蔡先生对于我的"越轨"行为十分宽容，他说"教案"是一个很重要的问题，既然你有心研究这个课题，不妨深入做下去。要做好这个题目，光看中文资料不行，还需要阅读大量的外文资料。这篇论文略经修改，成了我的硕士研究生论文，蔡先生还允准我提前答辩和毕业，这在当时是很少见的事情。

蔡先生十分强调对史料的占有和理论学习。还在我做大学毕业论文的时候，蔡先生就指定我详细阅读一本关于东南亚华人秘密社会的英文专著，并以这本书为中心评述国外对秘密社会的研究。毕业论文做得很苦，很不成功，但我从中受益匪浅，首先养成了阅读英文专著和资料的习惯，其次开始关注国际中国学的动态。20世纪80年代中期，在中国近代史研究领域里，能够阅读外文资料的教师很少，指定学生阅读外文资料的教师更少，这方面蔡先生堪称楷模。现在我的学术论著虽然大多是以日语写就的，但是我仍然保持着大量阅读英文专著和资料的习惯。

1992年，我离开南京大学到日本留学，在东京大学并木赖寿教授的门下继续学习。一年后，我正式进入博士课程。记得围绕博士论文的选题，并木教授和我有过一次谈话。在听完了我想对中日韩三国对基督教的受容进行比较的研究计划后，并木教授温和地说："你长期在蔡少卿教授门下学习，有很好的关于会党史的知识基础，选择这方面的题目怎么样?”和并木教授谈完话后，我开始阅读日文秘密社会研究方面的著作，经过一段曲折，渐渐体会到并木教授的话的分量：一个留学生要想在短时间做出一篇为学界认可的高水平的论文绝非易事，并木老师委婉地劝我研究秘密社会问题乃是有深意的，即希望我扬长避短，把在蔡先生处学到的东西发挥出来。

我长期关注美国和日本的中国研究，有一种感觉，即美国的中国学鼓励知识冒险，充满活力；日本的中国学提倡学术承续，厚积而薄发。蔡先生的秘密社会研究广为欧美和日本学界所知。我翻阅过英文、法文和日文绝大部分秘密社会研究论著，发现蔡先生的论著被引用率一直很高。我到日本留学后，在书本上得到的对蔡先生的印象，又以亲身经历得到了验证。1993年12月，日本神奈川大学人文研究所大里浩秋教授请我做了一次关于中国秘密社会史研究的报告，其时我到日本才一年多，日语说得语无伦次不算，对秘密社会也所知无多，之所以该研究所好意请我做报告，大概是先入为主，认为名师出高徒。

在我开始自己的研究时，为了尽力网罗资料，我走访了好几位日本中国秘密社会研究专家，90岁出头的酒井忠夫教授就是其中之一。1995年初夏，蔡先生访问日本的时候，行走不便的酒井教授特地赶来看望蔡先生，两位大家聚首，畅谈近5个小时。酒井教授以后每给我打电话，必问及蔡先生的近况，很关心蔡先生有没有新的著述问世。1998年酒井教授将其以往的研究汇成多卷本的《酒井忠夫著作集》出版时，特地要我请蔡先生为其著作写出版推荐辞。酒井忠夫教授是日本中国秘密社会研究第一人，他的帮会、善书研究在国际中国学界有很高的地位，至今笔耕不辍，他要求比自己小二十多岁的蔡先生执笔写出版推荐辞，可见对蔡先生的秘密社会研究评价之一斑。

以上，皆是我亲身所闻所见。那么，蔡先生在秘密社会研究上到底有哪些建树呢？对于蔡先生在秘密社会研究上所做的贡献，人们都不会有任何疑义。但是，如何进行评价，则各有各的标准，即使同是蔡先生的学生，认识也未必统一。从我个人的角度来看，蔡先生在秘密社会研究上的贡献，大而言之，是开启了一种新的秘密社会叙述方式。在蔡先生关于秘密社会的众多著述中，影响最大的是发表于1964年的《关于天地会的起源问题》的论文。有关天地会的历史起源，长期以来受天地会会书和近代政治话语的纠缠，人们普遍将天地会的起源定为叛乱或革命，并由此形成了天地会民族革命的叙述。在蔡先生的论文发表前，这一观点影响了学界达一个半世纪之久。蔡先生的论文的意义在于，第一次使用原始档案考证天地会的起源，据此得出了天地会是民众“生活互助”组织的观点，这就提出了一种与此前欧美、日本和中国语境里的关于秘密社会的定说截然不同的另一种观点。虽然，至今仍有不少学者不同意蔡先生的观点，但蔡先生的首倡得到中国人民大学秦宝琦教授的呼应和补证，秦教授的一篇篇劳作使得这一观点得到了越来越多的学人的支持。

20世纪80年代，蔡先生连续发表了多篇关于秘密社会方面的重要论文，在继承和创新的基础上构建了关于秘密社会研究的体系。在《中国近代会党史研究》一书中，蔡先生第一次对近代中国的秘密社会及其历史演变做了整体概说。《中国近代会党史研究》把会党分为城市型和农村型两个类型，分别对其功能、性质和历史作用加以详述。根据秘密社会在近代中国社会政治演变中的角色，蔡先生把秘密社会分为七个时期——在既有的近代通史研究框架里把握秘密社会的轨迹。最后，该书还有一项重要的贡献，即对东南亚华人社会秘密社会之研究，这也是中国学者第一次对该专题展开的研究。

作为第一部会党史专著，《中国近代会党史研究》给秘密社会史研究奠定了一块重要的基石，此后问世的若干部著作大都沿袭了蔡先生的体系。蔡先生的秘密社会研究促成了整个中国学界对秘密社会重要性的认知，也对国际中国学的发展有所贡献。蔡先生关于秘密社会起源于民众生活互助的观点与20世纪80年代末兴起的“大众文化”（popular culture）研究遥相呼应。

（本文原载孔祥涛、刘平主编:《我看中国秘密社会——蔡少卿先生执教五十周年暨七十华诞纪念文集》，广西人民出版社，2002年）

此情可待成追忆

即使时光飞逝，过去不再，我也能清晰地记住十六年前的夏日，灿灿的阳光洒在樱树上，叶儿在暖风中轻轻摇曳，鸟鸣嘤嘤。那是我初到日本的第二天。

从电车井之头线驹场东大前站西口出来，朝北走，有一条通往东京大学驹场校区的窄窄的小径。想到很快就要见到并木先生了，我不由得又嘀咕起烂熟在胸的仅会的几句日语。这时，妻碰了我一下，迎面走来的是先生。先生中等身材，身着便装，戴一副宽边眼镜。我急步趋前：

“初次见面，请多关照。”

先生轻声回应。

“个子真高。”妻给我翻译道。

“肯定不是高人。”我脱口而出。

先生稍顿一下，脸上泛起了笑容，浓密的卷发在笑声中微微地颤动。

在我的记忆里，除了有一年在北京参加国际会议，先生从未跟我用汉语交谈过。来日本前，我没有学过日语，每次应约去先生研究室，都如临大敌，要准备若干日语句子，记下一堆专业名词，借了书，就想着赶紧离去。日子久了，我慢慢地可以多说几句日语了，在先生研究室里停留的时间也长了起来，不知什么时候，居然点起香烟，和先生一起吞云吐雾。好几次，天色渐黑，谈兴正浓的先生从柜子里取出威士忌，邀我相对而饮。来日本后，我本打算转赴大洋彼岸，一年下来，竟乐不思去了。

驹场六载，跟先生主要学的是近代中日关系史，讨论课读的大多是明治时期的文献。进入博士课程后，我一度打算以亚洲主义为题做论文。先生听后说："好呀！不过，博士论文还是做自己比较熟悉的问题为好。"先生从不将自己的意见强加于人，缘此，对他的每一句话，我反而会认真倾听。正是这句话，使我改变了论文题目。博士论文完成后，我开始从民间宗教的角度研究亚洲主义，这是学习多年后发现的一个新课题，原来，先生所说的熟悉乃是指有无一己之见。

我的博士论文涉及的范围很广，做得非常辛苦，从构思到文字，不知叨扰过先生多少次。还记得，我曾想用千年王国理论解释中国的末劫思想。听完我的构想后，先生反问道："二者是一回事吗？"这让我很沮丧，却由此幡然醒悟。如果说，在关于中国社会和革命起源问题研究上，我的博士论文有什么新的创见的话，这次谈话的影响甚为关键。

八年前，先生被诊断为癌症。先生在电话里告诉我这消息时，刚刚做完手术。第二天，我没打招呼就径直奔到东京。那天，先生精神非常好，话比平时要多。先生说，他将主持教科书历史的研究计划，希望我也能够参加。很多朋友奇怪，我本来研究社会史和政治史，何以会转而研究思想史，殊不知在跟随先生进行教科书研究中，我发现了研究近代公共知识——东亚近代知识空间形成问题的意义。

两天后，我从东京返回名古屋。一进家门，就看到一大袋鱼沼米——先生家乡出产的日本最好的大米。厚人薄己，是先生一以贯之的待人之方，即使在病中，也丝毫未易。师恩难报，其情何堪！

听到先生患病，先生的学生都很着急，更有同学和我商量要请最好的中医到日本进行辅助治疗。我深知先生性格，劝阻大家稍安勿躁。这八年，我差不多每个月都往来于新干线上，回想起来，既想聆听先生的教诲，更想借此了解先生的身体状况。

去年3月初，先生原本要参加在山梨县召开的一个民间宗教国际研讨会，前一日突然因事没有出席。4月的第二个星期日，准备在先生研究室召开的读书会也因先生有事而临时改换了地点。我隐隐有些不安。第二天我给先生家打电话，接电话的是师母。热情好客的师母时隔多年还记得我，这让我感到高兴。当我问到先生的身体情况时，师母说治疗效果不错，但声音听起来有些黯然。我说想见见先生，师母说让我一个小时后再打电话，那时先生应该已经回家了。我再次打电话时，接电话的是先生，先生语气平淡地让我第二天早上八点半到他的研究室见面，声音有些虚弱。

第二天是星期二，上午先生有两节课，一节是本科生的世界史课，一节是博士班的讨论课——以前我当学生时也是在这个时间上课的。那天我到得早了些，回头往车站去迎先生。在那条连接先生研究室和车站的窄窄的小径上，远远看到先生从驹场东大前站西口出来的身影，十六年前初次见到先生时，正是在这儿，岁月无情，先生那浓密的卷发已经灰白了。我跟着先生走到研究室，又陪着他从研究室往教室去，一路上，都是先生在问我，学校的情况怎样？在搞什么新的研究？一阳来复，樱树枝头满是新绿，看着先生的背影消失在大楼里，我的心中一阵惆怅。八年来，先生就是这样一边治病一边上课的。

5月见到先生时，他已经浓发不再，人也消瘦了许多。6月的读书会上，大家说到想编并木博士班同学论文集，先生听后显得很高兴。7月23日晚读书会结束后，大家在驹场附近的居酒屋相聚。那天，先生兴致很高，一连喝了两大杯扎啤，畅谈教科书编纂之事，相约8月31日再见。

8月4日下午，我正在房间里整理去北京的行李，书和资料摊满了一地。妻突然闯了进来，眼睛红红的。十天前还和先生把酒谈笑，十天之后竟然天地两处，生离死别，其痛何堪！小女回家后，很快觉察到发生了什么大事，她记得去先生家过年的情景，但她不知道从出生到进幼儿园，先生是怎么关心她的。我从书架上取下文件夹，那里面的一张张照片，一封封书信，都有我对先生的无尽的回忆。我的哀痛传染了学界的朋友，大家纷纷发来唁电，回忆和先生相识的日子，让我转达对遗属的问候。杜赞奇教授在电文中，特别提到和先生在东京涩谷吃印度料理的情景，这位文化研究大家惊呼这不是“本真的”（authentic）印度料理。杨念群教授深情地回忆说：“忘不了，和先生在北京吃生鱼片的情景。初尝生鱼片，有些胆怯，先生看着自己，呵呵地笑。”王笛教授在东京访问期间，参加过先生主持的读书会，感触良深，在他的演讲和文章中，多次称赞东洋史研究的这一传统。

“此情可待成追忆。”即使时光飞逝，过去不再，我也不会忘记那最后的夏日。灼人的阳光罩在樱树上，叶儿在热风中恹恹欲枯，梵音袅袅。那是先生飘然离我而去的日子。

（本文原载《博览群书》2010年第3期）

想起一个人*

想起一个人，一个去了很久的人。想起一个人，必然会想起另一个人，确切地说，想起的是两个人，一对患难夫妇：沈大德和吴廷嘉。

认识大德先生是在1987年6月，还在读研究生的我们，不自量力地办了一个青年研究者学术研讨会，名为“近代中国与中国的近代化”，地点在苏州大学。会议除了我们这些小字辈外，还邀请了几位在学界很活跃的中青年学者，大德先生是其中最年长的。大德先生话不多，声音低沉而有力，对南大有一种特殊的感情，一见面就回忆起曾想报考南大研究生的往事。彼时的南大历史系颇有吸引力，秦晖教授后来也跟我说起当年曾想报考南大研究生，为此还给方之光教授写过信。方老师是我的班主任，原本

---

* 作于2020年6月4日。

研究太平天国史，在五朵金花之一的“农民战争”凋谢以后，他认为应该从更广的意义上关心农村和农民问题。苏州会议转眼结束，与大德先生话别时，他热情地邀我到北京后找他，给我介绍他的夫人吴廷嘉教授。

廷嘉教授生于抗战末期（1943年）的重庆，与在美国学界活跃的学者刘广京是亲戚。1961年，廷嘉教授考入中国人民大学后，因体检查出心脏有病，被迫休学一年，复读后结识了新入学的大德先生。跟那个时代的很多人一样，廷嘉教授的人生也出现过“短路”，直到改革开放后才得以回到大学，继而在中国社科院近代史所工作。对于“短路”的经历，她在《历史唯物论与当代史学理论的发展》序言中略有道及：

> 大学毕业，被卷进“文化大革命”的狂潮中，尽管由于诸种社会和个人的因素，我自觉而又盲目地当了“保皇派”，历尽坎坷艰辛；但而今回首往事，也不过既是那个一切都颠倒了的时代的牺牲品，又是受极左思潮影响和利用的炮灰。我们付出了巨大的代价，得到的却是因热情与幼稚不分、愚昧和忠诚混杂而带来的种种迷惑与失误。我们失去的太多了，时间、欢乐、青春……不过，我们始终没有失去自己的人格尊严和理想追求。这里，我要特别感谢可敬可爱的校党委书记郭影秋，在那黑暗的岁月，是他向我们深情呼唤：“站得高，看得远！”给了我们无尽的勇气和信心。

这段话的关键词是“郭影秋”。郭是学者型领导，放着云南省长不当，自愿到大学去工作。郭影秋1956年任南京大学校长兼党委书记，碰上“反右”；1963年转任人民大学党委书记兼副校长后，又遭遇“文化大革命”。廷嘉教授并非随意写下这个关键词的，据说在人大召开批斗“叛徒”郭影秋的大会上，廷嘉教授挺身而出，登台为郭影秋辩护，为此被发配到边远的农村，这是“历尽坎坷艰辛”的源头。本来体弱的廷嘉教授从此百病缠身，离不开大德先生的照顾。

在人人自危、避之唯恐不及的时代，廷嘉教授挺身而出，在我心目中必是气宇轩昂的巾帼女杰。1987年9月，当我敲开大德先生家门，眼前出现的人让我吃惊不已，40岁出头的廷嘉教授看上去已有60岁了，身体瘦弱，身高在一米五上下。廷嘉教授一家五口挤在狭小的空间里，房间一看就是那种缺乏收拾的，准确地说是没法收拾的。因我刚去过庞朴先生家，两相对照，着实有点震撼。大德先生还没有下班，我自报姓名后，廷嘉老师仿佛遇到认识多年的友人，热情地招呼我进门。廷嘉教授思路整严，声音洪亮，语速极快，整个下午差不多都是她在说话，我在听，还有蹲在角落里的一只白色的波斯猫。大德先生回家后告诉我，一年前廷嘉教授还在医院出生入死，现在依然病痛缠身。

廷嘉教授重新回到北京是1978年，考上人大清史所戴逸先生的研究生。次年，大德先生也考上了社科院的研究生，但“录而不取”，好在后来当了编辑。学术改变人生，人生影响学术。廷嘉教授关心中国历史的近代命运，关注转折时期知识分子的命运，先后撰写了《近代中国的知识分子》《戊戌变法纵横论》等著作。20世纪80年代正当“文化热”，史学界兴起了关于“史学危机”的讨论，廷嘉教授既研究文化，聚焦专制政治如何制约了经济和文化发展，也研究史学理论，讨论如何在历史唯物论基础上扩展理论视野，每一项研究都凝聚着自己的人生体验，展示了对未来的乐观。

1990年，大德先生被派到农村锻炼。忧国忧民的大德先生，担心爱妻生活不能自理，好不容易盼到返回京城，突然发现自己已是肝癌晚期，于1991年9月26日悄然辞世。大德先生之于廷嘉教授，既是生活上的伴侣，也是精神上的同志。失去伴侣的打击是巨大的，廷嘉教授在《企业文化与企业行为》一书的序言中写道:“至今还难以从这场深刻的社会悲剧和个人的巨大怆痛中走出来。”豪爽大度的她曾私下向我表达了对某学者的愤懑。精神上的同志没有走远，大德先生一直支持着廷嘉教授笔耕不辍，其后出版的《黄土板结——中国传统社会结构探析》《梁启超评传》等著作均为夫妇二人联合署名，廷嘉教授的思念之情跃然纸上。

1995年底，还在东京留学的我，收到了廷嘉教授寄来的《黄土板结》一书，书是赠给我和妻子的，落款处写着：大德、廷佳（嘉）。读罢随书附来的短信，感觉廷嘉教授状况不佳，心中惦记着该去看她。那时资讯不发达，等到能去看她的时候，友人告诉我廷嘉教授已经在1997年1月去世了。人生在世，总是充满遗憾，当你有能力回报他人的关爱时，却已经是天地两殊。苏格拉底说过，上了年纪的人喜欢唠叨。想起一个人，想起两个人或更多的人，堪称自言自语的唠叨。犹记最后一次见到廷嘉教授是在1990年10月8日，她家狭小的客厅里坐满了来自不同地方的陌生朋友，其中不乏颇有故事者。转眼间，已经过去三十年。

忆高兄琐事*

高华兄走的前一晚，我飞抵南京。为我接风的朋友说，高华兄危笃，我们相约明日一起去医院探望。第二天早上8点，里峰来电，沉痛地说：高华老师走了！

我与高华兄自来熟。至今我还清楚地记得，1986年冬的一天，我从学校北园出来，正往南园走，远远地听到有人在叫“老孙、老孙”，声音越来越近，回头一看，吃惊地发现竟是高华兄在叫我。那年我23岁！在读研究生，脑门上的生态环境甚佳。高华长我9岁，是系里的青年讲师。阴湿的冬日下，高华兄推着辆旧自行车，身后大门两侧的语录——团结紧张，严肃活泼——格外醒目。这八个字可谓高华兄的生命写照。

高华兄给我递上一支烟，我们就此聊了起来。隔些日子，我

* 2019年12月26日读周海燕教授转帖草。

们总会在同样的地点邂逅，互递香烟，抽完道别。有时聊到兴头上，会一支接一支抽。我留校后，与高华兄在同一个教研室，我们开会时抽烟，上课时抽烟，抽烟几乎成了我们见面时的规定动作。

我的宿舍在南园进大门右侧大楼二楼，有段时间，高华兄经常来聊天。他没有教师和年长者的架子，与我的舍友个个都熟。高华兄研究国民党史，我研究会党史，我们笑称是同行，都是党史，而且在旧民主主义革命中还有过一段愉快合作的经历。但是，高华兄谈学问，谈的几乎都是共产党史，他从不引用理论，对各种人事关系娓娓道来，犹如亲眼所见。十四年后我才恍然大悟，原来他正在潜心写作，一定是憋不住了，想找人聊聊，于是我和舍友成了最早的听众。让我吃惊的是，“文化大革命”中还是中学生的高华兄，就留心收集大字报了。有次他讲得高兴，说以后送我一张。高华兄走后，每次想起他，我都会想到大字报的事。

1992年我要出国留学，高华兄和朱剑兄、颜世安兄赶来送行，送我一支很贵的金笔。三位学长的厚谊让我念念不忘。到日本后，一切从头再来，自许很高的我，没什么故事好说，我们之间的联系少了。1997年8月，高华兄来信说要到东京访问。他的一个日本学生约我们在东京大学驹场校区见面。这个学生毕业于东大，对这一带很熟悉。炎热的中午，我们站着吃大阪烧。我带他在东京转了两天。那些年国内来的客人，我都带到靖国神社附近转一转，不进游就馆。在涉谷忠犬处，我们碰上纪念忠犬的活动。高华兄对一条狗死后能得到如此殊荣很感兴趣，让我拍了好几张照片。现在来东京游览的国人大都知道忠犬的故事——即使主人死后，每天照常在车站迎接主人下班。真实的情况是，狗的主人是东京大学农学系的教授，他死后，讨厌狗的夫人将其丢弃。这条狗流浪于涩谷车站附近的饮食街，因吃了客人给的烧烤，被竹签刺伤而死。“太平洋战争”爆发后，这条不幸的流浪狗被记者包装成美丽的忠犬：狗且如此，人岂不更该精忠报国乎？！

2004年8月，我回南京，请高华兄和正在中美文化研究中心访问的王笛兄吃饭。高华兄言及身体欠安，血压偏高。我说这是职业病，应该像王笛兄一样研究茶馆，悠悠自在。高华兄生病后，我去他家看他，他已经戒烟了，就我一个人抽，那天下午我们聊了很多。2011年我决心回母校工作，没想到在我到南京的第二天，高华兄溘然长逝了。人生百岁，一个人走了八年还被人们记住，是不会走远的。

秋枫飘零的日子*

人生有定数。活得长的，很多苟且；活得短的，不少潇洒。去年今天，挚友计秋枫兄大笑而去，睿智而豁达，不知感动了多少人。

好友如灿灿秋枫，照亮生者。在遗言中，秋枫兄提到我和凤阳兄，让我这个“基友”成为媒体追逐的对象。有电视台和报纸请我讲讲我们之间的光辉事迹，这让我十分困惑。倒不是没有什么高大上的事情可谈，认真说起来，还不少，而是我认为真正的朋友关系具有很个性化的特质，如果将其纳入普遍性的叙事中，就显得无聊了。

秋枫兄和我同龄，长我两级，虽为当年城乡义务教育不规范所致，亦可见其天资之聪慧。大学时，因为住在同一层楼，他偶

* 作于2019年12月20日。

尔拿着个巨大的茶杯来串门，静静地看着我们下棋。我研究生毕业留校后，坐在对面的成了秋枫兄，我们成了好朋友。我们二人抽着劣质的香烟，为了第二天早上由谁来买小笼包和头汤面，可以下上一个通宵。他在二楼东头，我住一楼西边，我们的房间都不上锁，于是成为整栋楼乃至南园玩主们出入的场所。不知是谁把国技带了进来，大家一度如痴如醉，张张牌熟到闭眼都摸得出来。三十年后的今天，如果把散落在各地的玩主聚集起来，应该可以组成一支“联合国游玩部队”了。

从中世纪的师生共同体演化到今天，大学的内涵变化很大，有一点我以为是不能变的，即这是一个让单纯的人天马行空思考的空间。秋枫兄研究国际关系，师从著名学者王绳祖先生，外语好，读书多，对他来说，写一篇论文，写一本书，可以说轻而易举，但他不屑轻易为之，而更愿意将自己的学识传授给学生。这让我经常感到遗憾。但转眼想想，秋枫兄是对的，与其进行知识的重复再生产，还不如读书思考、传道授业，这是单纯的大学人的本分。

秋枫兄坚毅达观，无论病前还是病后，从未将负面情绪传递给他人。朋友们知道他生病的时候，他已经悄然回到了老家；等再见到他的时候，开朗如常。我可以证明：秋枫兄是好儿子、好丈夫、好父亲、好老师。在卧床不起的日子里，妻女和兄姐终日陪伴，学生争相看护。

好友如寂寂秋枫，令生者黯然。就在秋枫兄驾鹤西去的时刻，凤阳兄倒在了讲堂上。同一时间，医院来电让我速去复查。

凤阳兄后来说，在倒下的瞬间，脑中闪过陪秋枫兄上路的念头；而我放下电话，脑海中浮现出罗马人那句诙谐的墓志铭：Tu fui, ego eris（你将是，我曾是。意译：昨日之我即今日之你，明日之你即今日之我）。

窗外秋枫飘零，蓦然想起去年今天。哎！

人固有一死*

5月22日晚朋友圈传来袁广泉兄去世的消息，哀惜之声不绝于耳。在经历了今年最惨烈的群体死亡体验后，一个普通人的突然病逝，能唤起如此之多认识的与不认识的人的哀悼，实属罕见。

广泉兄与我同年，身高体大，名副其实的山东大汉。想到他，我总会联想到外形不对称的一个日本人。日本NHK每年都会推出一部年度电视连续剧，成为民众终年追逐的话题。某年播放了一部做蜡烛的匠人的连续剧，这是一个绵延300多年、传承7代的家族故事。故事是有张本的，主人公的原型生活在日本著名的旅游胜地——岐阜县白川乡。知道了屏幕上的人事后，观众还想知道生活中的人事，每天有成百上千的游客访问白川乡，照例要买根蜡烛带回去留念。做蜡烛的匠人年事已高，一天最多只能做

---

* 作于2020年5月22日。

60—70个，有业者打电话来愿意代为批量生产，遭到老人的拒绝。老人对访客回忆往事时说：要是想赚钱的话，现在至少已是千万富翁了。但是，我不能欺骗顾客，神灵在上，祖先在看，得了不该得的钱，一定会受到报应的。术业有专攻，广泉兄与做蜡烛的老人，职业相异，但身上透着的质朴一无区别。

广泉兄与我同为留学日本，我在东京，他在神户。2000年他从神户大学博士毕业后回国，先后任教于曲阜师范大学和江苏师范大学（徐州），其间曾在京都大学人文研究所任客座副教授。广泉兄研究农村医疗制度、平民教育等，作为研究者，少产寡作；作为译者，量质皆不输人。他译有十余种京都—神户圈学者研究中国历史的著作，译文甚佳，本本精品，是能让读者安心阅读的译本。我暗思，以他的译笔应该翻译一些高难度的经典。在广泉兄所翻译的著作中，最著名的当属石川祯浩教授的《中国共产党成立史》（中国社会科学出版社，2006年）。同为党史研究者，我和石川教授在聊天中感叹日本研究中共党史的人数之少。1990年以降，日本的中共党史研究者纷纷转向研究国民党史或民国史，研究者总数不超过两只手指数。石川此书的出版可谓以一当百千，让多少党史从业者汗颜。听说广泉兄翻译的注释本《梁启超年谱长编》已经交稿，不久付梓。这本注释本堪称近年思想史领域中最重要的书籍，专业性很高，广泉兄竟然以一己之力为之。我又听说他翻译了两卷本《华北治安战》中的一卷半，这部由大量原始资料构成的书籍，我曾仔细阅读过，翻译难度很大。广泉兄的翻译是学术翻译，需要专门知识，需要韧劲，他能用精准的汉文一本本地译出来，透显出卓越的匠人精神，这也是我把他和那位做蜡烛匠人连在一起的原因所在。

其实，我和广泉兄不熟，也就见过两次面，且没有认真说过几句话，我之所以要提笔写几行字，乃是和2009年初次见面时的一桩小事有关。那些年我在国际日本文化研究中心和一些同好进行概念史研究，有人想介绍我和京都大学狭间直树教授的研究团队认识，于是双方约定3月初的某天在京大人文研究所见面。那天下着小雨，我是提前赶到的，但见狭间教授、石川祯浩教授等已经坐在那儿了。狭间教授不是通常所说的“京都学派”学人，但独树一帜，手下有森时彦、石川祯浩等一流学者，俨然自成一体。狭间教授是我的长辈，说话居高临下，开场有句话说到我的恩师，令我十分不爽。话不投机半句多。接下来一个多小时的讨论几乎就是辩论，直到下半场与会者开始自我介绍，我才注意到包括石川教授在内的其他人居然没有一个说过话！一个小字辈，一个外国人，上来就和大佬辩论，恐怕是京大历史上从来没有过的。一年后，当我在神户孙文研究会上做报告，晚上与狭间教授、石川教授等把酒欢谈时，我才为自己的冲动稍感惭愧。在京文研激辩后，大家是在房间里道别的！我一个人退出后，正犹豫该怎么走时，一位黑脸大汉跑过来给我指路，还问我外面下雨要不要雨伞，此人就是广泉兄。

所谓历史是通过事件凸显出来的，如能捕捉惊心动魄的时刻、群星闪灭的瞬间，则庶几理解了历史的本真。人的一生亦然，从陌生到陌路，有多少大事如过眼烟云，有多少金句废话不如，而总有一些小事、一些瞬间，让你终生难忘。在经历了最惨烈的群体死亡事件之后，在忍见人性之恶后，近来痛感重倡“训诫史学”（exemplar history）之必要。或许，面对不信神不怕鬼的一群，在历史的公正哪怕出于最纯洁的动机都有可能变为可怕的美德的时候，“训诫史学”如一本现世功过格，让人们对自己的言行产生后顾之忧。

我是不会死的*

人生又到伤心时。7月22日凌晨1时11分，陈蕴茜教授溘然长逝。看到蕴茜丈夫富钧兄发出的噩耗，突如其来的痛袭上心头。两天前富钧兄还说病情稳定，转眼天地两隔。所谓心痛，就是情感上不愿意接受事实。7月6日蕴茜昏迷入院手术后，我即感到情况不妙，当晚学衡研究院公众号推出“陈蕴茜教授微文合集”，寄托了同人的祈祷，希望她能像以前一样转危为安。7月11日，我和病床上的蕴茜通视频，她人虽然虚弱，但气色尚好，神志清楚。蕴茜从昏迷中醒来后安慰守护在旁的丈夫说：我是不会死的！

蕴茜是1983年考入南大历史系的，低我两级。隐约记得我曾作为高年级的代表，给他们班新生介绍过学习经验，那是一个深秋的晚上，在西南楼二楼一间教室。和蕴茜比较熟悉是在她读研

---

* 作于2020年7月24日。

究生的时候，我教的1986级班上有位女生开口闭口称“我姐”，一问之下，才知道是蕴茜。2011年9月，得知我要正式回母校工作，蕴茜很高兴，交给我一叠手稿，一共18页，字迹潦草，但很好辨识，写于1986年12月29日。手稿记录的是我们研究生搞的一次沙龙，本科四年级的蕴茜不仅参加了，还有心做了这份速记。沙龙是20世纪80年代大学校园文化的一大特色，打破了年级和师生之间的隔阂，成为知识和思想共享的载体。那是一个人人都是主角并各司其职的时代。蕴茜记录的这份手稿堪称第一等的口述史，记录的内容既广且深，观照今日的大学文化，令人有不知今夕是何年之慨。

在编辑哀悼蕴茜的微信合集时，有人传来一张老照片，让我想起我们还有一次重要的交集：1987年暑假。因为前一年发生的事情的影响，这年暑假学生到附近农村进行社会实践，政工干部不够，一些青年教师和研究生也被动员出来带队。我们进行社会实践的地点在江宁县禄口乡方山镇。我负责的小组里有蕴茜班上的同学，但她不在，她在高华兄和我的同学那组。方山农民淳朴，把大学生当作天之骄子，处处呵护，告诫附近山上住了一群狼，女生外出要格外小心，须有男生陪同。这次实践的所见所闻对我影响甚大，我后来反复告诫学生，研究历史要有空间感，即使找不到空间感，也要有空白感。蕴茜后来对空间的关注是否也与这次实践有关，不得而知。

21世纪的最初十几年，我在日本大学教书之余，经常利用寒暑假回国探亲访友，每次都会跟现在已是故人的南大好友高华兄、计秋枫兄等相聚。2004年后，我和王笛、杨念群等在国内倡导“新社会史”研究，从哈佛访学归来的蕴茜正欲将文化人类学方法引入历史研究，大家很自然地来往多了起来。在每年匆匆来去之间，我们总能见上一面。2006年王笛兄主编《新社会史》第三辑《时间·空间·书写》，收录了蕴茜的大作。记忆犹新的是，2007年12月27日蕴茜邀请我给历史系学生做学术报告，这是我离开南大十五年后第一次登上母校的讲坛，感触良深。当天晚上教室里挤满了学生，他们都是被蕴茜圈过来的。一般而言，女性学者诚恳而率真，蕴茜尤其如此。她已经是知名学者了，课上课下都有一群粉丝，却不时向我咨询一些问题。因为她真诚，我这个师兄（她是这样称呼我的）也就当仁不让，认真作答。

2009年我开始筹划回归母校，主要是想推动概念史研究。那时概念史在国内学界的认知度低，和者甚寡，作为过渡，我按照蕴茜（还有李恭忠）的研究专长设计了记忆研究的课题，后来成立学衡研究院，也以概念史和文化记忆作为两个主要研究方向。我们曾反复讨论，制订了详细的写作计划，正待全面推进，蕴茜却接连遭遇病魔的袭击：2013年11月乳腺癌手术，2014年7月脑垂体瘤手术，2017年10月纵隔及颈部淋巴手术。前两个手术，我是事后才知道的；后一个术前得知，立刻给她打电话，电话那头传来的银铃般的声音让我不敢相信自己的耳朵。我回母校工作不到十年，蕴茜之外，老友高华兄、计秋枫兄也英年早逝，令人唏嘘。他/她们都很达观，面对病魔，应对方式各异：高华有一抹壮志未酬的无奈，我清楚地记得问他今后的写作计划时，他脸上闪过的表情；计秋枫有人皆一死的淡定，早早把后事安排妥当，该咋样咋样；陈蕴茜有无所畏惧的豪气，见招拆招，几成良医。蕴茜生病后，她所指导的部分研究生由我代为指导。她的第一个博士生王楠毕业时，她很高兴，抱歉地说不能帮我，反给我添了麻烦。我安慰她道：我帮你培养博士生，你送我不可或缺的助手，咱们扯平了。不，我还赚了。

蕴茜是个注重生活品位的人，从穿戴到举止，总是把最美好的一面呈现给别人。2017年后我们见面少了，两家离得很近，地铁只有几站路，我每次打电话说想去看她，她总是推辞。我知道她不是不希望朋友去看她，一个人跟疾病搏斗其实很苦闷，她有时和学生在网上聊天能聊上两个小时。她只是不希望老朋友们看到她的憔悴，更不希望听到他人的叹息。每次见到她的时候，她的状态都很好，甚至比常人还好。她反过来每次都会关照我注意身体，别太拼了。她知道我是“唐人”（喜欢甜食）。2017年9月末的一个傍晚，她突然打电话说要送月饼给我，正待谢绝，她说车很快就到楼下了。她递给我两盒月饼后就托词匆匆离去，特地交代素月饼是给师姐的。看着车消失在雾霾中，我的心中很不是滋味。

2018年12月，我去她家看她，她很高兴，家里添了一名新成员——漂亮的俄罗斯猫。人以猫聚！难怪从她那儿转到我门下的学生个个是猫族。有一次晚上盒饭+论文指导课后，我问研究生们喜欢猫还是狗，一个个问过来，只有一人喜欢狗。我开玩笑说，散吧，喜欢狗的留下，跟我喝酒去。猫是我们时代的隐喻，自律的个人主义者；狗是他律的集体主义者，如果想用后者来约束前者，注定会撞到南墙的。

但是，蕴茜还是一个调和主义者，文如其人，读她的书就知道了。她从哈佛访学归来后，学术进入新境界，历时多年完成的《崇拜与记忆》60余万言，是中国新文化史的开拓之作。这部书分量很重，我笑她写了一部与自己身材极不对称的著作。此后，蕴茜佳作迭出。后期的代表作《山歌如火》收入黄东兰主编的《新史学》第4卷，稿成之后，曾请我提过意见，她择善而用，对我提出的应突出"刘三妹"如何变成"刘三姐"，她嫌意见过于尖锐，没有采纳。她还写过一篇文章讨论孙中山崇拜中官方记忆与民间记忆之间的龃龉，引用了叶浅予的一幅漫画：一位老者爬到中山陵半腰，感叹这么高也没个坐的。我认为突出这点来写就好，但她更注重上下关系，没有接受。一个人的学术和性格有很大关系，蕴茜虽然谦虚，但绝不会改变自己调和的取向。蕴茜是公认最早使用网络搜集资料的，早年我在日本教书时，她帮我和妻下载了不少资料。她的电脑硬盘里一定存了很多资料，如果不是病魔，该会写出多少与自己身材不相称的厚重著作。

我每天起得早，蕴茜去世当天，我在不到6点就向朋友圈发出了噩耗，看着源源不断的回应和评论，以码字为业的我，竟写不出一个字来。一天，两天，今天是第三天，终于可以提笔写几行字了。有人叹息蕴茜早逝，感叹身体是本钱，没有好的身体，一切都无从谈起。这话只对了一半。有好身体，没有尊严，没有品位，又能谈些什么呢？蕴茜生得有品位，活得有尊严，虽死犹生。朋友当中，她是经常劝我不要太拼的一位，但她自己却很拼，相识这么多年，要说有什么毛病的话，就是为人太认真，做事太较真。2013年2月底，我们受邀到以色列希伯来大学参加记忆研究会议，我当时在日本，决定从日本飞仁川转机直飞特拉维夫。我劝她和我在仁川会合，她嫌机票贵，选择从南京飞北京转机飞安卡拉，再转机飞特拉维夫。结果，她在安卡拉机场空等5个多小时，比我早出发，比我晚到，我深夜到耶路撒冷的宾馆还睡了一小觉，她一大早赶到后直奔会场。

最后一次见蕴茜是2020年1月10日，在金茂公司举办的新年宴会上。那段时间我特别忙，接到老总段小光兄的邀请函后想推辞，却苦于找不到借口，最后还是去了。去后惊奇地发现，蕴茜居然随着富钧兄也来了！多时不见，大家非常高兴。她告诉我，知道我要来，所以特地来的。谢天谢地，我有一个从不借口推辞的习惯。谁曾想，这一面竟成永别！

“我是不会死的。”蕴茜说。我信。

孤独至死*

从线上国际会议上下来，打开手机，看到陈力卫兄传来的一本书影:《数学真理的迷宫——与怀疑主义的格斗》。没有留话。正在犹豫中，力卫兄发来佐佐木力先生去世的消息，书是稍前出版社寄来的。不禁长叹。就在刚才，在发言中，我说不主张泛泛地研究革命、主义之类概念，除非加上前缀，当时脑子里闪过佐佐木先生的影像——孤独的革命者。

1993年，我考上东京大学综合文化科博士课程后知道学部有两位大名鼎鼎的左派教授，一位是佐佐木力，另一位是后来做到学部长、东大校长的莲实。其时，因为住在校内破旧的具有反安保斗争历史传统的驹场寮里，认识刚从国内来的留学生周程兄，从周程兄处得知他未来的导师是佐佐木先生。佐佐木先生对周甚

* 作于2020年12月11日。

好，每周单独辅导学习，还帮助修改日文习作，这对即使是学日语出身的留学生来说也是求之而不可得的。佐佐木先生的专业是科学史和科学哲学，从东北大学毕业后，去美国留学，在普林斯顿大学取得博士学位，导师是大名鼎鼎的托马斯·库恩（Thomas Kuhn）。

临近毕业，校园里发生的两件事让我对两位左派教授印象甚差。一件是学部长莲实不顾学生的抗议，强行拆毁驹场寮，那时我早已搬出寮了，跟在日本学生后扯过几嗓子。另一件是围绕佐佐木先生的事件，闹得沸沸扬扬。本来退休后预定去早稻田大学继续当教授的职位没了，一度赋闲在家。

很快我对莲实教授的印象发生了反转。莲实教授的专业是法国文学，是日本一流的电影评论家。他继承了法国知识分子的左派传统，在任期间引进了两个左派学者，一个是高桥哲哉，一个是小森阳一。后来我还知道，因为南京大屠杀事件，莲实教授对南京有着特殊的感情，积极推动东京大学与南京大学的交流，东京大学连续十多年在南大给学生义务开设“表象文化”课程，这个传统始自莲实教授。

而对佐佐木先生印象的改变是在2007年7月第一个周末。在青森弘前大学李梁教授主持的一个学术工作坊上，我与佐佐木先生结识了，言谈中，知道因为对陈独秀感兴趣，他曾到南京参加过学术研讨会。第二天，在去观光的中巴上，他跟我主动讲起自己早年的故事。中学时，他爱上青森家乡有名的歌手，发誓要娶此人为妻，而穷小子实现梦想的唯一方法就是考上家乡最好的大学——东北大学。佐佐木考上了东北大学，但这时女歌手已经结婚了，从此，佐佐木决定独身。多么令人心碎而美丽的故事！一瞬间，我想起存在主义哲学家克尔凯郭尔的故事。

退休后的佐佐木先生是孤独的，虽然他后来在中部大学谋到了教职，但除了研究外，似乎没有任何朋友。出入林少阳兄、陈力卫兄等创设的“以文会”，成了与他社会联系的唯一渠道。去年我在京都访问，曾去东京参加过三次以文会的活动，每次都见到他，隐隐地感到他的孤独，日语称这种人是“一匹狼”，我最早听到这话是有人说沟口雄三。我俩在性格上有交叉之处，说起话来，都不拐弯。说到兴头，佐佐木先生会问，你怎么还不请我到南京大学讲学？我答曰只要您有时间，热烈欢迎。佐佐木以学术为伴，晚年大作一部接一部出版，翻阅多卷本《数学史》，不要说厚度，就说那些令人眼花缭乱、各种文字的文献，已令人钦佩不已。我在京都国际日本文化中心访问期间，认识一位来自首尔的金小姐，是一个典型的女权主义者。在金小姐回国前的一次闲谈中，她得知我认识佐佐木先生，非常兴奋地说：“太崇拜佐佐木先生了！藏有佐佐木先生所写的所有的书！”我幽幽地问：“你知道佐佐木先生的故事吗？”金小姐会意地答道：“我都知道！我太崇拜他了！”当晚我写信告诉佐佐木先生在京都邂逅他的韩国粉丝的故事。第二天早上，打开电脑就看到佐佐木先生的来信，急切地让我把他的电话和邮箱告诉金小姐。现在我应该给金小姐去信了：今晚传来佐佐木先生被发现在家中去世的消息，死后已有数日。

群星结伴而逝时*

2021年5月28日，注定是一个不平常的日子：史学界两位巨星——章开沅先生和何兆武先生，一南一北，相伴陨落。

巨星陨落不是没有征兆的。前一天深夜，我因学会年会而入住青岛宾馆，第二天晨起散步时震撼于远处的大海、蓝天和星星点点的船只，当即拍下发到学衡研究院的工作群里。20分钟后，我在同一位置又拍了一张照片，发到群里后附言道：有柯林伍德味道。一个星期前，我刚刚在演讲中提到柯林伍德（Robin George Collingwood）《历史的观念》里的话：

> 当我们眺望大海时，看到一艘船。五分钟之后，当我们再次眺望时，船已经移动到不同的位置。因此，我们必须想

* 作于2021年5月31日。

象，当我们没有眺望的时候，船在一点一点占据着两处的中间地带。

柯林伍德以此作为历史思维的案例，指出人们通过对史料的批判性解释，在确定表述的对象后，可以通过演绎方法重构历史。于此，史家最需要的与其说是匠人的技艺，不如说是想象力。

提到柯林伍德，自然会想起何兆武先生。何先生不仅是该书的汉文译者，还是出色的诠释者。一大早，远眺大海，脑海中闪过何先生的名字，冥冥之中，似有什么在暗示。

其实，在接获何先生仙游的消息前，即已得到章先生驾鹤而去的消息。对于章先生，我有一份特别的个人感情。疫情期间，听说先生身体欠佳，十分惦念，询问探视的可能性。一个月前见到马敏先生，再次提到探视的事情。不曾想，这一愿望永远定格在5月28日8点15分了！

群星结伴而逝。在不到一周的5月22日，科学家袁隆平院士和吴孟超院士相隔不到五分钟飘然而去，引起一片唏嘘。袁院士走时91岁，吴院士100岁，章先生95岁，何先生99岁。按理，都是大往生，堪称福丧，依然痛惜之声不止，其中一定有些不同寻常的原因。是的，在这世上，总有一些人会让你梦魂萦绕，甘做反智主义者，希望他或她永永远远。

袁隆平院士大名鼎鼎，可列仙班。我对他的尊敬和少时的记忆有关。我早年生活在新疆的最西边。对于稻作文化养育出来的母亲来说，吃饭的“饭”有特别意义，指“米饭”。再好的饭菜，如果没有一口米饭的话，还是不完美的。但是，那年头，365天能吃到大米的日子不到7天，吃米饭犹如过年，故而我们尊称米饭为“大米饭”。犹记我学会的第一句四川话，是来自隔壁四川人的长吁短叹：“劳资三天不吃大米饭，腰眼儿疼。”

知道吴孟超院士的名字，是在十多年前高华兄患病之时。我知道，有位大德给他介绍了国内最好的肝胆科医生，名叫吴孟超。生老病死，人所难免，能得到同时代最好的医生的治疗，可谓不幸中的幸事。去年以来我因家人患病了解不少肝胆病的知识，在我心中，肝胆科医生无异于菩萨再世。吴院士一生治病救人无数，可列仙班。

科学家解决人的身体困扰，人文学家解答人的精神需求。我无缘亲炙何先生的教诲，但作为一个读书人，读其书，闻其言，足矣。“人是能思考的苇草”，帕斯卡尔（Blaise Pascal）这句话是从何先生的翻译中深化的；“人生而自由，为何所到之处皆为枷锁”，卢梭（Jean-Jacques Rousseau）这句话也是读何先生的译著深化的。“一切历史都是观念史”（柯林伍德语），因何先生的翻译而广被学子。何先生的文字简洁隽永，读之不忍释手。何先生晚年，一言一行，垂范后学，可列仙班。

可列仙班的章先生，是南京大学的杰出校友。2017年5月26日，我得以拜见91岁高龄的章先生。本来预定半个小时礼节性的谈话，结果持续了一个上午，中午章先生还与我和章门众弟子一起吃了午饭。这几天，我让学生将这次谈话的录音整理了出来，洋洋洒洒万二千言。翻阅文字，回想当日的情形，我想把柏拉图说的“四德”——智慧、正义、勇敢、节制，放在先生身上，可谓个个合身。说到智慧，1982年5月20日南大校庆80周年，章先生在演讲中说：我们的辛亥革命史研究和外国同行比，还很不成熟。很不成熟是“不如”的隐喻。当时正读大学一年级的我，听到后深受震动：怎么中国人的中国研究还不如外国人？！一个挥之不去的梦魇，快四十年了。花甲之年，章先生以大学校长之身开启教会大学史研究，必有感同身受之处，这和他主张的“参与”史学的理念是一致的。我与先生谈话的一个主题是关于大屠杀事件中的贝德士（Miner Searle Bates）。贝德士是金陵大学历史系主任，南京沦陷前主动要求留下来参与救援工作。科塞雷克曾讲到史家有五忌，其一为试图从论述对象身上得到好处。章先生晚年投入个人钱财，挖掘史料，揭露战争暴行，乃正义心所驱使。章先生辍学投奔革命，为学敢直言，为官不苟且，是为勇敢。先生去世后，学界内外反应甚大，这和先生“节制”的品格不无关系。窃以为，节制是人格中最高的境界，但必须涵盖勇敢。

四位世纪老人，二理二文，取其最大共同项，可以归结为两点：第一，都有专门的技艺。人的一生，无论短长，做好一件事实在不易，如能持之以恒，必能展示自己的特色。第二，都说平常百姓话。四位先生的言传身教，不虚不假，无不透显出诚与朴。由此，窃以为判断一个人对社会和国家的贡献度，似也可以这两个方面为参照。

5月28日注定是非常的日子，正如5月22日不平常一样。群星相伴陨落，正是群星超脱自身走得更远、登得更高之时，这在年轻人“躺平”、中年人“内卷”的当下，显得格外耀眼。

Ⅳ　学之以衡

《新学衡》开卷语*

一九二一，西潮滔天，骎骎乎有席卷神州之势。国立东南大学（南京大学前身）前贤君子迎风而立，如砥柱中流，结学衡杂志社，翌年刊行《学衡》。揭橥旨趣曰："诵述中西先哲之精言，以翼学；解析世宙名著之共性，以邮思；籀绎之作必趋雅音，以崇文；平心而言，不事嫚骂，以培俗。"学当融汇中西，思必究竟真理；求善求真，尔雅温文；衡史造士，移风易俗。伟哉，斯言！

二〇一四，斗转星移，区域化与全球化，交互碰撞。南京大学后进承继"学衡"传统，设"学衡跨学科研究中心"，旋更名为"学衡研究院"。畛域其尚宏阔，术业务求专精；旧义新篇，靡曰不思，要皆言之有物：或曰概念史，或曰文化记忆，或放眼

---

* 曾经武黎嵩、李恭忠、李里峰诸君斧正。

中西，或聚焦东亚，梳理知识之谱系，前瞻学术之大势，预流国际前沿，树立本土风范。谓其主旨曰：“全球本土化。”洋洋洒洒，道术相济。噫嘻，新矣！

学术者，天下之公器也；学衡者，学术之公器也。愿与同道共勉之。

《亚洲概念史研究》开卷语

名不正，则言不顺。言不顺，则事不成。

“语言学的转向”之后，由不同学科条分缕析而建构的既有的现代知识体系受到质疑，当代人文社会科学正处在重要的转型期。与此同时，一项名为“概念史”的研究领域异军突起，越来越多的学者注意到，概念史是反求诸己、推陈出新的必经之路。

“概念史”一语最早见诸黑格尔《历史哲学》，是指一种基于普遍观念来撰述历史的方式。20世纪中叶以后，概念史逐渐发展为一门关涉语言、思想和历史的新学问。从概念史的角度来看，概念由词语表出，但比词语含有更广泛的意义；一定的社会、政治经验和意义积淀于特定的词语并被表征出来后，该词语便成为概念。概念史关注文本的语言和结构，通过对历史上主导概念的研究来揭示该时代的特征。

十年前，本刊部分同人即已涉足概念史研究，试图从东西方比较的角度，考察西方概念如何被翻译为汉字概念，以及汉字圈内不同国家和地区之间概念的互动关系，由此揭示东亚圈内现代性的异同。当初的设想是，从“影响20世纪东亚历史的100个关键概念”入手，梳理概念的生成历史以及由此建构的知识体系，为展开进一步的研究奠定基石。但是，阴差阳错，力小而任重，此一计划竟迟迟难以付诸实行。

十年后，缘起石城，南京大学人文社会科学高级研究院先后于2010年和2011年主办两次“东亚现代知识体系构建”国际学术研讨会，来自各国的学者围绕概念史的核心问题展开了热烈辩论。本刊编委急切地认识到，要想推进概念史研究，必须进行跨文化、跨学科的实践。

本刊是通向概念史研究的一条小径，举凡讨论语言、翻译、概念、文本、分科、制度以及现代性的论文及评论，皆在刊登之列。通过出版本刊，我们希望达到如下目标：首先梳理中国现代知识体系的生成与流变，继而在东亚范围内进行比较研究，最后在全球史（Global History）视野下，从中国和东亚的视角与欧美学界进行理论对话。

本刊将本着追求学术、献身学术的宗旨，为推动撰写“影响20世纪中国及东亚历史的100个关键概念”做知识和人力准备，诚恳欢迎学界内外的朋友给予关心和支持。我们不敢自诩所刊之文篇篇珠玑，但脚踏实地、力戒虚言，将是本刊一以贯之的态度。

Verba volant , scripta manent（言语飞逝，文字恒留）。

“学衡尔雅文库”弁言

回看百年前的中国，在世纪之初的十年间，汉语世界曾涌现出成百上千的新词语和新概念。有的裔出古籍，旧词新意；有的别途另创，新词新意。有些表征现代国家，有些融入日常生活。

本文库名为“学衡尔雅文库”。“学衡”二字，借自1922年所创《学衡》杂志英译名“Critical Review”（批评性评论）；“尔雅”二字，取其近乎雅言之意。

本文库旨在梳理影响现代历史进程的重要词语和概念，呈现由词语和概念所构建的现代，探究过往，前瞻未来，为深化中国的人文社会科学研究提供一块基石。

“学衡社会史丛书”序

如果以1929年促成法国“年鉴学派”诞生的《经济与社会史年鉴》杂志创刊为起始，作为历史学科的一个研究领域和研究方法，社会史业已走过了近九十年的岁月。在此期间，人们对社会史的理解与时俱进：从反对将历史限定为狭隘的政治史而提倡整体的、结构的历史，到追寻地方的、去结构的历史，社会史的履历显示出社会史有着不断自我批判和自我超越的反省品格。唯其如此，社会史绿树长青，堪称历史学皇冠上耀眼的明珠。

在中国，20世纪80年代中叶社会史研究“复兴”后，作为研究领域，有的倡言整体史，有的钟情于社会生活史；作为方法，有的倡言多学科对话，有的则取法回归文本世界。三十余年的耕耘，社会史由门庭稀落而熙熙攘攘，成为庞杂的百货店。

返璞归真。社会作为人群的结合体，其结合的方式多种多样，有村落式的，有宗族式的，有社团式的，还有现代从“单位"到"职场"的变化。研究中国历史上的人群结合方式——社会，不能不关注被称为"秘密结社"的结合体。在过去一个多世纪的中国叙述里，"秘密结社"的"反社会""反体制"的历史形象早已越出中国学学科的范围，而成为一种得到普遍接受的中国常识。不要说不同时代、不同地区、不同名目的"秘密结社"，即使同一时代、同一地区、同一名目的"秘密结社"之间，都可能存在根本差异，把各种民间结社尽皆纳入"秘密结社"这一话语装置里，接下来势必涉及自我污名化的问题：何谓中国社会？如何认识和叙述中国社会？正是基于此，我们认为"秘密结社"研究可以成为深化中国社会史研究的突破点。当然，本丛书收录的著作和译著并不限于"秘密结社"，但凡与人群结合有关的实证研究和理论研究，尽在收录此中。

本丛书系南京大学学衡研究院主办，我们希望借助本丛书张扬南京大学的社会史研究传统，为深化对中国社会的理解尽绵薄之力。

“学衡历史与记忆丛书”序

记忆研究业已成为一门跨学科的学问。在与记忆有关的人文社会科学诸领域中，历史与记忆的关系最为密切，可以表述为：历史**即**记忆、历史**与**记忆。

历史**即**记忆，指二者一体两面。在文字发明之前，历史沉淀在记忆中，记忆就是历史；在文字发明之后，历史书写要么是对记忆的表述，要么是借助记忆进行的表述。在古希腊神话里，历史女神克里奥的母亲尼莫赛尼是一位记忆女神，这则神话的隐喻是：记忆乃历史之母。古希腊希罗多德的《历史》以及其他史书开篇之所以会有一段某人在此讲述某人所知道的事情，一如佛经中的“如是我闻”，这不单是相沿下来的书写习惯，也道明历史来自人的记忆。

但是，自从历史学成为一门学问之后，构成历史母体的记忆便成为历史研究的对象，二者的关系从历史**即**记忆变为历史**与**记忆之关系。呈现在记忆中的形象或事件要成为历史，必须经由一定的检验程序：证实或证伪，否则便不能成为历史。时下口述史甚为流行，这说明在信息爆炸时代过去正在飞逝，保存当事者的个体记忆已然成为一桩紧迫的任务。需要指出的是，口述史这一表述源于英文的oral history。汉语“史”字与西文history的内涵并不完全对等，history 的“主观”色彩要浓些，而“史”字则带有记录甚至是裁断的意味，凸显了“客观”的倾向。

口述是个体讲述其记忆中的事件，是一种唤起记忆的行为，应该称之为回忆。记忆保存过去，回忆唤起过去。个体的回忆在多大程度上属于自身的亲历亲闻，是否含有外在的、后来附加的内容？回忆中存在着不确定性。

南京大学在2009年即组建了记忆研究团队，围绕“南京：现代中国的记忆之场”这一主题，已经出版了一系列相关论著。2014年南京大学学衡研究院成立后，秉持全球视野、本土实践的学术理念，以公共记忆作为重点研究课题，翻译和介绍国外有代表性的记忆研究成果，出版了“学衡历史与记忆译丛”。同时开展关于中国的历史与记忆研究，这套“学衡历史与记忆丛书”即为初步的成果。希望通过这些努力，能够推动中国的记忆研究，为当代人文社会科学的发展尽绵薄之力。

“学衡现代知识研究丛书”序

21世纪新的一页已经翻开，20世纪的课题旧态依然。“语言学的转向”导致近代知识（modern knowledge）的自明性受到质疑；“链接性的转向”——新媒体所带来的知识生产和传播方式的根本变化——促使论者反求诸己。如何认知和重构现代知识体系，成为学界关注的问题。

近代意义的“知识”一词源于古希腊语，原意为与人的主观意见相对应、具有客观性和普遍性的学问。在中世纪的欧洲，有关知识的讨论尽皆笼罩于神学之下。因此，17世纪以来近代知识的发生和生产过程，便是其获得自由之身、摆脱从超自然角度去解释和叙述自然界一切现象的过程。欧洲由此发生了知识革命，大众的、实用的知识表象化之后，经由某种学术体制实现了合法化。相比之下，中国近代知识的发生来自两条不同的路径：一个是传统知识的再生产，传统知识中蕴含的近代性要素，是其得以实现近代转变的原因所在；另一个是西方近代知识的移植，即“他者”逐渐内化的过程，其中包括翻译、接受、变异等再生产环节。

其实，若将中国历史放在16世纪以降全球史的语境下加以考察，不难看到一个现代知识全球旅行和相互影响的现象——“宋学西迁”“西学东渐”“东学入中”。简言之，16世纪末以降耶稣会士将中国知识传入欧洲后，影响了18世纪启蒙思想家思考世界的方式及对于中国的认识，此乃“宋学西迁”之结果；19世纪来华西人传播的西学知识形塑了近代中国人的自我/他者认识，开启了中国人借此建设现代国家的契机，这是“西学东渐”的产物；而中日甲午战争后，中国知识分子大举东渡，移植日本西学知识（包括传入日本的来华西人传播的西学知识），又加速了西学东渐的进程，是谓“东学入中”的知识往还。

基于上述视野，南京大学学衡研究院自成立以来，即致力于从“全球本土化”——全球视野、本土实践——角度推动近代知识变迁的研究。目前正在推进一项大型的国际合作研究计划，即“影响中国及东亚政治—社会的100个关键概念研究”，旨在梳理中国近代知识的谱系，前瞻世界文化的未来走向。这套“学衡现代知识研究丛书”，即为部分前期工作的结晶。希望这套丛书的出版，以及后面还将推出的更多成果，能为当代中国学术的发展贡献绵薄之力。

《人文亚太》第1辑开卷语

《人文亚太》是研究亚太——亚洲—太平洋地区历史与文化的学术集刊。

在亚太之前冠以人文二字，旨在表明亚太不是单纯的地理概念，而是由人和物的移动形构的人文空间。

“亚洲”（Asia），又曰“亚细亚洲”，是明末来华耶稣会士带来的概念，其源头可远溯古希腊。在希腊语中，今天土耳其西部地区叫小亚细亚（Ἀνατολή /Anatolia）——太阳升起的地方。随着欧洲人足迹的东移，小亚细亚扩大为亚细亚，最终成为涵盖中国、日本、朝鲜、吕宋、苏门答腊以及大海大洋的广域概念。然而，当19世纪中叶中国人和日本人接受亚洲这一他称时，亚洲业已被赋予文明和人种上的次等位置、世界体系中的边缘含义。在对抗这种差异性上，日本和中国选择了不同的路径。日本一方面践行“脱亚入欧”，另一方面倡导“亚洲主义”，在挤入以欧美为中心的文明序列的同时搏得亚洲盟主；而中国，自清末章太炎所构思的“亚洲和亲会”始，直到革命语境下的民族解放，寻求的是以弱小族群联合为手段的抗争。

“太平洋”（Pacific Ocean）也是明末耶稣会士带来的概念，与亚洲概念相比，似乎要简单得多，其实并不尽然。太平洋的“发现”和命名是在大航海时代，传说麦哲伦（Ferdinand Magellan）在跨越美洲和亚洲之间的大洋时，鉴于眼前海域风平浪静，将其命名为Mare Pacificum——太平洋。不消说，太平洋从来就没有太平过，最惨烈的第二次世界大战中的太平洋战争曾波及亚洲、美洲和大洋洲。

第二次世界大战后，亚太地区经历了漫长的“冷战”对峙，直到20世纪末才迎来了全球化时代的新局面：国家关系的重组、超越国家的地域联系的强化以及在对立和融合中急速变化的人群交往方式等。基于这些近前的现象，本集刊拟将亚太地区的过往经验与未来愿景相勾连，深入探讨其历史、族群、文化、信仰等，以期呼应全球史书写所带来的挑战。

贺《世界历史评论》创刊

常言道：功夫不负有心人。《世界历史评论》由集刊改为期刊，实为学界一大喜事，预祝《世界历史评论》一路前行，办成连接中国与外国的高水平刊物。

历史学作为一门学问，古已有之，毋庸赘言。但是，通常所说的历史学是18世纪末的产物，而其在现代知识体系中博得一席之地，则在19世纪中叶以后，这与德国历史学家兰克不无关系。兰克史学所张扬的实证研究方法固然重要，更重要的是它所建构的现代国家叙述，反过来说，现代国家也需要体现其意志的历史学。接续兰克史学，1929年兴起的“年鉴学派”似在裨补兰克史学的缺漏，实则揭示了被现代屏蔽的历史可能性。迄今，现代历史学与时俱进，不断超越自我，甚而呼唤主体和叙事的复归，回应后现代的挑战。

回顾现代历史学，不应忘却被朴素的理解所弱化的唯物史观的位置。唯物史观不仅是一种诠释过去的思想，还是一种改变现实的行动。作为思想的唯物史观，英国马克思主义史学的成就举世瞩目；日本重视实证的唯物史学亦自成一派。作为行动的唯物史观，则体现在超越国界的亚非拉民族解放运动层面，这与全球史学的起点不无相同之处。

1889年11月，日本创办了《史学会杂志》（1892年更名为《史学杂志》），次年2月，指导该刊的兰克弟子、东京帝国大学外籍教授里斯撰文，批评当时日本的历史研究成果虽丰，但称得上学术研究的著述甚少。他建议《史学杂志》重视史料，尤其是公文书的整理与甄别，强化书评。里斯的意见被一直践行至今。我在此提及这家比1895年创刊的《美国历史评论》（*The American Historical Review*）还早的百年老店，乃是祈望《世界历史评论》在确立严格的书写规范后，一以贯之地坚持下去。

作为学科，中国历史学一分为二：中国史与世界史，一边是没有“世界”的中国史，一边是没有“中国”的世界史，这种画地为牢的做法始于现代史学创生之际，流弊甚多，亟待变革。《世界历史评论》既曰“世界历史”，期盼能增加中国史的内容，打破中国史与世界史互不往来的现状，为中国史学界带来一股新风。

中国的外国史研究与翻译密切相关，已经译成中文的外国史学名著多不胜读，有些半个世纪甚或一个世纪前出版的著作竟被作为新潮热捧，令人慨叹。《世界历史评论》既名“评论”，期盼对各种翻译著述进行系统的梳理和评论，将其转化为中国人理解“世界”和“中国”的切入口。有道是：Non scholae, sed vitae discimus（我们不是为学问，而是为生在学习）。

和制汉语
——《亚洲概念史研究》第7卷序

“历史是文体的堆积。”[1]日本书法家、著名学者石川九杨如是界定历史。确实，人作为使用语言的动物，文体的变化记录了历史的变迁，而文体承载的词语的变化也衬托出文体的变化。在日语中，文体是个宽泛而暧昧的概念，既有“和文”“汉文”以及“和汉混淆文”之别，亦有不同时代、不同世代之分，“文体”还指书面语言，以与口语的“话体”相区隔。

在日本出版的书籍中，“文体”占绝大多数，只有极少数为“话体”。“话体”中有一种形式为二人捉对相谈，内容简洁，章节有序；翻阅之，仿佛置身于酒吧或茶馆，旁听两位邻座在私语。如果只想浅尝辄止的话，这种书可谓恰到好处；如若要往深

1 石川九楊:《漢字がつくった東アジア　東アジア論》(石川九楊著作集5)、京都：ミネルヴァ書房、2016年、第5頁。

处思考的话，则显得意犹未尽。有一本小书例外，即丸山真男和加藤周一合著的《翻译与日本的近代》[1]。丸山真男是战后日本思想界的旗手，加藤周一为评论界的翘楚。1991年二人编辑的“近代日本思想大系”资料集《翻译的思想》出版后，决定写一本“话体”书，因丸山身体不佳，最后以加藤提问、丸山回答的方式完成。书出版时，丸山已经过世。该书内容紧凑，满篇珠玑，“翻译的近代”“翻译主义”等言说广为学人援用。

翻译是理解他者的契机，也是确立自我的过程。从江户时代到明治时代，日本先后经历了三次由“翻译”开启的文化转向。第一次始自江户中期的儒者荻生徂徕（1666—1728年），可谓“翻译的近世”。荻生告诫同时代人：各位所读中国圣贤之书是被和文训读“污染”了的，要想倾听圣人的声音，必须依照圣人时代的声音来阅读。第二次是紧接第一次的“兰学”。大航海时代登陆列岛的有西班牙人、葡萄牙人、荷兰人等，但留下深深痕迹的只有荷兰人。荷兰人给日本传来了西方的学问——“兰学”，可以说正是“兰学”的翻译拉开了日本的近代序幕。第三次是江户末期以降的“洋学”。鸦片战争后，从中国传来的讯息让日本知识人睁眼看世界，一些人迅即放弃“兰学”，转而拥抱“洋学”，有些人甚至在没有英语、法语字典的情况，仅凭借荷兰语知识翻译相关文献。多亏马礼逊（Robert Morrison）、罗存德（Wilhelm Lobscheid）等编写的英华词典以及其他汉译西书的传入，日本的

1　丸山眞男、加藤周一:《翻訳と日本の近代》（岩波新書）、東京：岩波書店、1998年。

“翻译的近代”才得以顺利展开。在此，要特别提一下的是明治知识人的“汉文”，如果没有对汉文的掌握，很难想象时人能生造出大量的汉字新名词。

在日本，对于明治时期诞生的翻译词，不同学科开展分门别类的研究，积累了厚重的业绩。由中日韩学者构成的“汉字文化圈近代语研究会”别开路径，每年轮流在中日韩三国举办学术研讨会。2018年3月24—25日，该研究会与南京大学学衡研究院、南京大学日语系联合召开了“从语汇史到概念史”研讨会，会后召集人沈国威教授很快将会议论文结集成册。这些论文有大有小，无论短长，均为作者的呕心之作。陈寅恪有句话被广为引用：“凡解释一字即是作一部文化史。”[1]在我看来，翻译一词不易，研究一词更难，是为进行概念史研究的第一步。

1　陈寅恪：《致沈兼士函》（1936年4月18日），陈美延编：《书信集》，北京：生活·读书·新知三联书店，2001年，第172页。

韩国概念史

——《亚洲概念史研究》第8卷序

2009年12月，我接到一封来自翰林大学的邮件，是我在东京大学留学时的韩国同学梁一模教授写的。梁教授在信中谈及翰林大学正在推进概念史研究计划，听说我在日本也在进行同样的研究，询问能否来翰林大学访问，做两次演讲。至于访问时间，可以在一周后任何时候。梁教授研究思想史，我研究社会史，毕业后不约而同地走到概念史研究上，既是缘分，也昭示了概念史的特性——思想和历史的结合。打铁须趁热，我回信表示下周即可。梁教授告诉我，翰林大学位在春川，是韩剧《冬之恋》的外景地，我心里盘算着借此看看镜头外的美丽的雪景。

这是我第四次访问韩国，前三次均在首尔及其附近。春川是座小城市，地接朝鲜，从仁川机场驱车需数小时才能抵达。第一次访问韩国是2002年，参加在延世大学召开的学术研讨会。时当韩日共同主办世界杯足球赛，开会重要，感受世界杯的氛围也重要。中国队第一次进入世界杯，对战巴西，未战而先败，全场比赛居然没有吃到一张黄牌，而巴西队却得了两张。韩国队主场一路高歌，挺进半决赛。为此我曾写过一篇杂文，比较中韩日三国足球队，指出韩国队前锋强，中国队后卫强，日本队中场强，这种不同绝非巧合，反映了不同的思维和行动取向。

到春川后，觥筹交错之间，好客的主人递给我一叠厚厚的韩文打印稿。几天前，为了使演讲顺利进行，我传去了日文论文和中文论文，供译者预先熟悉内容，没想到居然全被译成了韩文，效率之高，令人慨叹。更令人慨叹的是，学术交流结束后，我发现中日韩三国从事概念史研究的起步时间差不多，但韩国学者早已大步领先了。

在韩国，有多家大学同时进行近代知识空间的研究，有的关注概念，有的侧重媒介，有的聚焦理论，绝不重复。翰林大学科学院以概念史为研究重点，在机构建设和人员配置上，井井有条；研究资金有来自国家的资助，有得自企业的捐助。在研究方面，翻译丛书、研究丛书和韩文杂志（后来又创办了英文杂志），一应俱全。而且，他们已经开始前瞻未来——研究韩国人生活世界中的概念，这和当下欧洲概念史研究新趋向若合符节。其时，我正考虑去北京某校工作，这次访问坚定了我回国的决心。

南京大学学衡研究院自成立以来，概念史就是主要研究方向。翰林大学科学院是我们的合作单位。突如其来的新冠疫情阻断了彼此之间的往来，但正可加深文字之间的交流。我请负责两院交流的韩方宋寅在教授组织一组概念史研究论文，列为《亚洲概念史研究》第8卷，以期呈现韩国概念史研究的轮廓。宋教授治中国思想史，熟悉韩国概念史研究现状，很快就编好了一卷，内容涉及古今韩外。多年来，我们一直面向“西方”，转过身来，看看同样面向“西方”的邻国，肯定是有意义的。

“把过去一扫平”
——《〈国际歌〉在中国》序

想起《国际歌》，就会想起小时候在边陲小城的生活。在我居住的地方，除休息日外，早晚都有广播，大喇叭里传出的声音是公共生活本身，也是公共生活的媒介。晚间播音结束前，照例会放一段《国际歌》，迟暮中听起来别有一种高扬感。

中文《国际歌》有三段歌词。第一段呼吁奴隶们（全世界受苦的人）站起来，打破旧世界，做天下的主人；第二段呼吁奴隶们（我们）解放自我，世上没有救世主，要让思想冲破牢笼；第三段呼吁奴隶们（劳动群众）准备斗争，将最可恨的敌人消灭干净。三段歌词有两个共通项：团结和英特纳雄耐尔。既然团结能使人摆脱奴隶的境遇，为什么少数人能团结而多数人不能团结呢？相关字句在我脑海里反复排列组合，最感魅力无穷的是“英特纳雄耐尔”。奴隶们只要团结起来进行斗争，就可以实现“英特纳雄耐尔”，而且“英特纳雄耐尔”就在夜的尽头——不远的明天。

《国际歌》的音声让我浮想联翩，有一天我忽然明白“英特纳雄耐尔”就是“国际”，而且还是确有所指的“第一国际”时，颇感失落。词语越抽象，越能给人以想象。革命是需要想象力的。离开小城后，我的生活离《国际歌》越来越远，但早年的经历不知不觉地构成了我思考世界的一个角度——人和人的结合原理。人与人之和不一定等于整体，可大于整体，亦可小于整体。

阅读历史，离不开对个体的生命体验和生活经验，由个体的经历可以反观群体的感受——《国际歌》诞生后在世界上的传播。本书是一部关于《国际歌》在中国的接受史，共有三编，分别为“译本”“底本”和“传播”。第一编“译本”收录了三十三种《国际歌》中文译本，有列悲、张逃狱、耿济之、郑振铎、瞿秋白、萧三和陈乔年等人的翻译，展示了《国际歌》从1920到1962年四十余年间歌词的变化。1920年，同时出现了列悲和张逃狱的两个节译本，译笔相似：“做奴仆的人呀！起来！快起来！不要固执古人的谬误！世界的基础快改变了，无产者将成为万有者！”（列悲）“把过去一扫平，众奴隶快起身。世界基础要更新，我们合起做一人。”（张逃狱）此后的翻译，歌词趋于尖锐化。1921年耿济之、郑振铎的译本作：“我们破坏了全世界的强权，连根的把彼来破坏了。”1923年瞿秋白译本为：“旧社会破坏得澈底，新社会创造得光华。”两个译本均呼唤“破坏”，这是新世界诞生的前提。

《国际歌》在中国的传唱始于“国民革命”。一般认为，最为流行的是1925年刊载于《工人之路》和《中国青年》未署名的译本（萧三、陈乔年译），其实另有译本，即1926年11月7日中国国民党在汉口“庆祝苏俄革命纪念大会”上印发的版本。据日本驻汉口总领事高尾亨11月8日的报告，当天约有两万五千名工人和学生参加了纪念大会，人们齐声高唱《国际歌》：

起来饥寒交迫的奴隶
起来全世界上的罪人
满腔的热血已经沸腾
作一最后的战争
旧世界打个落花流水
奴隶们起来起来
莫要说我们一钱不值
我们要做天下的主人

从来没有什么救世主
不是神仙也不是皇帝
更不是那些英雄豪杰
全靠自己救自己
要杀尽那些强盗狗命
就要有牺牲精神
快快的当这炉火通红
趁热打铁才能够成功

谁是世界上的创造者

只有我们劳苦的工农
一切只归生产者所有
哪里容得寄生虫
我们的热血流了多少
只把那残酷猛兽
倘若是一旦杀灭尽了
一轮红日照遍五大洲

这是最后的争斗
团结起来到明天
英特尔纳雄耐尔
就一定要实现
这是最后的争斗
团结起来到明天
英特尔纳雄耐尔
就一定要实现

《国际歌》既然有众多的译本，就可能有不同的底本或对同一底本的不同译法。本书第二编收录了《国际歌》外文本十一种，计作者欧仁·鲍狄埃（Eugène Pottier）受1870年普法战争和1871年巴黎公社影响而作的“草稿本”，以及1887年定稿出版的“通行本”，余为俄译本六种、英译本二种及德译本一种，这些文本在不同程度上影响了《国际歌》的中译本。

《国际歌》草成于对敌斗争的紧要关头，鲍狄埃的悲愤之情跃然纸上。歌词第一段第5—8句写道：

为克服苦难与阴影	Pour vaincre la misère et l’ombre
奴隶大众，起来！起来！	Foule esclave, debout! debout!
我们有权利，我们是多数；	C’est nous le droit, c’est nous le nombre;
什么都还不是的我们，将是全部！	Nous qui n’étions rien, soyons tout!

1887年鲍狄埃修订《国际歌》时，对歌词赋予了一些思辨性的内容，如“没有无义务的权利”“没有无权利的义务”等。第一段5—8句改为：

要对过去彻底清算，	Du passé faisons table rase,
奴隶大众，起来！起来！	Foule esclave, debout! debout!
世界将要彻底改变：	Le monde va changer de base:
我们什么都不是，将是全部！	Nous ne sommes rien, soyons tout!

站起来的奴隶大众不只要向眼前的敌人索回属于自己的权利，还要改变世界，拥有整个世界。鲍狄埃的“草稿本”是按《马赛曲》的旋律填写歌词的，1879年《马赛曲》成为法国国歌，1888年皮埃尔·狄盖特（Pierre Degeyter）为《国际歌》重新谱曲，从此社会主义者有了属于自己的旋律。1902年由柯茨（А. Я. Коц）

改译的俄文版对中译本影响最大，这固然与中国革命受苏俄影响不无关系，还与歌词本身有利于传唱有关。第一段5—8句歌词，俄译文更有跃动感：

我们摧毁整个暴虐的世界	Весь мир насилья мы разроем
彻底地，然后	До основанья, а затем
我们，将建立我们的新世界……	Мы наш, мы новый мир построим...
谁一无所有，谁将拥有一切。	Кто был ничем, тот станет всем.

很长一段时间，《国际歌》一身而二任，既是苏联的"国歌"，也是以苏联为中心的国际共产主义运动的"国际歌"。本书第三编为"传播"，辑录了1949年前近百种中文印刷品中涉及《国际歌》的文字，有关于《国际歌》及其作者的介绍，有报道政治活动中演唱《国际歌》的新闻，有文艺创作的资料，等等。1927年国共两党分道扬镳后，《国际歌》作为中共革命的专有歌曲一直被传唱，1962年形成了传至今日的定本。

收入本书的资料系宋逸炜博士独力完成，第三编的录入和校对得到了其他诸位同学的协助。逸炜博士是我从他大学四年级开始指导的学生。犹记，他在读研究生一年级的6月末的某天，我偶然讲起早年听唱《国际歌》的经历，建议他查查这方面的资料，没有想到一个暑假过后他竟收集了构成本书的最初的资料集，同时还写出了一篇长文。阅读这本资料集，不时想起昔日的我，物是人非，不胜感慨，正所谓：教学相长。

一个“幽灵”在游荡
——《〈共产党宣言〉在中国》序

1848年，恩格斯起草、马克思修订之《共产党宣言》杀青。

《共产党宣言》如预言：一切历史皆阶级斗争之历史。《共产党宣言》凡四节，一曰工业资产阶级与产业无产阶级共生于资本主义，资本主义生产方式之矛盾必致资产阶级之没落、无产阶级之勃兴。一曰于资产阶级与无产阶级之博弈中，无产阶级政党举足轻重，惟树立无产阶级政权，始可言变革世界。一曰此前之社会主义流于空谈，须与之决绝。一曰如欲成功，无产阶级政党须秉持相应之革命方略。

《共产党宣言》似檄文：共产主义之幽灵徘徊于欧洲。后四十年，恩格斯序英文版《共产党宣言》曰：披阅社会主义文献，若论传播之广、影响之大，首推《共产党宣言》，由西伯利亚至加利福尼亚，乃千百万劳动者所奉之共同纲领。[1] 1892年序波兰文

---

1 "Preface," Karl Marx and Frederick Engels, *Manifesto of Communist Party*, translated by Samuel Moore, London, 1888.

《共产党宣言》谓：据不同文字《共产党宣言》之售卖数，可知一国劳动运动之状况，亦可明该国大工业发展之程度。[1]

《共产党宣言》传至中国，当不迟于1899年。是岁，沪上传教士所办之《万国公报》载文曰《大同学》，旁及《共产党宣言》之要义。越三载，1902年12月，马君武撰《社会主义与进化论比较（附社会党钜子所著书记）》，刊于《译书汇编》，曰马克司“尝谓阶级竞争为历史之钥”，文末附有社会主义文献，《共产党宣言》赫然在列。[2]时赵必振译福井准造《近世社会主义》，书曰“此宣言书之执笔者，即加陆·马陆科斯”[3]。6月，幸德秋水著《社会主义神髓》付梓。10月，留东士人译之为汉文。幸德秋水道：“一千八百四十七年，马尔克斯与其友音盖尔同发表《共产党宣言书》，详论阶级战争之由来及其要终，并谓万国劳动者同盟以来，社会主义俨然成一科学，非若旧时之空想狂热也。”[4]

1905年，同盟会成立。翌年，《民报》所载朱执信、宋教仁、廖仲恺、叶夏声诸人之文，皆言及《共产党宣言》。朱执信作《德意志社会革命家小传》，云“马尔克”与“嫣及尔”拟《共产

1 《一八九二年波兰文版序言》，马克思、恩格斯：《共产党宣言》，中共中央编译局译，北京：中央编译出版社，2005年，第20页。

2 原文作Manifeste(o) of the Communist Party.1847。《译书汇编》1902年第2卷第11期，第88、103页。

3 福井准造：《近世社会主义》上卷，赵必振译，上海：广智书局，1902年第2编，第13页。

4 幸德秋水：《社会主义神髓》，中国达识译社译，《浙江潮》编辑所发行，1903年10月5日。

主义宣言》。宋教仁编译《万国社会党大会略史》，曰“马尔克”撰《共产党宣言》。廖仲恺述麦喀氏、英盖尔合著《共产党宣言》(《社会主义史大纲》)。叶夏声谓马尔克之《共产党之宣言》非乌托邦(《无政府党与革命党之说明》)。以上诸文，除廖氏外，均作马克思为“马尔克”，究其所出，或为幸德秋水《社会主义神髓》之“马尔克斯”。

《共产党宣言》自西徂东，东人先着其鞭。1904年，幸德秋水与堺利彦据摩尔（Samuel Moore）英译本，译《共产党宣言》第一、二、四节，刊于《平民新闻》。1906年，堺利彦补译第三节，刊全文于《社会主义研究》创刊号。是年，刘师培、何震夫妇东渡，结识幸德秋水。然二人倾心无政府主义，创《天义》报。1907年，刘师培撰《欧洲社会主义与无政府主义异同考》，将欧陆社会主义之沿革一分为五，曰“至第二时代始有《共产党宣言》”[1]。

20世纪初，救亡之声踵起，民族主义而外，社会主义（无政府主义）亦为一大思潮。士人竞相译介相关著述，乃至一书多译，囫囵吞枣。或恐为人后，事尚未就，即广而告之，曰某书即出。1907年2月，社会主义研究社预告《共产党宣言》排印在即："德国马尔克、嫣及尔合著，中国蜀魂译。"10月，《天义》8、9、13卷合刊预告，《共产党宣言》"已由社会主义讲习会请同志编译，不日出版"。然但闻其声，不见其书。次年，《天义》仅刊

1 刘师培:《欧洲社会主义与无政府主义异同考》,《天义》第6卷，1907年9月。

“民鸣”所译《共产党宣言》之片段而已。

清社既屋，民国鼎新。1912年6月，中国社会党之《新世界》刊朱执信译《社会主义大家马儿克之学说》，述及《共产主义宣言书》。9月至10月，广州《民生日报》连载《绅士与平民阶级之争斗》，此乃陈振飞所译《共产党宣言》第一节。1917年11月，俄国“十月革命”兴，吾国士人闻之而喜，趋之若鹜。翻阅本书所录之《晨报》《新青年》《太平洋》《民国日报》《每周评论》及《南京学生联合会日刊》《广东中华新报》，《共产党宣言》及其精义，屡见报端。1919年4月1日至4日，《晨报》连载其主编渊泉（陈溥贤）所撰《近世社会主义鼻祖马克思之奋斗生涯》，该文后更名为《马克思奋斗生涯》，为《新青年》转载。渊泉与李大钊友，李罹难，渊泉犯险而秘殓之。

1920年8月，熟谙东文之陈望道据幸德秋水、堺利彦之日译，并参以英译，翻译新版《共产党宣言》，由上海社会主义研究社出版。因书名误为“共党产宣言”，次月又订正再版，是为《共产党宣言》汉译全本之始。1930年，华岗据英译本译《共产党宣言》，由华兴书局出版。1938年，成仿吾、徐冰合译《共产党宣言》，由延安解放社出版，成仿吾自述译自德文。1943年8月，博古据俄译本校译成仿吾、徐冰合译本，由延安解放社出版。1945年4月，陈瘦石据英译本译《共产党宣言》，附于《比较经济制度》下册，由商务印书馆出版。1947年10月，乔木（乔冠华）据英译本校订成仿吾、徐冰合译本，于香港出版。该本实为校本，并非译著。1948—1949年，莫斯科外文书籍出版局出版谢唯真等译本，据称译自德文本，并参考陈望道译本、成仿吾与徐冰译本、博古译本，是为中华人民共和国成立前《共产党宣言》最后之汉语全译本。

由是，本书将所录文献一分为三：译本、底本与传播。“译本”篇录入1920—1949年《共产党宣言》汉译全本6种；“底本”篇录入德、法、英、俄、日等文本，日文本为1904年节译本与1906年全译本，另附河上肇长文一篇。“传播”篇录入陈望道全译本问世前之各类文章，或全文，或节选，计36篇。

本书为笔者与群弟子协力之作。弟子诸君，或穷幽探绝，搜讨遗佚；或录文校覈，分别鲁鱼。王楠博士贡力尤夥，陈力卫教授多所指点，谨致谢忱。

V 一面之词

莫把论文当作文*

一

孟子说，人生有三乐，其中一乐是“得天下英才而教育之”。此前的研究生中期考核，让我痛感我们很多硕士生和博士生还没有找到学术的门径，还在外面晃悠，问题很严重。这些年，总有些学生向我诉苦，要么找不到题目，不知如何进行研究；要么被导师拉到某个项目中，做自己不愿意做的事。大学施行的是导师制，仿佛行会，每个导师是师傅，只能管自己的弟子，不能对别人的弟子指手画脚。对于前一种情况，一般我会认真地予以指导，对于后一种情况，我会举出自己的例子做示范。我的简历上写的是1988年2月毕业工作，最近发现有“伪”，应该是1987

* 讲于2017年12月1日。

年12月。1984年底，我决定考研究生，研究严复的启蒙思想。但是，临近考试时，导师突然告诉我明年只招收秘密会党史方向的研究生。因为对这个题目有偏见，进入研究生后，趁导师去美国访问，擅自改变题目。一年后，导师回国，我告诉他论文写完了，拿出厚厚的一叠手稿。导师翻完后说，不是让你做哥老会研究吗？我说有一节就是关于哥老会的。导师宽厚地说，既然写完了，那就毕业吧。我很幸运，碰到一位好导师。如果你不争取，你就不可能做自己想做的研究。当然，十年后我拿出了厚实的秘密结社研究专著，算是回报了导师的知遇之恩。

刚才报告的两位硕士研究生是王瀚浩和宋逸炜，一个三年级，一个二年级，他们的论文都进入了最后阶段。大家可能会很奇怪，二年级的逸炜这么快就要写完硕士论文了。告诉你们，他大学四年级就跟我学了。当大四的同学在讴歌本科时代最后的青春时，我命他学习法语和其他专业知识，现在和瀚浩一样，都能熟练使用二外。瀚浩本科是中文，英文之外，日文是他的强项。他俩一个研究帝国主义概念在东亚的传布与再生产，一个通过第二次鸦片战争重审中国历史的“近代”契机，都是最前沿的课题，都需要运用两门以上的外语。我的学生所会的外语加起来有六门以上，他们之间可以互通有无，互相帮助。不仅如此，两位同学的硕士论文都与将来的博士论文连在一起，再花一年多时间，就可以拿出博士论文的初稿了。正如你们所看到和听到的，他们的论文中规中矩，认真写下去，无疑会是优秀的硕士论文和博士论文的。下面，按照“学衡研究院硕士论文中期报告会”的程序，我来谈谈如何写硕士论文的问题。

二

学界现状可以用一个词来概括——“学术内卷化”。内卷化是人类学家格尔茨（Clifford Geertz）在研究爪哇农业时发明的。大家知道，有evolution（演化、进化）及其反面revolution（循环、倒转），二者的含义在近代趋同了。格尔茨用内卷化指农业生产停留在低级的简单循环状态，黄宗智和杜赞奇分别将其用于分析中国传统农业和政治上，现在我把它用在学术上，指人力财力投入多而产出甚少的行为。

不是吗？我们每年生产的硕士论文、博士论文可能比很多发达国家的总和还要多，成就如何呢？不言而喻。在本科生的课上，我曾举出几个关于西方古典名著误译的例子。一百多年过去了，对古典名著的翻译还存在如此简单的错误，值得反思。老老实实地把人家东西翻译过来，对之进行详细的解读和专门性的研究，似乎比嚷着创新更有意义。

中国研究方面的问题更严重。亚当·斯密（Adam Smith）认为只有将自身置于他者的位置上才能获致对自/他的深刻了解，因此提倡同感/共情（sympathy）。是的，他山之石，可以攻玉。但是，看看我们的图书市场，最受欢迎的关于中国历史的著作大都是外国人写的，这在世界上可谓独一无二。一个外国人连学汉语带研究，花上七八年时间写就的书成了中国人书桌上的“上宾”，摩诃不可思议，我们的矜持和自信都到哪去了？谁叫我们的研究太滥的呢！这些年，我一直在省思，除了外在的原因外，是不是和我们对何谓论文的理解有误有关，即，我们的很多论文写得不是像作文，就是像社论，作文说假话，社论讲大话，均重修辞，轻论证。

三

写论文，首先需要正气，中规中矩。西塞罗在《论演说家》中借克拉苏斯（L. Licinius Crassus）之口说：演说家需要具备五个品格：第一收集演说材料；第二对收集到的材料进行排列，加以衡量和判断；第三用词语进行修饰和美化；第四是记忆；最后是演讲。撇开后两点不论，前三点说的就是如何写论文，这和桐城派大家姚鼐所说的考据、义理、辞章，大同小异。

论文由绪论、本论、结论三大部分构成。在绪论中，要讨论三个问题，第一个是问题意识。“一切历史都是当代史。”很多人喜欢将克罗齐（Benedetto Croce）这句话挂在嘴上，其实并没有真正理解。作为研究者，必须从个人的经验和关心出发回溯历史，就是尼采所说的“我生，故我思”。问题意识决定了切入问题的角度，学术价值和社会价值是可以考虑的两个尺度。

问题意识确定后，就进入第二步先行研究的回顾了。现在的论文对先行研究的梳理大多不痛不痒，列上一长串菜单后，从此前人就“永垂不朽”了，根本没有意义。回顾先行研究，要点在于看前人研究到哪一步，还有哪些空白和不足，而你之所以觉察到这些，是和你当下的问题意识有关的，是由你所使用的方法决定的，在本论部分要不断回应前人的研究，即使从修辞的角度看，这也很有必要，否则论文的叙述会是平面的，缺乏内在张力。

第三步是确定自己所使用的研究方法、讨论的问题域和论文的结构。这里我重点说问题域——研究对象。外语能力强的，可以发挥语言优势，我要求我的学生至少要懂两门外语；思辨能力强的，选题可以偏于义理；修辞能力好的，不妨选择叙事性的题目，把文章写得漂亮些。总之，要扬长避短。撇开这些个人因素，研究的题目一定要小。你们花三年时间拿博士学位，是不可能的，除非硕士三年加博士三年，用六年时间才可能写出像样的博士论文。选择大题目，仿佛穿了双大号鞋，跑不快的。做一件不可能做到的事情，结果只能靠谎言虚言来装饰。找到好题目并不容易，如果发现不了，还是做一个比较老实的题目。

绪论大致理清楚后，就可以开始本论的研究了。注意，我用的是“大致”，因为绪论的内容要不断根据本论研究的展开而加以调整和修正，绪论不要一开始就写，只要有个大致的轮廓就可以了。受因果律思维方式的影响，你们的研究往往是线性的：原因、过程、结果。好枯燥。因果律很重要，但不要僵化地使用。历史研究是通过文字、图像等将不在的过去呈现出来，进而解释其表层的和深层的意义，给出暂时性的结论，因此，历史现象学的方法十分重要。历史现象学认为，随着观察事物的现在的地平的变动，所看到的景致（perspective）必然变化，可以揭示出对象的立体面相。一如布克哈特（Jacob Burckhardt）所说，任何人都可以拥有“广大且高远的复数的景致”。

历史研究是叙事，有的学生误认为叙事就是讲故事，这只是皮毛。叙事修辞的背后实则蕴含了批判性，将以往简单化、程式化、固有名词堆砌的研究消解在看似平淡的叙事中，实则揭示了历史的复杂性，从而批判了解释的“暴力”。

最后说说结论部分。我每年要看很多学生的论文，结论大都成问题：虎头蛇尾。前面码了那么多文字，居然不知道如何总结。结论部分首先要回应绪论中的问题缘起，按章节概述你从多个角度分别解决了什么样的问题。其次从中提炼出一些结论性的观点，与先行研究中最具代表性的论点进行讨论，阐述你的研究做出了哪些贡献，如果能进而在更广的学术语境中阐发论文的理论意义，那就更好了。结论写完后，论文还没完，还得从头再来，从整体上考虑论文的结构，重写绪论，编排章节和论述，更重要的是，要将章节之间的逻辑关系勾连清楚，必要的话，还要舍弃一些枝蔓。敢舍，才能得，才能使论文的内涵更加清晰。

四

按理，我的话到这儿就讲完了，但是，结合你们存在的问题，有必要讲讲正气之外你们所有和所缺的“贼气”和“傻气”问题。你们的论文存在的一个最大的问题是，从形式到内容，透着一股“贼气”。

顾炎武在《窃书》一文中说，汉代人喜欢将自己的作品托名为古人所作。晋以降，学风变了，有人剽窃他人之书为己作。有明一代的著作，“无非窃盗而已”。古人作假，今人更甚，这不用我多说了。说得严厉一点，现在的论文大部分都不符合国际标准，都有作假之嫌。理由很简单，别人做过的，你又没有新发现，再做，就是作假。即使电脑“查重”查不出来，也不行。

反过来说，要写出一篇好论文，在遵守正气原则之外，还是需要一点“贼气”的。所谓贼气，就是偷师学艺。论文是对某一问题阐释个人见解，需要调查研究和合理的证明。从先贤研究的缝隙中寻找自己可以发声的机会，要重视以往研究之间的差异，从差异性中找到切入口。罗兰·巴特（Roland Barthes）宣称“作者已死”，将作者与读者的关系颠倒过来，它的意义在于告诉我们，读者不是消费者，读者是死去的作者留下的文本的生产者，可以对文本进行再阐释、再生产。这是一条好的路径。我希望你们在阅读时，能把作者和读者的关系倒过来，发挥你们的主体性。如此一来，你们所收集到的史料，就不再是只要简单地进行排列组合就可以了，要进行批判性地思考，所有的史料都有制作时的局限。

对于先行研究，不要纠缠于人家的表述——修辞上的毛病，这是比较低级的挑刺，境界不高，要追究思想性的内容。当然，现在历史学论文修辞实在糟糕。高尔基亚斯在《海伦颂》中为引发特洛伊战争的恶女辩护，辩词之漂亮，四段推理之严密，纵然今人嘲笑智者诡辩，但仍是我们远远不能企及的，更何况从今人的角度看，一个女人成了一场战争的罪魁，实在可笑。还要注意，对于前人辛苦研究出来的成果不能简单地给一个注释就了事了，绝不能把人家的史料翻出来重新铺陈一遍，要尊重人家的劳动，只有尊重前人的劳动，后人才会尊重你的劳动。千万不要随便越界，我们的学界喜欢随意引用不相关名家的警句，很糟糕，要坚守论文所涉及的范围。须知：隐瞒自己知识缺陷的最好的方法就是不越界。

五

最后说说“傻气”，这是我们学生最缺乏的。庄子嘲笑儒生“作言造语、妄称文武”。我们的论文多是作文体加社论体，假话加大话，动辄指点江山，好生了得。

“傻气”就是正心诚意，踏踏实实地研究，心无旁骛。不做非分的事情，做与你的能力相配的研究。我要求学生都要做实证研究。只有在学生阶段你们才能专心做实证研究，这是你们进入学界的第一桶金。工作后，可能就没有完整的时间围绕一个问题做实证研究了。我至今坚持实证研究，但很痛苦，时间被各种杂事切割了，还要应付各方面的约稿和会议论文，无法集中持续地做一个题目。

实证研究可以避免知识不够、见识有限、驾驭文字能力不足的短处。注意，实证研究不是把史料拿来拼接，所有的史料都存在问题，如果以为看到第一手资料，就把握了事实，很可能从事的是“虚之又虚”的能指游戏。所谓历史事实，其实都是“事件”，事件是经过人的情感和思想过滤过的。窗外的树、风、雨、阳光，是事实。今天是12月第一天，很冷，你们看到阳光，会感到温暖，尽管并没有沐浴在阳光里，对阳光的感受就是事件。但是，有人偏偏就不是。我读大学的时候，中文系的好友张伟弟是位“鬼才”，他在诗里写的一段话，三十年了，我至今记得：“看着广场上的阳光/久久的，我的心像一座医院/那么，你来了/嘴唇红红的，像剥开橘子的皮。”事件是由某个人建构的事实，本质上在观察者的理解行为中，不能完全客观化。而且，事件的意义随着观察者所处的意义世界的变化而变化。事件留下的痕迹——文字等构成了事件的语义学的要素。基于这一点，我们要对所收集的史料进行批判性的分析，不是史料说什么，你就说什么，你们不是代言人。有人推崇档案如何“高”，我的研究告诉你们档案有多“伪”。要正面反面来回看，这叫“档案的复仇”。现在历史学界最流行的是人文数字研究、全球史研究，我很支持，但要注意各有弱点。前者有匀质化的危险，即把收集到的数据等值化了。梁启超说一句话可能比得上同时代其他人说十句话，反过来，有的人说十句话，可能什么都不是，因为没有人相信。全球史在反对欧洲中心的历史叙述——历史“等级化”上厥功甚伟，但作为历史学的现代乌托邦，依然存在“等级化”的陷阱。这个问题，以后再说吧。

论文是你的名片

今天的讲座以本科高年级学生和研究生为对象，主题是论文写作。为什么要谈论文？论文很重要。论文是大学4年1461天、研究生3年1095天学习的结晶，构成了学生生涯的底色。而我们学生，从本科到研究生，论文大多很low。我曾经做过《莫把论文当作文》的演讲，没有读过的，可以上网搜一搜。我认为原因出在作文这种教学方式，作文一日不废，学生就是修辞的工具，就很难养成科学表述问题的习惯。这几年，我倾心培养学生，看到学生论文中露出“贼气”，会骂得很厉害，有一次感觉身体都要出状况了。如果就此倒下，该算工伤吧？从这几年的教学中，我学到了一样东西：别试图把你的想法强加于人，除非那人认为自己需要，否则你就是傻瓜。

通过谈论文写作，我还有一个小私心，就是希望把好学的学生尽早揽入门下。要成为一个好的学者，大学三年级再不起跑，就有点晚了。我刚回国的时候，去北大王奇生教授那儿做过一次演讲。我对奇生兄说："你不要吃独食，分点好学生给我。"他说："我们的古代史、中古史课，教学第一线都是好教师，层层截留，到我这儿，好学生所剩无几了。"回国不久，我脑子还停留在20世纪80年代，那时学生首先是找老师，其次才是选学校。现在学生首先攀附名校，大多心向海外。"保研"喜欢去北大、清华。上半年，有位本校的学生来邮件说想跟我读硕士，按照约定的时间他来了我办公室，见面即向我道歉，说要去清华。我和颜悦色地说，"放飞自己吧"，内心则长叹：壮士一去不复返。这些年"北漂"的学生不少，好像还没一个学成的。往海外漂，去国外学绝学或深耕，我支持，如果仅仅为了弄个文凭，包装一下自己，从时间和金钱算，成本太高。我有一个日本朋友，名叫安富步，东京大学教授，非常优秀的经济学家，曾在国际物理学杂志上发表过论文。如果你们上网查找，会发现扑面而来的是位衣着鲜艳的中年女性。我们认识的时候，他是很帅的七尺男儿！我的名片夹里有安富的一张名片，上面写着：研究灵魂殖民地化问题。记得刚看到时，为之一怔。我们说自信，实际上极不自信。攀附名校，去海外留学，都可以，但不能本末倒置，忘了求学的目的何在。

论文很重要，是你的名片，是你和他人沟通的手段，是你步入学术殿堂的敲门砖。20世纪80年代，我读书的时候，名片在中国流行起来。考究起来，名片"古已有之"，汉代叫"谒"，明清曰"名刺""名帖"。名片流行后，有人堆砌头衔，以壮声威；有人故作简单，略显清高。今天，随着高科技的发展，名片濒临灭绝。大家刚过完中秋节，作为文化记忆的中秋节，形式大于内容，因为现代文明早已杀死了文化意义上的月亮，那个高挂天空的叫月球，没有嫦娥。科学的进步，催生新事物，也催死旧事物。现在人们见面，会拿出手机扫一扫，瞬间扫出一个朋友圈，你的朋友再和别人扫出朋友圈，圈子加圈子，用费孝通先生的话说，形成了“差序结构”，于是，一个“微信共和圈”诞生了。自打母亲去世后，我从不过节，每当节日，总有学生发来“祝老师节日快乐”云云，我也假惺惺回一个“快乐”。有的时候，微信号是笔名，不知道是谁发来的。依稀记得曾经扫了一扫，那是某年某月的某一天，“只是当时已惘然”。

老年人活在自己的眼里，年轻人活在他人的眼里。学生在乎别人怎么看自己，老师——特别是我，判断文科生学习高下的标准只有一个：论文。我记住的学生都是写出好论文的学生。我今天的讲座涉及三层内容：第一层，论文是“护照”，就是上面说的，论文是你与他者交流并被他者认知的媒介。第二层，论文即“写照”。第三层，论文如“拍照”。“护照”“写照”“拍照”，三个关键词，很好记。下面我谈谈第二、第三层问题。

为什么说论文即“写照”呢？因为它反映了你的风格、你的学识和你的见识。文若其人。一篇论文，看题目就知道你是否矜持，翻几页便知道你在什么段位——是名门正派，还是野狐禅。有的人不明白这个道理，像写作文，拼命地写了很多，自以为了得。其实，除极个别的超人外，写得越多证明你越low，学界有内在的评价标准。迎合时需，是学术研究的一个很重要的方面，甚至隐隐地构成了学术研究的出发点。我最近写了一篇文章，是关于新清史的，起了个很唬人的题目——“历史即当代政治”。迎合时需，自娱自乐就算了，但不能扯淡，比如在对外关系、边疆问题上，我不建议年轻人去碰这类题目，因为涉及多语种资料、多族群文化，其复杂性是你的体验中所没有的，很难洞穿本质。很多年轻人写得振振有词，那是关起门来给自家人自娱的，毫无生产意义。你的论文应该给外国人看，说服或驳倒对方。我鼓励我的学生写论文要追求“王道”，在学术共同体以往研究的基础上“接着讲”，把一生的学术根基打牢。

论文是你的学识的表征，你学了多少东西，都体现在论文中。我们读书求知可以由此分为两类：一类是规范性知识，一类是非规范性的知识，前者属于常识，后者尚未成为常识。如果你要想成为一名学者，就要关注非规范性知识。选定了论文题目后，要多读专业书籍，写作时不要随便引用与论文主题没有关系的人的话，尤其是中外名家的话。随便引用与主题无关的人的话和书，一则不符合学术规范，二则暴露出你阅读量的贫瘠。

论文彰显你的见识。如果你按照学术正道不断走下去，属于自己的见识自然而然会出来的。我们要避免三种偏向：第一，不能做单向度的人，要培养自省和自我批判的习惯；第二，切忌少读多断、少读多议；第三，要用善意来阅读人家的东西，即使批评别人，也要怀有善意，给自己留有余地——你的看法不一定就正确。我在日本待了二十年，批评同行不绕弯，自嘲具有“不被爱的能力”。这次我在日本访学，发现自己离开多年了，依然被人念念不忘，至少有三个人写文章无理批评我。一位给拙著写的书评，仿佛是各章的内容摘要，没一句好话，最后阴阴地损了我两句。一句说我的拉丁语拼写有误，还就此感叹运用多语言材料的困难。我为了研究概念史和读懂耶稣会士的文字，年过四十，专门跟班学了两年拉丁语，我的拼写到底什么地方错了？请具体指出来，没有。我的拉丁文引文翻译有误吗？请具体罗列，没有。如果这可以称作怀有恶意的话，那么另一句则可以视为浅薄。我书中提到吕思勉先生1954年在给华东师范大学学生讲话中说到一段家族历史的话。吕先生说："我祖上吕宫是明朝的'变节者'，考中清朝的状元，当了'伪官'。"我借此说明"名"和"节"对传统读书人的意义。他指责我没有考虑到20世纪50年代的政治环境，言下之意，吕先生是在外在压力下说的这话。你的见识low就算了，你不应该把我放在你的low里。这位作者曾目睹我在京都大学与狭间直树先生激辩一个多小时。其实与狭间先生辩论后，我们至少见过两次，他对我很友好。而他那一代的领袖人物、曾被我批评过的小林一美先生，在给拙著写的长篇书评中狠狠地褒扬了我一番，让我非常感动。在小林先生面前，我感到自己很渺小。

名节很重要。今天很多人谈民国如何好，说实在的，民国的学术不咋样，没有出一个具有世界性的学者。邻居日本出了一个哲学家，叫西田几多郎，深深地影响了海德格尔，而我们也有人影响了海德格尔，那是两千年前的人。虽然这么说，民国学术有一个现在很欠缺的东西：矜持。这种遗风在余英时先生那里还有，他曾说:“我在哪里，中国就在哪里。”一百年前，日本有一位名叫根本通明的汉学家说得更狠。明治维新后，日本汉学边缘化。根本通明被称为“铁扇博士”——五经博士的意思，精通《易经》，平日手持一把铁扇子，一箪食，一瓢饮，开私塾维生。清朝公使何如璋曾去他家拜访，被日本政府知道了，高官们感到堂堂大日本学者居然蜷缩在陋巷，很丢面子，借了一套大宅子给他住。根本73岁才进入东京大学，74岁当教授，在讲台上开口第一句话是:“東洋の漢学はわしとともに滅ぶ（东洋的汉学与老夫同亡）。”根本拒绝洋人的服装，却穿着洋人的鞋子，有人笑他言行不一，他说我这是把西洋踩在脚下。这样一位老先生，我们可以不赞同他的观点，但不能不尊重他的矜持。民国的学术就有这种矜持。

第三层问题，论文如拍照，是说写论文犹如拍照。观察一个外在事物，先把自己的主观想法放在一边，用现象学的话叫“价值悬隔”，之后才可能直观本质。要直观事物的本质很不容易，需要像看电视一样不断地切换频道，才能看到事物的不同面向。如何看呢？我有几点经验愿意和大家一起分享。

（1）生。研究什么题目？最好结合你的vivo——生命、生活来考虑。这个生可以一枝两叶，分开来看。一个是个体的经验，即你所经历的；另一个是他人的经验，也可以称为集体记忆，是通过象征符号、话语体系等体现出来的。比如，刚才说的中秋节是一种文化记忆，你生活在这样的文化圈里会有不言自明的感觉。作为个体的内在经验与内化为自己的外来经验结合在一起，是我们思考的出发点。我们作为现实中的人，有喜怒哀乐，有对未来的忧虑与憧憬。把你的期待和经验结合在一起考虑做什么研究，这恰恰也是现代历史学的旨趣所在——缩短过去的经验与对未来期待的距离。

注意，期待不能脱离实际。概念史大家科塞雷克在演讲中提到苏联电影中的一段插曲。在革命的血雨腥风中，革命同志不分昼夜地工作，深夜一位领导出现了，轻轻地拍着部下的肩膀说："Comrade, fast sleep!"即使是革命的浪漫主义者，也无法抵抗自然时间的掣肘。如果你试图超越自然时间，那就在展望地平线了。什么是地平线？苏联有一则笑话，赫鲁晓夫在演说中说："共产主义已经出现在地平线上了。"这时，有一位听报告的同志举手问道："赫鲁晓夫同志，什么叫地平线？"赫鲁晓夫一愣，答曰："回去查字典。"这位同志很认真，回去真的查了，字典上写着：地平线就是分开天地之间的一条线，当你想要接近它时，它在往后退。我告诫我的学生，不要想入非非，要脚踏实地地学习；不要嚷着为天下分忧，应该先为父母分忧，为自己分忧，之后再说为天下分忧。昨天开会，有位博士生报告反映屠犹的电影《大屠杀》，一口气讲了20分钟，用了一堆记忆理论，听完了我还不知道这部电影具体讲的是什么。这位博士生不是在念讲稿，虽然伶牙俐齿，皆为心声，但不着边际呀。论文写作切忌与自己的生脱节，更忌讳缺乏对他者的理解，伪装成审判官。前几天接到国外一位后殖民理论批评家的来信，他告诫自己不要成为自以为站在弱者一方的自恋的人文主义者！谨受教。

（2）以往的研究。梳理以往的研究非常重要，这个工作做好了，才可以着手进行研究。对以往的研究的梳理可以分为两个部分：文献的整理和前人研究的整理。很多学校提倡本科生学术创新，说实在的，本科生创新基本上可以说是nonsense。放眼望去，我们的社会人文学科从业人员有多少，几乎所有的题目都被“污染”过了，你还能创新什么？我告诫我的学生，有能力的，要学二外、三外，甚至四外，这不是说要精通，精通基本不可能。而是说哪怕懂一点也是有用的，可以及时掌握国外的研究新动向。学历史的都知道孔飞力和杜赞奇师徒，看他们的著作，你会发现如果没有日文先行研究和资料，是很难写得那么好的。多语种资料能够帮助你杀出一条生路，比较全面地判断以往研究的缺失，从而确立自己的问题意识。只有在你看过最优秀的研究之后，才能站在比较高的起点上。

梳理完以往的研究后，接下来一定要进行实证研究。问题意识可大，研究内容要小，否则你hold不住。博士论文更要做实证研究，因为你工作后，不可能像从硕士到博士那样，用六年以上时间专注于一个课题。

（3）原创。在确立了自己的问题意识后，要挖掘新材料或者是在旧材料中发现新意义，以此来证实或证伪自己的假设。可以从连续性和断裂性两个角度来思考，这分别有两种不同的认识论传统。柏拉图认为，感觉得来的东西（同等事物）与回忆的对象（同等性）之间是一致的，他的“回忆”概念影响了笛卡尔（与生所得）、康德（超越论的认识）等近代哲学，由此形成了一个是强调连续性的认识论传统。另一个认识论传统关注断裂。希罗多德《历史》讲过一个故事。波斯人要侵犯斯巴达，亡命波斯的狄马拉图斯（Demaratos）虽然受到波斯人的善待，但不忘故国，他把书写板上的蜡刮掉，写上波斯人即将来攻的消息，然后再涂上蜡，在上面写上不相关的消息。书写板送到斯巴达以后，人们见后不知所以然，一位智慧女性站出来说我知道——历史的关键时刻总有女性出现！这位女性揭开了谜：蜡板表面是虚假的信息，里面才是真实的信息。这个故事是一个隐喻，告诉我们，现象和本质之间不一定是统一的。

虽然我反对本科生搞创新，但在完成了上述程序后，在老师的指导下，创新是有可能的。也许有学生会质疑，孙老师光说不练，能否举几个创新的题目？我的研究可以概括为三个关键词：概念史、记忆研究、社会史。那我就从这三个方面各出一个吧。前一段时间，学衡研究院的微信公众号推出了一篇文章——《一个哲学虚构概念的本土化——论康德“Things in Themselves”的中文译法》，这篇文章涉及康德“物自体”概念的汉文翻译问题，读过的同学有什么想法吗？中国人把西方抽象的哲学概念都翻译成可感的“性”“体”——如积极性、主体等，这值得深思。读完这篇文章后，如果认真思考，会发现一个题目——“近代新语的佛教来源”。旧的汉语大辞典，用例大都和儒家经典有关，佛教用例很少，为什么佛教概念能对译西方哲学概念？以严复为例挖掘下去，一定会有所发现的。第二个关于记忆研究，我出的题目叫“近代黄帝叙述中的嫘祖及其他”，作为集合单数男性名词的近代黄帝诞生后，黄帝的夫人处在何种位置？值得追究。材料不太好找，除了历史教科书里匀质性的叙述外，还可以伸展到其他方面——关于女性的近代定位问题。刚才说了名刺、名帖，关于社会史就来一个题目——“转型期的‘换帖’习俗”。换帖就是结拜兄弟，如黄金荣与蒋介石换帖子，在政治革命和社会交往中，换帖普遍存在。这三个题目都是原创性的。

（4）叙述。也可以说是修辞。有人喜欢给学生开书单，我只开“文单”，原因是，很少有人能将一长串书单里的书从头到尾读完的。对一般读者来说，历史学者写的书大多读不下去，与此相反，作家、媒体人注重构思，写的历史书很好读。论文的修辞和作文不一样，不能胡扯，要建立在观察和研究的基础上。

历史叙述要注意两个原则：一是舍。史料是用来说理的，不是用来摆设的，多读而不思考，对史料不取舍，必然造成文章枝蔓太多，重点不明。你知道的总是不完全的，明白这个道理就敢舍史料了。历史学者应该在史料的空白处着眼，在有限的证据和可能性之间进行合理的想象和推论。二是文句要短。汉语是极其暧昧的语言，句子一长，意思叠加，就会出问题。正反例很多，限于时间，我不多说了。

我在这里敢跟各位讲论文写作的心得，乃是因为我自己经常学习他人的写作，做各种写作尝试。柏拉图的文采在古希腊哲人中堪称第一，他的《美诺篇》结构、语言均好，开篇构思巧妙。美诺打老远来见苏格拉底，劈头就问：“何谓德？德是与生俱来的，还是后天习得的？如何方能得到？”苏格拉底摇头道：“不知道。”美诺继而又问：“既然你不知道何谓德，那么如何去探究呢？”面对这一悖论，苏格拉底给出了方法：回忆。比柏拉图稍晚的孟子，也是修辞高手。《史记》说，梁惠王（魏惠王）“卑礼厚币以招贤者，而孟轲至梁”。在孟子的笔下，这次会面的开始很有戏剧性。王曰：“叟！不远千里而来，亦将有以利吾国乎？”孟子对曰：“王！何必曰利？亦有仁义而已矣。”这样的开局，结局可想而知，于是孟子“出，语人曰：望之不似人君，就之而不见所畏焉”。我在写《记忆不能承受之重》一文时开头第一句为：“1938年1月1日下午1时。南京。鼓楼。假如时光回转，南京红卍字会会长陶保晋还会选择留在南京吗？”从未来讲过去，暗示他当下的选择即使涵盖了过去经验，也无法面对未来。熟悉小说《百年孤独》的人一定知道这个句式来自该书第一句话。我喜欢看修辞、叙述好的书，尤其是法国人写的历史书。最近看伊凡·雅布隆卡的《无缘得见的年代：我的祖父母与战争创伤》，作者根据一张照片、一则传闻，寻找在奥斯威辛被杀害的祖父母的事迹，把文学写成可以验证的科学，读之，令人拍案叫绝。

拉拉杂杂地说了一大通，各位大致体会到写论文的要诀了。论文如拍照，写好真不容易，要想成为伽达默尔说的“思考的历史学者”（thinking historians），每个人都有一段很长的路要走。2017年，我受华中师范大学章开沅文化交流基金会的邀请，在华中师大做了两场报告。90岁高龄的章先生本来打算与我象征性地见个面，没想到老先生一高兴，竟聊了一个上午，还和我一起用了午餐。章先生不经意地说：“我们这一代是过渡的一代。”1901

年，梁启超写过一篇名为《过渡时代论》的文章，谈人群进化之理，“过渡无已时，一日不过渡，则人类或几乎息矣”。中国现代学术的“过渡时代”开始很早，迟迟没有结束，甚而有退化之势。论文是你的名片，作为过渡时代的人，希望各位年轻的朋友：论文如未成功，仍需继续努力。

（本文讲于2019年9月23日，原载2019年9月30日“澎湃新闻”）

校庆113周年

作为一名教师，早已习惯在各种不同场合发言。但今天，站在这里，我感到有点不自在。刚才是许院士的讲话，接下来还有陈校长的讲话。我能说些什么？该说些什么呢？十分踌躇。西餐里最后一道菜叫dessert——甜点，原来是放在正餐之间的，因为那时宴会时间很长，菜上得慢。我的发言算是正餐之间的一道小小的甜点。

今天是5月20日，母校113周年诞辰纪念日。对于个体生命来说，113年是个漫长的时间。“何谓时间？如果不问我，我知道。如若问我，当要说明时，我就不知道了。”奥古斯丁在《忏悔录》里讲述了对时间的困惑。有两句中国古诗提供了一种解释。“年年岁岁花相似。”在一年四季的循环往复中，5月20日是自然时间，稀松平常。“岁岁年年人不同。”在南大百余年的世代更替中，5月20日是历史时间，意义非凡，积淀着以现在进行时展开的南大人过去的经验和对未来的期待，套用法国学者皮埃尔·诺拉的话，5月20日就是南大人的“记忆之场”。

我生在扬州，长在伊犁，16岁单身回到江苏，是第一代逆向高考移民。两年间辗转四所中学，最后侥幸考入南大。那是34年前的往事。记得同学中，有的是挑着扁担来报到的，扁担两头吊着塑料袋，依稀可见棉被、“碰瓷”的盆碗。如果哪位能翻出这张老照片，绝对是一道励志的风景线。好友中，有两人四年间通读马恩全集。冬天很冷，被褥单薄，两人索性一张床，两条被，相拥而眠，谱写了一段难忘的“同志情”。那时，大家可以咀嚼的过去的经验有限，可以分享的现在的直觉不多，我们的时间是被对未来的期待所牵引着的。我有幸与这样的同学一起学习，有幸还能感受到老南大的余韵——聆听中大、金大硕学的垂训。就这样，读完了本科上硕士，上完了硕士留校任教，一步步地迈入学术殿堂。

英谚有道：所有的学习都是一种比较。孔子在“学而时习之”后，接着说“有朋自远方来，不亦乐乎”，道理是一样的。二十年前，将近而立，我开始了海外游学之旅。居外不易，学人文社科的尤不易，如果你想“和而不群”的话，就要有“人不知而不愠”的觉悟，这是一种内在的学术品位。在我的学术事业一帆风顺时，一日偶尔读到古罗马哲人西塞罗的一句话：年纪大的人应该将智慧和忠言献给共和国和年轻人。Res Pūblica/共和国，juvenculus/青年。匆匆廿载，悠悠我心。是的，到了辞去终身教职回家的时候了。在回家的路上，香港的、北京的、上海的大学，曾先后向我伸出过橄榄枝，我都一一谢绝了。我知道，我的个体的历史时间与母校的集体历史时间是紧密勾连的。感谢领导，收留一个久去方归的游子！

回顾母校的“大学”历史，它具有二义性：看世界即看自我，定位自我即把握世界。1600年，耶稣会士利玛窦从南京北上，他给万历皇帝献上了第一幅中文世界地图——《坤舆万国全图》。这个心智乖巧的耶稣会士深知如何讨得龙心喜悦，在地图上做了手脚，把中国的位置移至世界中心，等到中国人一大觉醒来，时间已经过去整整两个半世纪。19世纪后半叶以降，西潮滚滚，中国文化之根飘摇欲断。1922年，南大学人标举“学衡”大旗，倡言“论究学术，阐求真理；昌明国粹，融化新知”，这是一种“全球本土化”的诉求。今年是《新青年》100周年诞辰，以往人们惯于从二元对立的角度讲述它与“学衡派”的关系，差矣，非也。学衡派的诉求不仅是母校宝贵的非物质文化遗产，也是20世纪中国学术宝贵的非物质文化遗产。

去年年末，在许多领导和师友的支持下，我们成立了“学衡跨学科研究中心”，旨在弘扬母校历史上的优秀遗产。中心要做的事很多，一项重要的任务是对“影响20世纪中国历史的关键概念”进行大规模的跨学科、跨文化的知识考古。短短5个月，我们已经与德国、日本、韩国的名校建立了合作关系，海外多家出版社表示愿意出版我们的研究成果。中心不是送往迎来的客栈，所有过往的学者都在围绕我们的研究传道授业。我可以自豪地对各位领导说：我们醒得早，起得也早。

在座的各位同学，我知道，你们很多人的时间正被当下“绑架”，很纠结。“多有智慧多有烦恼。”试想想：世界上有哪部鸿篇巨制是从高楼大厦中走出来的？金子再多，堆不出思想的光芒。借着向各位上甜点——发言的机会，最后我想对你们说：如果你以学术为志业，不管你是文科生，还是对科学史有兴趣的理科生，不妨关心一下我们的活动。学衡跨学科研究中心很小，但里面的世界很大，你，不想来看看吗？

（本文是2015年5月20日在南京大学校庆大会上的发言）

大学的高度

20世纪80年代，有一首唱遍大江南北的歌——《冬天里的一把火》。可以说，这首歌装点了很多在座的五六十岁人的青春岁月。烈日炎炎，南京大学召开“第一资源”开发大会，仿佛点燃了“夏天里的一把火”。

“第一资源”开发，开发的是人才。如果说人才是衡量一个大学高度的标准的话，除了引进人才之外，一个大学如何培养反映其高度的人才呢？汉字里有一个非常神奇的字，就是我们今天会议所在的“国际会议中心”的“际”字。“际”，本意是墙与墙之间的缝隙，可以是空间概念，如国际、校际、院际、人际等，也可以是时间概念，如际会、际遇等。一个字能同时有空间和时间的意涵，非常罕见。在时间的变化中，“际”游荡于中心与边缘，通过“际”，我们可以理解中国文化的特征，也可以理解人才培养的关键所在。

我想讲的第一个“际”是“国际”。在全球化和本土化交互碰撞的当下，人的思想也在这两极之间游荡。其实，全球化和本土化，并非截然对立，两个词各取一部分，可以整合为一个新词——“全球本土化”，英文叫glocalization——在全球范围思考，进行本土性的实践。

就人文社会科学而言，衡量人才的第一个标准是能否“融会国际”。20世纪给人文社会科学留下的一个很大的遗产是“英语化”（anglicization）。英语是我们通向世界、理解他者的工具，但同时也可能妨碍我们深入理解他者、走向世界。为什么呢？各种语言概念在被英语化之后，其本身的复杂性有可能被屏蔽了。新一代的人文社会科学学者，应该学习第二种、第三种外语，还可以根据自己专业的特点，学习少数民族语言、古文字等。语言学习的目的在于理解他者的思考方式，进而反躬自省，重新定位自我。

衡量人才的第二个标准是能否“贯通学际”。学术的“学”，国际的“际”。所谓“学际”，就是跨学科、学科交叉。现代学科的分科制度定型于19世纪，分科制度定型后，很多人不满意，开始尝试各种跨学科实践，由此而不断派生出很多新学科。

20世纪末以来，随着支撑现代学科的“印刷文化”的衰落，人文社会科学受到了来自新科技的挑战，出现了“链接性的转向”，人们只要按一下键盘，就能穿越古今、上天入地，过去唾手可得，又无比陌生，以往的博闻强识，完全不需要了。我生，故我思。如果抽去了“生”——生命、生活——的真实体验，人文社会科学就没有了差异和温度，这样的学术还有什么意义呢？为了抵抗这种匀质化的学术，各种跨学科的学问出现了，其中有一门叫“记忆研究”。柏拉图在他的著作里，对文字保持着高度的警惕，他说文字的发明在人心中播下了“遗忘”的种子。在这个高科技时代，知识在不断外在化，如何将学习或研究和我们的“生”联系在一起，需要大家各自努力。一个现代新人才需要有跨学科知识，也就是要有“贯通学际”的能力。

为了培养“融会国际”“贯通学际”的人才，一个大学需要做三项工作。这三项工作我称之为“侧目校际”“整合院际”和“聚焦人际”。

全世界可能没有一个国家如中国这样关心大学排名：媒体关心，大学关心。膀大腰圆的，如如不动；新进暴发的，沾沾自喜。有什么意义？很无聊。试问，我们的理科得到了多少个诺贝尔奖？我们的文科有几个世界级的大学者？发明了什么样的人文社会科学理论？每个大学都有自己的品格。日本政府每年给东京大学的国家预算最多，但在日本得到的20多个诺贝尔奖中，东京大学只占1个，不如京都大学、名古屋大学多。人们研究后还发现一个现象，好像远离中心的西部地区更容易出诺贝尔奖得主，这值得我们反思。一个大学应有自己的“品”，可以互相比拼，但不必追求同质化，所以我称之为“侧目校际”。

南大校训有四个字：诚、朴、雄、伟。我认为最重要的是前两个字，曰“诚”，曰“朴”。心不诚，行不朴，学术就会变调。

不要穿大号鞋跑步，会摔倒的；不要马步没站稳就挥大刀，会自戕的。坚守诚朴，自然雄伟。如果培养不出个人冠军来，可以集众人之力，争团体冠军；争不到个人亚军，可以集全体之力，争团体亚军。万一都争不到，可以着眼未来，争未来的个人冠军、个人亚军、团体冠军、团体亚军。但是我们培养的人才一定要来历清楚，名字叫“Made in Nanjing University”。

接下来，是“整合院际”。这个我想说，又不愿说，因为在座有很多院长和系主任，我称他们为“诸侯”，发言后也许要跟我掰手腕。但是，我必须说。我们的院系“诸侯”权力大，经费足，有的堪比国外大学。碰到好的“诸侯”，邦国兴；碰到不好的“诸侯”，邦国衰。道家说“一人得道，鸡犬升天”。密宗说“师傅下地狱，徒弟跟着拱”。我强烈呼吁，尽快建立一个在院系之外的协调机构——“理科部”“文科部”。注意不是“之上”，是“之外”。我们南大对面的大学——北大，早已建起来了。小时候，大家都玩过一种伙伴追逐的游戏，当被追逐的人跳进某个格子或某个位置后，就不能被追了。这是世界性的游戏，叫asile，像飞地或规避所。它的隐喻是，要给那些被忽视的、被遗忘的人才留有空间，予以扶持。学衡研究院已经成为蜚声国内外的研究机构，它在现有的院系格局下是绝对不可能成立的，是学校层次决断的产物。昨天听说学校还有多个编制有待消化，既兴奋又不安：在被各院系“瓜分”前，能否划出一部分给我们这些“嗷嗷待哺的人/机构”？如果给我10个名额，我敢说数年后我们的研究不仅是全国冠军，还可能争世界冠军。

何谓人才？很难一言以蔽之。有的人才，熠熠闪光，可能是Schein——假象；有的人才，晦暗不显，原来是authenticity——本真。为什么我们的学术会呈现“数字的繁荣”？用人类学家格尔茨的“内卷化”概念，会陷入“学术内卷化”？所谓“学术内卷化”，简单地说，就是投资很多，收获很少。我们讲“创新”，却轻视创新的前提是学者的“个性化”。Individual这个词翻译为汉语，很不容易，曾有“一之个人”“一个之人”“一个人”等译词，最后成为“个人”。原因是，个人是与现代文明联系在一起的，西方人的学问是以“个性化”为前提的。而我们的学问大多以“世间法”为出发点，按照世间的原则，研究必然会呈现出高度同质化的特征。钱锺书先生在《围城》里有段话，“外国一切好东西，到中国没有不走样的”，“想中国真利害，天下无敌手，外国东西来一件，毁一件”。正如我们老师要爱护特立独行的学生一样，我们的领导既然站得高、看得远，就要包容各种各样特立独行的教师，他们是一个大学的人才。“聚焦人际”是承认人才的差异性，旨在发挥人才的能力。可以说，现代大学史上留下好名声的领导，都是能够包容差异性的。

以上是我说的国际、学际、校际、院际、人际，加在一起是“五际”，不是“5G”。“五际”在中国的古籍里有特定的含义：“卯、酉、午、戌、亥也，阴阳终始际会之岁，于此则有变改之政也。”今天，我们正处在一个大变动的时代，大变动的时代呼唤各种各样的人才，在培养人才方面，作为教师，责无旁贷。面对时代的召唤，套用旧小说里的话：某愿往！

（本文是2019年6月15日在南京大学新时代
“第一资源”大会闭幕式上的发言）

对澎湃新闻报道的批评*

前天“澎湃”连续发布两条消息，其中《南大文科这两年：周晓虹留下了，杜骏飞离开了》一文称，南京大学新闻传播学院原执行院长杜骏飞已全职加盟浙江大学传媒与国际文化学院。文章还说，作为老牌名校，南大这几年的发展不顺利，2017年第四轮学科评估更是暴露了一些问题。对于这一报道，您有何看法？——南京大学政府管理学院博士生郑雪君

这条消息我也看到了，但没有打开看内容，因为骏飞教授要走的消息我几个月前就知道了，我曾对一位领导说要拦住。一个大学需要挣工分的教师，更需要特立独行的教师。1931年清华大

* 作于2020年7月16日。

学校长梅贻琦说：“所谓大学者，非谓有大楼之谓也，有大师之谓也。”这话受人追捧，传播甚广。梅校长年轻，有点hold不住教授，有讨好之嫌。试想，当时清华园有哪位称得上大师的？即使今天回看，所谓四大导师能不能称为大师，还有如何设定标准的问题。在我看来，一个大学有没有生命力，要看有没有一拨特立独行的教师和包容这些教师的氛围。阅读澎湃这篇报道，我的第一个感觉，说得柔和些：拿捏不准。

我20世纪80年代就认识二位了。晓虹教授是1977级，我是1981级，长我好几级。他不喝酒，家里却藏了不少陈年好酒。我开玩笑说，小偷要偷他家，哪儿也别去，就找藏酒的地方。骏飞教授是1983级，比我低两级，当年我们是南园诗社的诗友。他是一个走路仰视天空的人，孤傲得很。我重返母校工作后，我们偶尔在路上碰面，每次都好似离散多年的兄弟，相约一定喝次酒，八年了，一次也没有实现过。他们俩都是老南大，对南大知根知底，对南大社会学和新闻传播学学科的建设和发展贡献甚大，是符号性的人物。记得晓虹教授要走的时候，我对他说：留下，就是历史；出走，只是历史的背影。现在，我也不把这话送给骏飞教授。记得几天前的晚上他告诉我尘埃落定，在黑白颠倒困倦中的我只回了一个字：哎！

话说回头，哪个学校没有一堆糗事？要走未走，该留却走，对当事人来说，都有一些不得已之处。这篇报道抓新闻可以，却愣要和一个大学的兴衰连在一起，这就有问题了。文章出来后，有人写道：澎湃跟南大有仇！澎湃当然没有，我有好几篇演讲和采访就发在澎湃。但，这篇文章确实和南大有仇。业内的人都知道，大学之间的竞争关系既激烈，又微妙。目前正是高考招生季节，新一轮学科评估马上也要开始了，澎湃这篇报道，显然会给外人一种错觉。南京人自谑大萝卜，什么是大萝卜？往好说，与人无争；往坏说，有些“二”，被人拍砖后仍然不知还手。你看南大的校训写得多准：诚、朴、雄、伟。改革开放四十年来，我们发表了数以百万计的论文，有哪篇超过了《实践是检验真理的唯一标准》一文？文章底稿的作者是胡福明教授，当时只是南大哲学系讲师。早在1977年，胡先生在医院陪家人时，坐在小板凳上，就着昏黄的灯光，写出了这篇宏文。如果翻翻历史的账本，南大值得骄傲的事情还有很多。

确实，这些年南大在学科评比中有滑坡现象。对此，学校当然应该反省。有的大学像猎头公司，高薪延揽了很多人文社科名家，制造了不少话题。但人文社科不像理工科，只要有设备、有团队，就能出活。文科如一坛酒，需要经年累月的发酵，才可能酿出醇香四溢的好酒。作为人文社科五官齐全的大学，南大不应该坐吃老本，应该加强对文科的投入。据我所知，南大的猎头行为主要是在理科方面，悄无声息。总不能说，南大把某大学的院士延聘过来，某大学就衰落了吧。

我们的媒体热衷报道大学排名，好像排名上下浮动，与生死攸关。排名有很多猫腻，很多刚性指标是可以制造的，比如论文发表数量。我看过一个大学的数据，一年前还落后于南大，一年后居然超出近一倍。原来，花大钱雇了很多“博士难民”读博士后，人一多产出自然也多。我觉得这个做法很不地道，须知这些博士绝大多数是必须离开的，为了眼前的利益而错过求职的机会，必将耽误一生。学科评估也是如此，有的大学为了在学科评估中取得好业绩，绞尽脑汁，关停并转一些专业，合纵连横一些学科，制造出人数众多、实力雄厚的学科和专业。这样的评比还有意义吗？更不要说所谓指标有多少水分。所以，我强烈呼吁学科评估应该导入除法——用业绩除以正式人头，取平均值。如果这样来评的话，你看看南大的成绩如何！

论评比，南大有个结构性的弱点：体量小。南京有两所本是同根生的大学：体量最小的一流大学南大，最佛系的实力派985大学东南大学，两校老校区仅隔几条街。在我读书的时候，就有两校合并的说法，亲亲相仇，一直谈不拢。20世纪90年代全国大学合并潮起，制造出一个城市一个大学的奇迹，南大和东南两校还是坐不到一块儿。后来江湖上传言，两校是因为校名之争而未能谈拢。双方相约从各自校名中拿出一个字来重组大学，南大说我出“京”，你出“南”——南京大学；东南说我出“东”，你出“南”——东南大学。一个笑话给合并画上了句号。现在两校新校区一个在东，一个在南，渐行渐远。我是一个坚决反对扩大学校规模的人，现在国内的大学都太大，除了火葬场，一应俱全，不像大学。尽管如此，作为南京大学学衡研究院的创立者，说起学衡派的出自，我又觉得两校还是应该合并的。如果两校真的合并了，肯定具备跻身全国大学前三名的实力，不管是叫南京大学，还是叫东南大学。

什么人该读博*

新学期伊始，接连发生博士生自杀事件，闻之令人痛心。一个人有选择自绝的勇气，该是一种怎样的绝望啊！回看目下校园，有多少博士生被论文折磨？又有多少博士生导师被博士生折磨？博士生的窘境折射出博士生导师的狼狈。前不久，我对一位同僚叹息道："从明年开始，逐渐不招博士生了。"作为文科的博士生导师，我曾相信每一个学生都有成才的潜能，现如今却想劝告年轻人：读博，千万要慎重。

在国外，博士生是"避世"的一群。所谓"避世"，是指这群人没有如绝大多数同龄人一样走向职场，按照社会时间工作和生活，而是选择留在学校继续学习，思考和研究未必尽合时宜的问题。这群人又可一分为二：一类是不愿进入社会的，一类是无

---

* 作于2020年9月27日。

法进入社会的。不愿进入社会的，遥遥关注社会，思考形而上的问题，以学术为志业，这是第一类博士生。无法进入社会的，是天生的书呆子，生活在自己的世界里，跟人说话时，要么看着自己的鞋，要么看着人家的鞋——这类人如果得到善待，同样能成就一番事业，这是第二类博士生。但是，避世决定了这两类人的“例外状态”：经济拮据，靠奖助学金和打零工维持生活，很多人不仅不能像同龄人一样享受青春时光，还可能自成角落，一事无成。在国外，博士生不是奇，就是怪，因而读的人少之又少。

在中国，博士生很多是“入世”的一群。所谓入世，是指很多博士生并不以学术为志业，而是把读博当成改变身份、谋得属意职业的手段。从前的科举时代，读书人群体是金字塔形的，科举士子越往上走人越少；现在的博士生挤在倒金字塔的顶部，研究生院比本科生院大，博士生制度是资源再分配的中介。因此，读博的人很多，但读书的人很少。我相信，每一个博士生都有翻转人生的梦想，有些人可能还曾饱尝辛酸。我印象最深的博士生有两类——转身快的和转身慢的，姑且称为第三类和第四类。第三类转身快的，是指文字功夫尚可，很快掌握了游戏学术的规则，本来读博只是走过场，不知不觉弄假成真，直把业余当专业。第四类所谓转身慢的，人群庞大，人大都善良，他/她们不切实际或迫不得已地投身博士课程，苦苦挣扎，读得辛苦，活得累。入世，决定了很多博士生心不在焉，博士论文的质量自然乏善可陈。

第一类博士生凤毛麟角，或曰大道隐于众，尚未露峥嵘。这类博士生读书多，思考深，论文中规中矩，放之四海而皆准，尽管严加督责。第二类博士生同样凤毛麟角，具备第一类的特征，唯因不善表现，常常被导师忽视，需要时时爱护。第三类活得自在，对学术有轻慢之心，博士奖励制度原本是为第一类设计的，因为第三类强势介入，第一类人有时无法享受该制度的好处。对于第三类，要常常敲打，他们有能力，不该待在学校，而应去闯世界。既然现行的博士生制度造就了众多的博士生，面对第四类，每一个博士生导师，就需要不断提醒自己：耐心，再耐心。

历史小说不是历史和小说之和

在互联网时代，信息和知识的传播方式呈现出多样化趋向，随之而来的是人们阅读方式的多样化。

在印刷文化时代以及之前的时代，小说作为一种媒介装置保存和传递知识；近代以降，小说大为流行，这与呱呱坠地的市民社会呼唤个体的出现不无关系。而今，小说的影响力大不如前，甚至有回归本位之势，成了名副其实的“小说”。在此情境下，包括历史小说在内的以历史为题材的书写却热了起来。原因何在呢？哲学家柏格森讲过一个故事。有个教徒跑到相邻教区听道，牧师的布道令在场听众感动得热泪盈眶，只有这人没有反应，牧师很奇怪问他为何无动于衷，这人答曰：“我不是这个教区的。”这则故事隐喻了共同体与共同体、个体与个体、作者与读者之间的“共情”是需要媒介的；历史小说中的“历史”作为人群的共有的经验（直接的或间接的）可以成为唤起共情的触媒。主编皇皇巨著《记忆之场》的法国学者诺拉说过一句颇令人费解的话："记忆研究的兴起是文学的辉煌葬礼。"这可为历史题材书写的兴盛做一个注脚。

一般而言，历史小说指以历史上存在的人物为中心、根据一定的史实而建构的故事，所谓历史是"假的"。国产历史小说大都属于这一类。作者把"历史"当作手段，不想也不需要深入了解历史，有的甚至胡编滥造。《范仲淹》一书的作者郭宝平在《自序》中声称要"打通历史""杜绝凭空虚构"，历史小说家能有如此明确的意识，着实难能可贵，这是迈向"真"历史小说的第一步。

真历史小说就是非虚构写作，作者以历史学者的身份进入由文本构筑的历史现场。关于历史，有很多说法，万变不离其宗：调查研究及其结果。有两层意思，历史既是客观的存在，也是主观的再构。作为学科的历史学在朴素的实证主义指引下，追求"客观"，轻视"再构"，对不为文字所表征的历史空白甚少关心，历史学者大都"眼前有景道不得"。对于历史学者的知难止步，历史小说家可以用合理的想象和推理将片段与片段、细节与细节的内在关系勾连起来；如果做到了这一点，历史小说家就超越了历史学家，所写出的小说化的"历史"就拥有历史学家所没有的"历史"。当然，要挑战历史学的极限，历史小说家首先必须完成历史学家的文献整理工作。日本最知名的历史小说家是司马辽太郎，他生前自述为了写1939年日军惨败于苏军的"诺门坎事件"，买了一卡车书和资料运回家研读，最后竟放弃了写作。我猜想作者越研究越发现挑起战争的“皇军”自大荒谬，作者的民族主义立场难以承受其“重”。

与历史学追求“实在性”相反，小说以“虚构性”立身。基于对“真”历史小说——非虚构写作的执着，我以为历史小说与虚构小说的“小说”是不同的，历史小说的时间、地点、事件、人物等都是实在的，而虚构小说即使有具体的名词，亦如亚里士多德所说是可以抹去或更换的，“假”历史小说都带有这一特征，我戏称其结构为“王八蛋”（one button）——一根筋，宫廷戏都是如此。

历史小说与虚构小说的这种不同是由其写作方式不同决定的，如果要对二者强加区分的话，虚构小说仅凭“想象”就可以建构故事，而历史小说的故事多半是以“回忆”方式展开的。二者都是通过文字将“不在”呈现于“现在”，虚构小说的“不在”可以是幻想的，现实中不存在的；而历史小说则是把“不在”以形象呈现于“现在”，因为“不在”曾是“既在”，在表述时就需要加上时态动词或者时间副词。如果了解古罗马的记忆术的话，就不难知道回忆的展开是有方程式的——唤起、场所、安置、编程、修辞等，在此意义上，历史小说受到其所描述的时代——“既在”的掣肘。

历史小说在给定的时空内，用文学的手法挑战了历史学的极限，其终极目标乃是要揭示所描述时代的精神——通过个人、家族、江湖以及庙堂等。正是被抽象化的时代可以穿越时空来到“现在”，使读者与作品、现在与过去产生互动乃至“共情”。“共情”是历史小说得以存续和盛行的基础，但切忌进行目的论的写作，把今日的情感和思想强加在历史上，这种历史小说不是关于过去的小说，是疑似过去的关于现在的小说。姚雪垠多卷本长篇历史小说《李自成》曾轰动一时，现在几无人问津。作者任意虚构历史，把杀人如麻的张献忠等描绘成农民英雄，这比起他的自传体小说《长夜》不知倒退了多少。后者自述被“绑票”的经历，呈现了军阀时代真真实实的“精神”。

也许有人会说，小说和历史在叙述上具有同构性，进而说文学即历史。但是，即使小说和历史在叙事结构上具有同构性，也不能忘记历史小说是在“发现”历史基础上进行“虚构”的，历史小说不是历史和文学之“和”。

（本文是2022年7月17日在“郭宝平《范仲淹》新书发布会”上的发言，文字稿发表于《中华读书报》2022年8月17日）

疲于下蛋

智者不言。大概虚长了各位几岁，主办者让我来青年政治学论坛说几句话，我很不情愿。因为像各位这么大年纪的时候，最怕听年长者开会发言，尤其是自以为是、又臭又长的，总盼着快点结束。

我算是一个资深的国际关系学的粉丝。学生时代，曾经一度想研究国际关系，当时南大历史系王绳祖先生等元老俱在。国际关系这门学科有个先天的弱点：看不到的乱说，看到的不敢说。很多研究仿佛局外人在指指戳戳，偶尔言之中的，大多不着边际。我在日本大学教过十多年的东亚国际关系，给报纸写过若干年“海外手帐”专栏。有一次一位日本记者采访我，让我预测未来的中日关系。我说，在日语里，和“预测”一样的词叫“预想”（yo so u），倒过来读是什么？“谎言哟”（u so yo）。

有人托言耶鲁大学前校长说中国大学是个笑话，这是非常

"美国中心论"的说法，在德国人看来，你们把大学搞得像收银子的市场，那才是笑话呢。但是，反躬自省，我们的学术研究有些确实就是笑话，套用学科评估的说法，属于A+。

第一个A指AI化。很多著作和论文不像经过人脑的思考，更像出自机器人之手，没有温度和质感，俨如文字游戏。质性研究不好，那就搞量化研究吧。量化研究有非常严格的要求，在中国很不容易进行，据我直观，很多都属于数字游戏。

第二个A是指Americanization。我们把学术杂志分为几等，有内在的和外在的标准，外在的标准可以置换为内在的标准。所谓外在标准就是美国标准，因为SSCI、A&HCI来源期刊占压倒多数的在美英，德国很少，法国很少，日本和俄罗斯好像基本没有。

于是，有的非此即彼，或二者兼得，很多知名学者像尼采笔下疲于下蛋的母鸡（die erschöpften Hennen），整天忙着下蛋，比以前叫的次数多了，蛋的个头儿却越来越小。书写得越来越厚，但内涵像注了水。这很糟糕，迟早要改变，代表作、同行评价等，必将成为衡量学术优劣的尺度。

在我看来，好的研究是有标准的。章太炎说要从"本国""本心"出发，我再加上一个"本科"，合起来就是"三本"。

所谓本国，就是问题意识来自本土，不能按照外国学术市场的需求设定你的研究题目。人类学家列维-斯特劳斯（Claude Levi-Strauss）访问日本时，发现日本木匠推刨子时从外向里，不同于西方木匠，很吃惊，进而阅读丸山真男的著作，诠释其文化意义，指出这隐喻了从客体向主体的运动。日本是非西方圈最发达的国家，但依然死死地坚守自己的传统。

所谓本心，就是要与个人的生命体验和生活经验相关。学术不是文字游戏，不是数字游戏。汉字是神文，很神圣，以前由上而下地写，意味人与神交通。学者只有对学术有敬畏之心，融入自身的体验和经验才能写出好的东西，反过来说，通过这样的学术研究也才能提高你的生命品质和生活格调。

所谓本科，就是按照本学科的规范进行研究。任何研究首先要对以往的研究认真梳理，这个工作不做，提笔就写，那肯定是笑话；这个工作做了，可能就写不出来了，因为几乎所有人文社科类的问题都有人涉猎过。

我理想中的好的学术是本土、本心、本科三者的结合，愿与各位年轻朋友共勉。对于疲于下蛋的各位青年学子，得罪之处，也请包涵。言者不智。

（本文是2018年6月3日在“第一届南京大学世界政治研究青年论坛”上的发言）

江南文脉

回顾20世纪的中国历史，不难发现一个悖论：从“打孔家店”到重建孔家店，前者基于建构现代国家的欲求，试图挣脱传统的束缚；后者因应全球化的大潮，亟须寻找支撑健全社会的传统资源。确实，急速来临的全球化造成了一个单调的后果：匀质化。我在拙著《重审中国的“近代”》序言中谓之为：“天下很近，家乡很远。”不是吗？多样性被同一化，边缘性被中心化，许许多多具有地方特色的传统不复存在；伴随历史见证人自然生命的终结，活生生的记忆正在消失。鉴于这种危机感，十年前，我们南京大学组建了记忆研究团队，通过对南京记忆场所的寻寻觅觅，发现南京的“本真性”，进而捕捉现代中国社会巨变的痕迹。本次会议的主题名为“江南文脉”，何谓江南文脉？我觉得可以置换为“记忆之场”。

记忆之场，是诺拉生造的词汇，由场所和记忆两个词构成。

在诺拉那里，记忆之场有实在性、象征性和功能性三个特点。就江南文脉而言，其实在性与其说是地理的、自然的空间，毋宁说是表象的、再生产的空间。唯其如此，其象征性才能或抽象或具体，其功能性方能勾连过去、现在与未来。文化记忆理论大家阿莱达·阿斯曼在阐释文化记忆的功能时认为，“功能记忆”就是主体通过记忆来取舍过去，在时间性中再构事件，从而赋予人生以价值标准。基于对“记忆之场”的认知，作为记忆之场的江南文脉应该具有三层意涵。

第一层意涵是“当下主义”（présentisme）。江南文脉具有历史的实在性，关于江南文脉研究的当下主义看似体现在文献的整理、纪念物的修复、口述的记录等方面，实则不然，这仅仅是表层的，远远不够。请注意，江南文脉的英译文：Jiangnan Context。text是文本，con是将文本勾连起来并形成连绵不断、断断续续的关系。因此，强调江南文脉的功能性很重要，这种功能基于同一性原则赋予集体认同以轮廓——如纪念活动、复兴地方传统等，从而将所需之记忆现在化。另一方面，我想特别强调的是，江南文脉不仅是人们追寻的客体，更是自身能说话的主体，具有回忆功能。集体记忆理论创始人哈布瓦赫说，回忆是进入集体记忆的前提条件，不管何人或何种历史事实，只要进入记忆中，就会转化为教养、概念、象征，从而成为社会观念体系中的一部分。

关于江南文脉的研究不限于给职能部门提供方策，为地方政府、企业和团体策划文化活动，组织各种展览、音乐会、地方性群体活动等。为避免现在主义的滥用，强调江南文脉的“过去主义”（passéisme）的掣肘作用是有必要的。简言之，构建和诠释过去不应忘记对“本真性”的追求。江南独特的历史传统、语言和习俗凝聚了本真性的要素，它所涵盖的历史不是缩小版的普遍历史；江南有自己的文脉，其历史/记忆即便是他者表象的产物，也有其杂质性中的本真。有朋友问“文明”和“文化”有何区别？在我看来，文明侧重外在，可以输出；而文化强调内在，不可输出。你可以把无锡的园林搬到北方，但你无法把园林所依托的文化打包运走。

仅有当下主义和过去主义还不够，有关江南文脉的挖掘必须有未来主义（futurisme）的牵引。这里的未来主义不是单线的，而是复线的，源于过去、指向未来，唯有缩短过去的经验和对未来的期待之间的距离，有关江南文脉的挖掘才可能是一种具有生产性和再生产性的行为，借用科塞雷克的话，江南文脉应是“未来的过去”（futures past）。为此，必须铭记在江南文脉作为“记忆之场”之前，还存在“记忆之穴”（trou de mémoire）——共同的忘却，而对后者的眷顾必会唤起我们对江南文脉自身多样性、边缘性的渴望。

（本文是2019年10月30日在“第二届江南文脉论坛”上的发言）

苏州学

本次会议的主题叫“苏州学”，有人说可以叫“苏州研究”或“吴中研究”，我觉得都可以，名重要，实更重要。如何展开今后的研究呢？我觉得似乎可以从这几个层面来考虑。

我们的工作是在抢救历史/记忆（rescuing history/memory），历史/记忆正在消失。有人认为，这项工作是整理地方文献，修复地方纪念物，以及开展口述史，这种理解太简单了。我们的工作不仅要“追忆似水年华”，还要挖掘反映苏州地方特色的文化要素，这是一种活着的东西，我称之为“当下性”。我所说的“当下性”不是只有现在，而是指在历史/时间的长河中，苏州始终处于“当下”。刚才杨念群兄提到阿城的书，严格地说阿城关于时间中西二元的解读是不准确的。时间是抽象的，只能通过空间来把捉。是的，空间给我们提供了切入时间的可能性。

除去这种外在的理解，苏州的当下性还可以从苏州本身来考虑。我们可以挖掘反映苏州“本真性”的传统，如语言、习俗等，但我更希望从比较的角度来看。上海被称为“魔都”，日本作家芥川龙之介到上海后，感叹上海的复杂性，换个角度就能看到不同的面相。人们常常将苏州和杭州并称，与杭州比较，苏州的山不如杭州，水不及杭州，但她的特色在于人与水浑然一体，人活在水中，水流在人间。水好似一个隐喻，表征了苏州当下性每时每刻在跃动着。

如何来寻找或研究这种当下性的苏州文化呢？光有学者的研究肯定是不够的，必须与做实际工作的结合起来，紧扣我们当下的“生”，如此一来，基于“抢救历史/记忆”而来的表象历史/记忆（representing history/memory）才会是有创造性的实践活动。刚才听Sarah女士讲，觉得特别入耳。我曾在日本一所大学教过书，我所在的学院有一个文化政策系，这不是我们想象的整天琢磨着给政府出点子的所谓“智库”，而是帮助地方政府、企业和团体策划文化活动，组织各种展览、音乐会、地方性群体活动等，现在想想这个系的工作还是很前卫的，也正是中国所需要的。中国学生有个通病：世界的东西知道得很多，国家的知道得较少，家乡的知道得更少，实际上就连自己的家族史都不甚了解。有一位外国学者说，中国人是没有历史感的民族。各位听了这话，肯定没一个人赞成，但扪心自问，我们把历史都纳入“经”里了，那还有史吗？所以谈到表象，我特别强调要注重差异性。苏州学所涵盖的地方史不是缩小版的国家史或普遍史，我们要考虑地方的文化和国家的文化的差异，地域和地域之间的差异，地域和世界的差异。苏州有自己的历史/记忆，吴中有自己的历史/记忆，苏州的、吴中的历史/记忆不完全是他者表象的产物，它有自身的历史/记忆。这么说似乎有点绕，比如上午参观的“吴中文献展”，主办方无疑有自己的意图，但作为历史事件，吴中文献是有自身的记忆的，它可以讲诉自己的故事。你们的展览给我们学者一个启示，我的研究和实际存在很大的脱节。

上述两个方面确定后，自然而然下一步就是创造历史/记忆（creating history/memory）。创造一种文化，创造一种记忆，这是展览会应该追求的高远目标。有很多可以参考的模板，如皮埃尔·诺拉主编的《记忆之场》建构了一个由象征—记忆而维系的法国人的心性世界。这里推荐一本书——即将出版的阿莱达·阿斯曼的《记忆中的历史》，收在我主编的“学衡历史与记忆译丛”（南京大学出版社）中，里面有专门讲博物馆、展览等方面的内容，写出了战后德国人在过去和现在、自我和他者之间的紧张感。

上述三个关键词应该成为今后我们做展览的重要指标。苏州所生产的文化意象从古到今，从中国到外国，影响了一代代文人。据说寒山寺里有一口来自日本的古钟，日本静冈县馆山寺（日语“馆”音同“寒”）有一口来自寒山寺的钟。清末日本文人来苏州，第一个要去的便是寒山寺，不消说是受张继《枫桥夜泊》一诗的影响。几乎所有的访问者，看着眼前破败的寒山寺，都大失所望，过去与现在、想象与现实的巨大断裂，在来者心中掀起了情感的涟漪。

（本文是2016年10月4日在“首届苏州文献展”上的发言）

守住祖产

塞内加（Lucius Annaeus Seneca）说：相信命运的，跟着命运走；不相信命运的，被命运拖着走。回顾这二三十年的学术道路，我的研究不止于会党史和民间宗教史，涉及历史叙述、记忆研究、思想史、概念史等，但不管我走到哪里，好像都有一个洗不白的符号，那就是“秘密社会”。中午吃午饭时，巧遇隔壁民国史会议的与会者——日本学者久保亨教授。他跟我聊了一会儿。他问我：“回国这些年在研究什么？”我介绍完后，他回复说：“在日本，提起你，一定会想起秘密结社。”卿本浪迹江湖，缘何欲登庙堂！走到哪儿，都洗不白了！

中国会党史新会长是前任会长和后任会长的中介。这个中介的任务是继往开来、承前启后。所谓“继往”“承前”，可以凝聚为一句话——守住祖产。这个祖产是1984年学会成立以来积累下来的，到今天已经整整34年了。上午秦（宝琦）先生说从第一届到现在，没有一次缺席过。秦先生今年81岁了，也就是说47岁就参会了，坚持到今天，真令人感慨。回顾这34年来的研究，我觉得在史料的发掘上，在问题的拓展上，都取得了很大的进步。上午秦先生讲了要扩充天地会研究的资料集，从现在的7卷扩展为8卷。我知道他的高足（曹）新宇兄，在道书上下的功夫也很深，堪称李世瑜先生之后第一人。他的研究填补了民间宗教史研究的空白，我非常钦佩，还有点小小的嫉妒！是的，出的书再多，发的SSCI和CSSCI论文再多，也不如填补学术空白，推进了学术前行。实际上，我自己手上也有大概能构成十卷本的日文资料集。要守住祖产，第一步就要在资料上下功夫，可以编辑大型资料丛书，包括会党卷、道书卷等，还要向其他领域扩展，比如善会。资料的扩充一定能拓展我们的研究视域。

接下来是“开来”和“启后”。回顾以往的研究，有两个模式：正统与异端、从叛乱到革命。无论是帝制时代的邪教话语，还是现代国家的会道门话语，都是在社会与国家、民间和官方的关系中进行论述的。中国革命的胜利让欧美国学者大吃一惊，要寻找革命的内在动力，于是秘密会党、秘密宗教成为关注的对象。同样，我们曾经也将会党研究纳入从旧民主主义革命到新民主主义革命的转变中。这类研究已经积累了很多，下一步该怎么走，是我们今后需要认真考虑的问题。

后天王笛教授在这里有一个讲座，题为“一袍通天下——从秘密社会发现社会的秘密”。他主讲，我配合讲。在做广告时，我摘引了两句话。一句是德国社会学家齐美尔（Georg Simmel）

的：“秘密，赋予与公开世界相并列的第二世界以可能性，公开世界同时亦受到第二世界所具有的可能性的深深的影响。”一句是从概念史大家科塞雷克的研究中总结出来的。科塞雷克的博士论文涉及秘密结社——共济会和启蒙运动的关系，他说秘密和启蒙是一对双胞胎。我接触到这两句话是在20世纪90年代，它们构成了我思考和研究秘密结社的起点。

就第一个模式——正统和异端的对立看，我们的研究如果向下推进，可见这种关系并非是直线的，清代档案里写得清清楚楚：“无论教与不教，只问匪与不匪”，“不论会与不会，只问匪与不匪”。这就是说，在官方权力之外，结社是一个自在的存在，并没有被赋予“邪”或“匪”的符号。而且，判断是否“邪”或“匪”，依据的是行动。以往对二者关系的理解过于单一，认识可以复杂化，再往前推进。

守住祖产的目的是要让祖产升值，升值的方式可能需要我们对会党史的研究来一次认识论的“转向”。这次会议的主题是“社与会”，不叫社会史。平心而论，什么是“社会”，我也说不清楚。我们把“社会”当成自明的（self-evidence），实则这个概念有很大的暧昧性。不仅社会是暧昧的，我们借助的文本事实也需要考订。文本事实和实际发生的事实之间是有距离的，要深化对文本的认识，就要在文本的解释上下功夫。现在进入大数据时代了，资料要多少有多少，如果沿用以往堆砌材料的方法的话，我们的研究只会是一种重复的再生产。

社会史是中国历史学皇冠上的一颗明珠。但是，社会史在中国历史学中的受关注度并不高，高的是学术史、思想史等。在国外历史学中，社会史的地位非常高，在中国要提升社会史的地位，可以从秘密结社史研究出发。我在自己的研究中，业已把秘密结社概念中立化了，将其界定为人和人关系网中的网结，通过这个网结可以观察人群的离散聚合及与权力的相辅相成关系，从而也能重审正与邪、从叛乱到革命等问题。我常说，如果我们把秘密结社真的看成“黑社会”，问题非常严重，比如过去四川男人十有七八在袍哥，这岂不是意味着当时的四川社会是“黑社会”了吗？这是自黑。要实现历史认识的“和解”，就要从历史的对立中找到解决的方法。窃以为，我们的社会史研究、会党史研究如果朝这个方向努力，其品格必能得到提升。

（本文是2018年12月11日在“中国会党史研究会年会暨‘近代中国的社与会’学术研讨会”上的发言）

穿越陌生

龚学明兄又要出诗集了，嘱我写几句话，像被什么触动了似的，我当即表示乐而从之。不久，学明传来厚厚的诗集，才翻阅了几页，我就禁不住感叹眼前的世界如此陌生，有道是：你是自己的陌生人。

1981年9月，学明和我一起考入南京大学历史系。那是一个抱团取暖的时代，八人一间宿舍，晚十点准时熄灯。长夜漫漫，饥肠辘辘，有诗消夜。冬天湿冷，门窗须关严实，诗在缺氧中呼吸。夏天溽热，没有电扇和空调，诗在辗转中咀嚼。半饥半渴，是思考的最佳状态；似睡非睡，是写诗的绝好时刻。我们相互砥砺，同时同刊发表诗作，着实享受了一番小小的喜悦。四年不短，过得飞快。毕业后，学明进报社当记者，笔耕不辍；我留学当教师，以学术为业。彼此渐行渐远，相忘于江湖。当年南园诗友，尽皆琵琶别抱，唯学明初心未改。

学明的诗集名为《爸爸谣》，吟诵的是泾上村爸爸的故事，带有自传体性质。古希腊的历史概念，意为采风或调查，与今日作为表象的过去径庭有别。《爸爸谣》兼而有之，建构的既是定格于过去的由事件构成的泾上村，也是将“不在”的泾上村呈现于“现在”的知性活动。不是吗？诗人打开了通向泾上村的一扇扇门扉、一道道窗口：泾上村一如夏夜的萤火，时而眩目，时而暗淡；泾上村犹如池边的虫鸣，或清脆或细弱，最后归于枯寂。

《爸爸谣》结构宏大，人事交错，如一部史诗。既然作者可以被宣布死亡，那么，读者就可以反客为主地诠释《爸爸谣》。卷一“泾上，泾上”，呈现的是感觉的世界。泾，清澈之水；上，“送我乎淇之上矣”。泾上村似水，自由无碍，在晨光熹微中展开，在薄雾中升起，可视的风景绵绵不断。在这一底色上，是明暗不一的人文世界：“这么多年了／少有人衣锦还乡／更多的故事／中断在异乡。”诗人跟着感觉走，小心求解；我跟着诗人走，穿越陌生。“为什么叫赵浦江／泾上村150个乡亲无人姓赵／它的起始和终尾谁能知道。”不必外求，作为实在的泾上村，就端坐在诗人意识深层的集体无意识里。只需打开回忆之门，唤起形象，抵达记忆深处的府库，便可捕捉可知的世界，于是卷二呼之而出。

卷二名曰“复原”，篇幅不长，承前启后。人是社会的动物，但人和动物有根本的区别，人知道爸爸的爸爸是谁，儿子的儿子是谁。如果说，卷一的泾上村呈现的是匀质化的世界的话，卷二则凸显了个性化的世界，爸爸名副其实地成为泾上村的化身。爸爸平淡的人生，年复一年，日复一日，波澜不惊。转机来临，时在1981年，正当辛酉。按：纬书有辛酉革命说，遑论对否，泾上村确实发生了“革命”:“我”考上了大学。原本应该成为“爸爸”投影的我，因而离开泾上村。历史断裂了。但是，断裂给了重返/回忆泾上村的诗人以独在故乡为异客的自觉，在生命意志的驱动下，诗人继续追寻令其梦魂萦绕的泾上村。

在诗人的回忆中，卷三“颂歌”、卷四“爸爸谣”和卷五“唱段或妈妈的泪”一体三面。所谓回忆，是对事物或语言内容的知觉，爸爸的身体——额头、手指、眼睛、头发、皮肤，爸爸的身份——村长、党员、龚学明父亲，爸爸的表情——微笑、慈祥、害羞，所有这些表征构成了作为知觉的存在，伴随爸爸肉身的消失而隐没。诗人在时空中穿行，或沮丧或亢奋，爸爸没有远去，在诗人的心念中，在妈妈的泪眼里。

卷六“公开的，隐藏的”是“后”爸爸时代——“我”的故事。面对故人龚学明，诗人为自己竖起了墓志铭，以此作为“生”的起点。面对路人/读者投来的目光，诗人在狡黠地微笑。诗是借助文字的语言游戏，游走于语言与文字之间，出乎经验又超乎经验。诗内含预言，在过去与未来之间播下记忆的种子。诗反常识或非常识，将本真置于假象中。

学明曾出版过一本颇有影响的诗集《白的鸟 紫的花》。我很好奇，他为何会以爸爸为诗的主题。古今中外，虽不乏赞美母亲的诗文，但母亲成为自然的和家国的象征是晚近的事情，确切地说在法国大革命之后。在拉丁语系里，祖国与父亲词根相同，“祖国之父”指君主和伟人。大革命后，基于对作为压抑装置的父权制的反逆，“母亲”成为政治文化上的集合单数名词，公民认同的最大公约数。撇开政治/权力的纠缠不论，现代主义诗学屏蔽了父亲的功业，父亲的诗学意义被漠视久矣。泾上不在，随爸爸远去；爸爸未走，在诗人的吟诵中归来了。《爸爸谣》唤回了被忘却的父性，这一自持而自尊的文化隐喻。

文学家虚构故事，历史学家发现故事。出身历史学的诗人，由史入诗，由诗返史，将真与假、实与虚化作《爸爸谣》，勾勒了一个远去的时代。通过《爸爸谣》这一镜像，不难窥视一个内在化的他者世界；随着《爸爸谣》，穿越陌生，我竟与自己不期而遇。谢谢你，老同学，《爸爸谣》写得真好。

谁是最可爱的老师*

张学锋兄是我的老同学。说是老同学，四十年间，犹如平行的轨道，几无交集。大学时，他浸淫古代，我属意近代。换过多次宿舍，却没有一次同舍过。我们先后留学日本，他往关西，我去关东。回母校工作，他住城西，我居城东。偶尔路上碰面，只是寒暄数语，一起聚餐的机会很少。尽管如此，“老同学”这一符号仍有着难以言状的情愫。作为同僚，我对他还多一分“远而敬之”之情。

获知学锋兄要将微信圈发的图文和朋友的评语结集成册出版，我立刻表示拜求一本。我很晚进入学锋兄的朋友圈，其间还中断过很长时间，就我看过的内容而言，图文并茂，言简意赅，很养眼也很怡情，因此想一窥全貌，更想知道这是一本怎样的奇

---

* 作于2021年5月7日。

书。很快，学锋兄送来一本签名版《麦舟的朋友圈》。其时，我正待收拾行李西行，对他说带到旅途上阅读；他答曰闲书一册，在路上读正好。但是，在飞机上，当我翻开《麦舟的朋友圈》后，立刻合上并放回包里。真佛说家常话。如此精美的书，如此隽永的内容，应该净手焚香，细细品读。

古希腊人认为万物皆有aretē（德性），这是与生俱来的卓越能力。翻阅《麦舟的朋友圈》，首先感叹作为教师和学者，学锋兄的aretē的确别具一格；非但如此，在他的镜头和笔端的化育下，万物仿佛通灵。且看开篇2014年10月25日图片上的“矮脚青梗菜”，这种不起眼的低微植物，江南人几乎每日必食。看了图片和解说，我心中的青菜的形象高大了许多。顺着读下去，京都小巷秋色的“寂”、南京朝霞落日的“煌”、苏州风物人情的“柔”，如此等等，俨如金庸笔下的“化功大法”，让人不自觉地化入其中。

学锋兄生在南京，长在苏州，祖籍丹阳，温文尔雅，承袭了江南文化的底蕴。书中透露，他裔出明清丹阳望族，一族中出过多名进士。“麦舟”一名，取自家族中流传的范仲淹之子范纯仁在丹阳以舟麦相赠困顿文士的典故。明代后，家族中凡有科举功名者，均可号“云阳麦舟子”。四十年前，学锋兄是以可以进对门（北大）的高分考入南大的，先后取得学士和硕士学位，自号“麦舟子”名副其实。而三十年前，负笈东瀛，最后在京都大学取得文学博士学位，更是锦上添花。对学锋兄来说，京都是不二留学之地，因为京都的自然和人文残存了他研究的隋唐和生活的江南的影子。

在麦舟朋友圈记录的日常中，我印象最深的是他的敬业和敬老。学锋兄是整个学校学生评选出的“我最喜爱的老师”。翻看他的工作实录，名非虚传。学锋兄兼通历史学与考古学，备课笔记、课堂板书不仅字迹工整，而且富于美感。我才知道，我们大学时上的“古文选读”课现在竟一直是学锋兄在上。当年的老师孟昭庚先生是他的硕士生导师，老先生满腹经纶，几乎不着一字，原来顶着老中大的原罪。学锋兄所授之课，从本科生到硕士生到博士生，一路贯通。为了内容不重复，他总是花很大力气备课——就是这么一个倒头能够睡到自然醒的老教师，居然每到新学期第一节课前夜必然失眠。作为考古学者，学锋兄会带学生去工地进行考古发掘，《麦舟的朋友圈》展示的图文中最亮眼的是他亲自给学生做的饭菜，有时达三十多人份。或曰，学锋兄的手艺达到了米其林水平——非也，或许更胜一筹。你看他展示的饭菜色相，有着浓浓的人文气息。

朋友圈里有多张图片展示了学锋兄侍奉老衰的父母的情景。大年夜，他会准备丰盛的菜肴，端去祭祀祖宗。老母亲唠叨着：“是‘博士孙子’做的。”近期他说到老母患有阿尔茨海默病，儿唤母、母不识，闻之鼻酸。他父亲我在大学曾见过一面，当时是一个干练的中年干部，而今年纪直奔九十。学锋兄给老父做米寿的场面，实在温馨。一点一滴，平淡中可见浓浓的孝子之情。

学锋兄虽然乐于展示日常私生活，但都是单独表演。他的个人感情定格在2009年7月15日。是日，其妻傅江驾鹤仙游，年仅44

岁。傅江温润内敛，多才多艺，小他两届。学锋兄孝敬父母，抚养儿子，一晃十二年过去，至今仍孑然一身。从去年7月22日傅江的同学陈蕴茜去世当天学锋兄贴出的照片，可见疼痛的时间之痕。

朋友圈穿越时空，遥远的事物近在眼前，眼前的事物转瞬即逝。学锋兄贴出的图片和文字，闪现的德性之光，令人脱帽。同学何炼生兄赞道:“治学勤，从教严；淡如菊，逸如梅。”诚哉斯言。

《麦舟的朋友圈》从设计到编辑，皆由南大弟子张罗。窃思：学锋兄长我一岁，虚龄正届花甲，莫非老天特意为他策划了这本精美的书稿？读罢此书，感叹奇书留下的不仅是当事者的记录，还是一份同时代何谓教师的范本。在大学教师中，有的忙着大生产，有的苦于建功业，学锋兄著译等身，绝不输人；但除此以外，我确信，学锋兄的这本书是会流传下去的。

酷瓜树上摇滚的崔健*

当同时代的人渐渐成为历史的背影，35年间斜挎长枪（ji ta）不知疲倦地走来走去的崔健，从东唱到西，从南唱到北，成为一尊不容置疑的摇滚之神。崔健的歌是史诗，传递深刻的思想。崔健的装束，无论怎么修饰，给人都是同样的视觉印象。是的，神是不能变的，仰视者的视线不允许变。

今夜（2021年5月2日），崔健在为期两天的南京“咪豆音乐节”（溧水）的最后登场。露天会场凉风飕飕，圆圆的月没有如崔健预期显现，听众却意外地遭遇了圆圆的蛋：“革命还在继续/老头儿更有力量/钱在空中飘荡/我们没有理想/虽然空气新鲜/可看不见更远地方。”（《红旗下的蛋》）蛋不是石头，是生命就有开始，《从头再来》唱道：“我脚踏着大地我头顶着太阳/我装作这

---

* 作于2021年5月3日。

世界唯我独在/我紧闭着双眼我紧靠着墙/我装作这肩上已没有长脑袋。”崔健的歌大都有二义性，可以正解，也可以反读。最新创作的《飞狗》描述活成跌跌撞撞的我们:“坐在电脑前/像一条狗/数字世界大草原/信息糊口。”怎么办？于是乎挣脱羁绊成了当务之急:“我要从南走到北/我还要从白走到黑/我要人们都看到我/但不知道我是谁。”(《假行僧》)不能不说，崔健用心编排了今晚的演出。

演唱至此，崔健问听众有多少是60后的，应者寥寥，我能听到自己的声音。70后应者稀稀，80后渐多，90后最多，00后不少，2010年后生与60后相仿。崔健闻后道:“太棒了！中国摇滚有希望。”但转而唱起《酷瓜树》,“批判只赶时髦，不思考的年轻人”。这首2015年发行的新歌，是我唯一不熟悉的，内容很好:“这几年我活得规律/疯狂藏在心里/发财的树/像个通天的柱/顶天立地/天塌下来我有树。”但是，这只是一厢情愿，“泥土就要埋没我的树”——原子化的“我”。在尼采的笔下，有一段描述人羡慕牲口享受眼前快乐的文字：它们为什么这么快乐？我们为什么如此痛苦？因为人心中装进了太多与“生”无关的东西。“人是18世纪的发明。”(福柯)《快让我在这雪地上撒点儿野》唱的是挣脱规训的我:“我光着膀子我迎着风雪，跑在那逃出医院的道路上/别拦着我我也不要衣裳，因为我的病就是没有感觉。”接下来，走上新长征路上的我:“听说过没见过两万五千里/有的说没的做怎知不容易……一边走一边想雪山和草地/一边走一边唱领袖毛主席。”(《新长征路上的摇滚乐》)在早期的中共文件里，关于长征的长度有多种说法，最短的一万七千里。确实得走走。

在崔健的磁带/唱片中，第二辑《解决》最好；而在诸多歌曲中，最美的是《花房姑娘》："我独自走过你身旁/并没有话要对你讲/我不敢抬头看着你的/噢……脸庞。你问我要去向何方/我指着大海的方向/你的惊奇像是给我/噢……赞扬。"果然，崔健本人也很喜欢这首歌，貌似要以此结束当晚的演唱。如果以这首歌结束，那么崔健就不是"神"了，和其他歌手没有什么区别。当舞台灯光灰暗，人群将撤离时，我鼓动着身边的小观众呼喊：再来一首。心有灵犀，现场渐渐响起了大合唱。崔健复又现身，以一曲《一无所有》谢幕。

犹记1992年崔健初到南京五台山体育场演出的情景。我用一个月工资买了4张票。几个小时的演出，整个体育场，台上台下，浑然一体，地动山摇。我所在的区域是最活跃的一个。当晚崔健追加唱了好几首歌才得以谢幕。

今夜的演出略显寂寞，据说听众比前一日少了不少。更不足的是，现场的听观众参与度不高，甚至还有一些中途离去的。本来有高血压的我，为了防止过于激动，有意识地躲在后面。但是，看到现场热度不够，嗑了一颗降压药，愣是挤入人群的中心。我手机留下的51分钟录像记录了我是如何一步步从边缘进入中心的。

1992年的音乐会仿佛是为我送行，之后不久我即东渡日本，行李里放了崔健的两盒磁带。"一无所有"的我，一只手打工，一只手求知，从读书到教书，凡二十年。初到日本时，我一度寄身在东京大学驹场寮——又大又破又便宜的学生宿舍。在我保存的照片里，有一张拍下了宿舍墙上的字迹：与忌野清四郎联手一扫日共和胜共、秩序派集团。

忌野清四郎是日本最著名的摇滚歌手，2000年当年轻的两位摇滚歌手一脸严肃地响应政府号召唱《君之代》时，忌野清四郎以一曲摇滚《君之代》打破沉寂。“日共”是走议会路线的日本共产党，“胜共”是反共的“统一教会”。无疑，在我入住前二三十年，这里曾是日本最激进的至今仍在进行地下武装斗争的“革马”——革命的共产主义同盟/革命的马克思主义派的一个据点。一晃，时间过去快三十年了。

学衡的世纪

今天是星期天。非常感谢各位专家和朋友参加由南京大学学衡研究院主办的《百年学衡》纪录片放映和研讨会。

今年是《学衡》杂志创刊100周年。在历史加速消逝的当下，历史常常成为人们的谈资。但是，纪念的历史大多不讲根据，因为根据与纪念的旨趣往往南辕北辙。《学衡》杂志不同，它创刊于1922年1月，1933年停刊，一共出版了79期。围聚在《学衡》周围的学人被称为“学衡派”或“东南学派”。《学衡》以一份学术杂志，能在现代中国历史上留下深深的印记，凭借的是什么？思想和行动。借用1878年法国大文豪雨果（Victor Hugo）在纪念伏尔泰（Voltaire）去世100周年大会上演讲的句式，《学衡》在批评和赞美声中远去，它不仅仅是一个学派，还是一个世纪。

为了纪念《学衡》杂志创刊100周年，我们做了精心准备，但一切被突如其来的疫情给打断了。所谓历史的必然是由偶然堆砌而成的。尽管如此，我没有放弃一个计划，即用影视的方式再现百年学衡。这就是接下来要播放的纪录片《百年学衡》。这部片子共有四集，分别为《昌明国粹》《融化新知》《知行合一》《诚朴雄伟》，片头语由两段文字组成，第一段揭橥了纪录片的要旨：

一百年前，十朝古都南京，一群学人相聚在这里。他们有的长衫芒鞋，有的西装革履；有的须发渐白，有的风华正茂；有的博通经史子集，有的浸淫欧风美雨。是什么让他们走到了一起？倔强。

"学衡派"同人中，既有如柳诒徵、王伯沆这样浸渍中国传统的学人，也有如梅光迪、吴宓、胡先骕等深谙西方文化的留学生，梅光迪在悼念刘伯明文章——《九年后之回忆》里写道："《学衡》杂志出世，主其事者，为校中少数倔强不驯之份子，而（刘）伯明为之魁首。"当事人自视"倔强"，那什么是"倔强"呢？根据《学衡》同人的言行可知，就是马克斯·韦伯所说的"以学术为志业"。具体而言，是片头语的第二段所概括的：

阅识孤怀，立复兴传统文化之志；特立独行，怀探索现代文明之心。

四集纪录片由两个部分构成。第一集和第二集互为表里，明线讲"学衡派"同人的"新文化观"，暗线比较《新青年》的

“新文化观”。“学衡派”同人认为，新文化的“新”与旧文化的“旧”，也即“今”与“古”，并非二元对立的关系，有内在的关联，这种超越新旧、古今之别的文化观，自然也不会强分中西之别。与一般的理解不一样，我们认为《学衡》和《新青年》在推崇“新文化”上没有根本不同，在对待“旧文化”上似有可通之处。

纪录片第三集和第四集可以视为一个单元。“学衡派”同人在南高师—东南大学播下的种子很快开花结果——第二代学人迅速成长。1919年南京高等师范学校文史地部成立后招收了36名学生，胡焕庸、向达、缪凤林、张其昀、景昌极、陈训慈、范希曾、徐震堮、钱堃新、王庸等后来成为知名学者。这届学生被吴宓称为最优秀的一个班，空前绝后。1935年6月，胡焕庸在《地理学报》发表了一篇题为《中国人口之分布》的论文，文中写道：

> 今试自黑龙江之瑷珲（今爱辉），向西南作一直线，至云南之腾冲为止，分全国为东南与西北两部：则此东南部之面积，计四百万方公里，约占全国总面积之百分之三十六；西北部之面积，计七百万方公里，约占全国总面积之百分之六十四。惟人口之分布，则东南部计四万四千万，约占总人口之百分之九十六；西北部之人口，仅一千八百万，约占全国总人口之百分之四。其多寡之悬殊，有如此者。

这条自黑龙江瑷珲至云南腾冲的人口密度对比线，被称作黑河—腾冲线，即著名的“胡焕庸线”。1931年“九一八”事变后，日本帝国主义加快侵华战争的步伐。在国家存亡之际，如何最大限度地调动物力和人力资源进行抗战是众所关心的问题，“胡焕庸线”的发现可谓“学衡派”知行合一的体现。在抗战期间，胡焕庸心系南海，命名了“南沙群岛”；张其昀等考察西北，为抗战建言献策。对于“学衡派”同人的操守和坚持，纪录片通过柳诒徵、吴宓、王伯沆、梅光迪和胡先骕等演绎了“诚、朴、雄、伟”四字校训。值得一提的是，1936年竺可桢任浙江大学校长时，在张其昀的协助下，在浙大推行“学衡派”的理念，“学衡派”同人陈训慈、郭斌龢、王焕镳、景昌极等到浙大工作。同年，受竺可桢之邀，梅光迪到浙江大学帮助建立人文学科。梅光迪创办的《国命旬刊》，通过文化宣传抗战必胜的信心，他认为现代战争是一种文化战，“国家竞争，兼含有文化竞争，灭其国家者，必灭其文化”。而在江西泰和，文理兼通的“国立”中正大学校长胡先骕则组织了中国大学中唯一一个前线战地服务团。

作为总撰稿人，我和我的团队在纪录片中突出了两点：第一，强调《学衡》与《新青年》在新文化观上的互补性。“学衡派”长期被误解为反对新文化。“学衡派”是个很宽泛的概念，如果把知名的同人、同道和朋友都算在内，有八十多人，你看他们写的文字，有反对新文化的吗？没有。间或有一二人讥讽白话文不雅驯，如胡先骕批评胡适，但他们不是敌友关系。胡适有两句精彩的话：“两个反对的朋友”，“皆兄弟也”。《学衡》与《新青年》的关系有点像法国启蒙时代的两位巨匠——伏尔泰和卢梭。伏尔泰属于人类，卢梭属于人民。《学衡》属于中国人，《新青年》属于中国青年；《学衡》是中国文化的守护人，《新青年》是中国文化的革新者。

第二，"保守也是一种进步"。这是"学衡派"弟子吴俊升的话。受近代主义的影响，人们认为保守即守旧，甚至反动，这是很大的误解。"学衡派"核心人物大都是留美学生，西装革履，言必称西洋，哪来的守旧和反动！"学衡派"提倡继承和发扬中国传统文化，不忘本民族的根基，不是保守，是进步。

感谢我的团队，感谢制作单位南京远瞻传媒有限公司，感谢出品单位榕祉（上海）影视文化有限公司。这部片子是两个单位加我——三个南大校友共同制作的，我期待这部片子不仅属于南大，还属于所有与"学衡派"有关的学校，认同"学衡派"主张的人。

2014年12月，南京大学学衡跨学科研究中心成立，2016年4月更名为学衡研究院。学衡研究院继袭《学衡》传统，提出"全球本土化"的命题——梳理知识谱系，前瞻学术大势，预流国际前沿，树立本土风范。回顾迄今的岁月，我的感受一个字：难！这些年，无论是我个人，还是群体，都取得了一定的成绩。我们挖掘了南京大学乃至中国大学史上的一个重要符号——学衡，借助这个符号的魔力加持，开辟了一条人文社会科学研究的路径。不管有人是否情愿，"学衡"已然成了南大文科的招牌。

招牌固然重要，更重要的是，从八年的实践中，我体悟出学术评价的新标准，并贯彻于培养学生之中。现在学术评价标准过度重视学术GDP。英国作家乔叟（Geoffrey Chaucer）说过的一句调侃的话，letter（文字）即litter（垃圾）。我同意李伯重先生的话，当下很多学术论著是文字垃圾。我以为评价学术的标准有四点，在四点中，学术GDP只能垫底。学术评价的重要度依次是：学界口碑、学科地位、学脉传承、学术GDP。

有的学者，成果不一定多，学科地位不一定高（指学术贡献），但口碑极好。这与当事人的学风和学养有关，其一言一行具有垂范作用。比如“学衡派”的王伯沆，南京沦陷前夕因中风没有来得及逃离，1944年9月25日病重弥留之际嘱咐家人，生不愿见日寇，死也不愿在城门口碰到日寇，棺材就埋在家里的后院。学界口碑传承着作为志业的学术精神。

评价一位学者，除口碑外，还要看其在所属学科中的地位和贡献。“学衡派”同人对现代中国学术的贡献是巨大的，吴宓被誉为中国比较文学之父，不消多说。提起学衡派，一般总想到它的文史取向，其实科学取向在当时的中国位列最前沿。竺可桢在国立东南大学创办了中国第一个地学系——涵盖地质、地文、气象、古生物、政治地理等，胡先骕是中国植物学的开拓者。

如果一个学者，既没有口碑，也没有学科贡献，徒有一大堆如野狐禅般的论著，又有什么意义呢？我对学生说，如果哪天老师是这样的话，你们可以如金庸小说里的“灭绝师太”，当“灭绝弟子”。做学术研究，要“接着讲”，也就是接着前人的话往下讲，这既可以有意识地赓续某一学脉，也可以泛泛地遵循学术规范，将前人的研究和认识向前推进。来历分明，才能凸显自身研究的位置。

满足了前三条后，才谈得上学术GDP。当下学人普遍存在文字崇拜症，以为写得越多越好，在印刷文化时代之后的网络时代，这已经没有多大意义了。

我在最近完成的一本小书的后记里，写下了这么一段话："犹记，年轻时读丁韪良（W. A. P. Martin）的《花甲忆记》（*A Cycle of Cathay*），又读宫崎滔天的《三十三年落花梦》。年届花甲，转眼'未来的现在'已然成为'过去的现在'，而'过去的现在'恍若'未来的现在'。时间总是以否定'现在'的方式展开的，谁也逃不脱被否定的命运。"有开始就有结束。有序幕就有落幕。明白这个道理的读书人应该自己选择结束，选择落幕。学衡研究院（跨学科中心）成立伊始，我就想好了今天。在播放《百年学衡》之前，当着学衡先贤的影像，面对线上的和线下的嘉宾，我决定辞去学衡研究院的院长。对于一个教师来说，最能滋养知的地方，是书斋；最能刺激知的场所，是讲台。

（本文是2022年5月15日在《百年学衡》纪录片研讨会上的发言，文字增补版发表于《中华读书报》2022年7月6日）

六十而立（后记）

有一部名为《回到未来》（*Back to the Future*）的科幻影片，讲的是主人公因故驾驶时间机器回到三十年前的事。因为这次意外，主人公得以让不遂意的人生重新开始。整理收录于此的旧文，颇有一种时间倒错的感觉。

四年前，承蒙丛书主编陈恒教授的不弃，向我约稿。2020年年初疫情忽起，我心念一转，着手编辑本书，收录的文章大多是我在东瀛留学和任教期间撰写的。我曾常年给中文报纸撰写专栏文章，有几篇还颇有反响。后又应日本共同通讯社邀约，给日本读者撰写关于中国大众文化的文章，名为“海外手帐”，每隔一两月写一篇，持续了五六年。共同通讯社的稿酬甚丰，要求特别：字数在550字左右，多寡不得超过5字。千字文难写，五百字文更难写，因为既要有话题性，又要有信息量。共同通讯社将我的文章发给地方报纸供其采用，有时我一次能收到十余家刊载同样内容的报纸。码字时，我信马由缰地写，之后再考虑如何剪裁，因而刊出的文字稿虽短，手边的文章却很长。将中、日文文章编为一册，于我固有纪念意义，但对国内读者是否有意义，且编且疑。文集编好后，我顿感寡然无味，遂将其搁置一旁。

年初丛书策划统筹鲍静静女士来信催稿，我决定以近年的演讲稿、笔谈稿为主，重新选编。5月初，编订完后将目录传给编辑，不久因事不得不中断。本月编辑复来信询问，我感到十分抱歉，搁下未完之事，重新开始，最后编定此书。

本书分五辑。第一辑“东西之间”共10篇，涉及文化比较，有的是讲演记录，有的是行走笔记。第二辑“论究学术”，多为会议发言稿，凡13篇；有几篇为杂志笔谈，修改时添加了注释。第三辑为“记之忆之”，均为追念师友的文字，计10篇。第四辑“学之以衡”，系为各种出版物所写的序言、贺语，有12篇。第五辑“一面之词”，收录了15篇文章，半数系对学生的演讲记录，余为会议发言稿。不算代序，恰好60篇。60篇长短文基本为近八年所讲所写，仅数篇作于一二十年前，其中《规范、传承与文化霸权》系2000年蒙冯尔康先生相约撰写的笔谈，文中有“我们自己的话语体系”“文化霸权”等豪言，匆匆已历廿二，读来颇有隔世之感。彼时“话语”一词很少被使用，中国尚未“入世”。马克·布洛赫回忆随皮雷纳（Henri Pirenne）去斯德哥尔摩开会时的情景。皮雷纳没有游览名胜古迹，而是参观市政厅，他认为要想了解一个地方，首先应该了解其现在。我一向认为，不管研究什么问题，都不能失去对当下的“生”的关切。

我没有为本书专门写序，而是选用了一篇演讲稿，是2014年10月28日应新任南京大学图书馆馆长计秋枫教授之邀而作的，是我回母校后第一次在公开场合的即兴发言。作为代序，寄寓了我对老友的怀念。犹记最后引领学生高诵《心经》偈语时的情景。“揭谛揭谛，波罗揭谛，波罗僧揭谛，菩提萨婆诃。”智慧的彼岸在何处？在内在还是外在？在前方还是来路？《回到未来》给出了一个西方似的回答：外在的来路。

《回到未来》的英文名为Back to the Future，典出古希腊。荷马史诗《奥德赛》有句话描述哈利特尔塞斯（Halitherses）的非凡，王焕生译作“唯有他知道未来和过去”，陈中梅译为“唯他具有瞻前顾后的智判”。此处如不加注，今人的理解恐怕与古希腊人南辕北辙。在古希腊，时间上的过去对应于空间上的“前”，时间上的未来对应于空间上的“后”。过去在前方，因而能够看到；未来在后方，故而无法看到。临近花甲，回到未来，六十而立！

壬寅年十月二十日于仙林

光启随笔书目

（按出版时间排序）

《学术的重和轻》	李剑鸣 著
《社会的恶与善》	彭小瑜 著
《一只革命的手》	孙周兴 著
《徜徉在史学与文学之间》	张广智 著
《藤影荷声好读书》	彭 刚 著
《生命是一种充满强度的运动》	汪民安 著
《凌波微语》	陈建华 著
《希腊与罗马——过去与现在》	晏绍祥 著
《面目可憎——赵世瑜学术评论选》	赵世瑜 著
《中国的近代：大国的历史转身》	罗志田 著
《随缘求索录》	张绪山 著
《诗性之笔与理性之文》	詹 丹 著
《文学的异与同》	张 治 著
《难问西东集》	徐国琦 著
《西神的黄昏》	江晓原 著
《思随心动》	严耀中 著
《浮生·建筑》	阮 昕 著

《观念的视界》	李宏图 著
《有思想的历史》	王立新 著
《沙发考古随笔》	陈 淳 著
《抵达晚清》	夏晓虹 著
《文思与品鉴：外国文学笔札》	虞建华 著
《立雪散记》	虞云国 著
《留下集》	韩水法 著
《踏墟寻城》	许 宏 著
《从东南到西南——人文区位学随笔》	王铭铭 著
《考古寻路》	霍 巍 著
《玄思窗外风景》	丁 帆 著
《法海拾贝》	季卫东 著
《走出天下秩序：近代中国变革的思想视角》	萧功秦 著
《游走在边际》	孙 歌 著
《古代世界的迷踪》	黄 洋 著
《稽古与随时》	瞿林东 著
《历史的延续与变迁》	向 荣 著
《将军不敢骑白马》	卜 键 著
《依稀前尘事》	陈思和 著
《秋津岛闲话》	李长声 著
《大师的传统》	王 路 著
《书山行旅》	罗卫东 著

《本行内外——李伯重学术随笔》	李伯重 著
《学而衡之》	孙　江 著
《五个世纪的维度》	俞金尧 著
《多重面孔的克尔凯郭尔》	王　齐 著
《信笔涂鸦》	郭小凌 著
《摸索仁道》	张祥龙 著
《文明的歧路：十九世纪的知识分化及其政治、文化场域》	梁　展 著
《追寻希望》	邓小南 著